www.bvd.de

Für
Adrian, Axel, Benni, Bernd, Brigitte, Dieter, Elisabeth, Flori, Franzi, Gudrun, Harald, Helmut, Horst, Karin, Maria, Markus, Michael, Pedro, Ralf, Ute, Uwe, Wolfgang, und die vielen anderen, die mich bei der Arbeit angeregt, unterstützt, kritisiert und motiviert haben. Ohne Euch wäre dieses Buch nicht das geworden, was es ist.
Danke für Eure Hilfe!
Klaus Eckardt

Bestzeit

Von Klaus Eckardt

Bibliografische Information der Deutschen Bibliothek
Die Deutsche Bibliothek verzeichnet diese Publikation in der Deutschen Nationalbibliografie; detaillierte bibliografische Daten sind im Internet über http://dnb.ddb.de abrufbar.

Herstellung und Verlag:
Biberacher Verlagsdruckerei GmbH & Co. KG,
88400 Biberach, Leipzigstraße 26
Lektorat: Michael Raffel, Tübingen
Titelfoto: Foto Team Müller

Printed in Germany

1. Auflage · ISBN 978-3-943391-06-0

Bestzeit

Ulm, Münsterplatz, Sonntag, 16. September 2012, 12:47 Uhr

»Nein, tu es nicht.«

Der alte Mann brüllte so laut, dass seine Worte von einem ohrenbetäubenden Pfeifen aus den Lautsprecherboxen begleitet wurden. Kurzerhand hatte er das Mikrofon an sich gerissen, mit dem eigentlich Artur Abel den Zieleinlauf des Einstein-Marathons auf dem Ulmer Münsterplatz kommentieren sollte.

Noch vor wenigen Minuten hatte das Interesse der vielleicht fünftausend Menschen auf dem Platz hauptsächlich ihren Laufzeiten und den Verpflegungsständen gegolten. Jetzt klebten ihre Blicke an einem Balkon auf halber Höhe des Kirchturms, auf dem zwei Männer zu erkennen waren. Einer von ihnen saß, 70 Meter über dem mit großen Steinplatten ausgelegten Platz, auf der Brüstung, die Füße in die Tiefe gestreckt. Der andere stand in etwa zwei Metern Abstand von ihm.

Niemand achtete mehr auf die Läufer, die noch immer durch die Korridore aus rot-weißen Absperrgittern ins Ziel kamen, links die, die den gesamten Marathon mit seinen 42,195 Kilometern hinter sich gebracht hatten, rechts diejenigen, die die halbe Strecke gelaufen waren.

Keiner von ihnen wurde mehr namentlich begrüßt. Artur Abel, bekannt als wandelndes Lexikon der Läuferszene, der sonst unermüdlich persönliche Bestzeiten lobte und diejenigen aufmunterte, die erkennbar am Ende ihrer Kräfte ins Ziel torkelten, schwieg schon geraume Zeit. Auch er blickte gebannt nach oben. Die große Digitaluhr zählte weiter die Sekunden. 03:42:55, 03:42:56, 03:42:57, 03:42:58, 03:42:59, 03:43:00 – genau die Zeit, die Max von Steyn sich für den Lauf vorgenommen hatte.

Doch statt am Ende seines ersten Marathons ins Ziel zu laufen, stand er jetzt auf einem der vier Balkone, die den unteren Teil des höchsten Kirchturms der Welt abschlossen.

»Nein, tu es nicht.«

Noch einmal zerrissen diese Worte die Stille, die sich über den Platz gelegt hatte. Der Mann hoch droben im Ulmer Himmel zeigte keine Reaktion.

Der Alte versuchte es wieder: »Wir können doch über alles reden.«

Es sah so aus, als schüttelte der andere den Kopf. Die Menschen unten auf dem Platz schwiegen weiter, aus den Lautsprechern kam nur noch ein Knistern, das in einem tausendfachen Schrei unterging, als der Mann sich von der Brüstung des Balkons abstieß und in die Tiefe sprang.

Der Alte stand vielleicht zehn Meter von der Stelle entfernt, an der der Körper auf die Steinplatten aufschlug. Er spürte eine Hand auf seiner Schulter und drehte sich um. Er schien nicht überrascht zu sein.

Mit müder Stimme sagte er zu dem fast Gleichaltrigen: »Fritz, das war es doch nicht wert.«

Der andere umfasste nun seinen Oberarm und zog ihn sanft aus der Menschenmasse heraus. »Nein, Frieder, aber wir können die Geschichte nicht mehr ändern.«

* * *

Ein gutes halbes Jahr zuvor

»Hallo, Herr von Steyn«

Die Worte, so banal sie auch klangen, krochen ganz langsam durch Max' Kopf, bahnten sich ihren Weg durch Millionen von Synapsen und lösten, einer zusammenstürzenden Welle gleich, eine Flut von Bildern in seinem Hirn aus: Menschenmassen, die durch die Straßen einer Großstadt fließen, ein Kopf – sein Kopf! – blutüberströmt, eine Leiche, um die die Geier kreisen, eine schöne Frau, die in der Sauna auf ihn wartet, eine andere, die plötzlich ein Messer zückt …

»Herr von Stey-eyn, sind Sie zu Hause?«

Wie lange war es her, dass ihn jemand mit diesen Worten aus dem Schlaf gerissen hatte? Ein lautes Pochen an der Haustür unterstrich jetzt das Rufen.

»Bitte, lieber Gott oder wer sonst für so etwas zuständig ist, lass das nur einen Traum sein«, flehte Max innerlich, doch die Stimme bohrte sich immer tiefer in ihn hinein. Sie war genau so real wie die von Isabel Mertens, der Oberbürgermeisterin der Stadt, in der er schon so lange lebte, und wie die von Sonja Berger, der Pharmaunternehmerin mit den strahlend blauen Augen. Beide Frauen waren, im Abstand von nicht einmal einem Jahr, vor ihm gestanden, als er, jedes Mal nach einer durchzechten Nacht, ganz allein mit seinen Kopfschmerzen in der Hängematte hinter seinem Häuschen gelegen war. Beide hatten sie ihn in Abenteuer gestürzt, bei denen es Tote gab.

All das wurde jetzt vor seinem inneren Auge wieder lebendig: Siegfried Berger, Sonjas Mann, der beim Joggen in den Alpen verschollen war, und Walter Wilhelm Wachter, der Isabel Mertens den Chefsessel im Rathaus abjagen wollte. Er war Max von Steyn eine Woche vor der Bürgermeisterwahl beim Berlin-Marathon tot vor die Füße gefallen.

Das war fast vier Jahre her. Jahre, in denen Max nichts mit Toten und Verschwundenen zu tun gehabt hatte. Und doch tauchte die Erinnerung sofort auf, als er die unbekannte Stimme hörte, die genau die gleichen Worte sprach, die ihn damals geweckt hatten.

Dabei war er heute gar nicht verkatert. Im Gegenteil. Es war Fastenzeit und da trank er – wie jedes Jahr – keinen Tropfen Alkohol. Sieben Wochen lang durfte sich seine Leber erholen, bevor sie ihm wieder helfen musste, die leckeren italienischen Rotweine zu verarbeiten, die er am liebsten selbst in der Toskana einkaufte.

»Herr von Stey-eyn«. Wieder diese Stimme, die seinen Nachnamen so in die Länge zog, wieder begleitet von dem lauten Pochen.

Ganz langsam kehrte er in die Wirklichkeit zurück.

Gerade mal eine halbe Stunde hatte er in der Hängematte zwischen den alten Pflaumenbäumen geschlafen und sich die warme Frühlingssonne auf den Bauch scheinen lassen, zum ersten Mal nach diesem Winter, der zunächst seinen Namen überhaupt nicht verdient und dann zum Abschied noch eine sibirische Frostperiode eingelegt hatte.

Wenigstens war es diesmal keine Frauenstimme, die so beharrlich nach ihm rief.

Max öffnete die Augen, sah aber zunächst niemanden. Die Stimme kam von der Haustür, die er von der Hängematte aus nicht sehen konnte.

»Ich bin im Garten«, rief er. »Kommen Sie her, wer immer Sie sind.«

Das Pochen verstummte. Als Max sich aufsetzte, sah er drei Männer auf sich zukommen. Vorneweg ging ein etwa 40-Jähriger, nicht wirklich schlank, aber durchaus sportlich, was auch die Laufschuhe an seinen Füßen unterstrichen. Er trug, ebenso wie seine Begleiter, zu den Jeans einen schwarzen Kapuzenpulli. Darauf prangte ein rotes »e«, auf dessen Rundung ein paar Haare zu sprießen schienen, zwar wenig, aber immer noch mehr, als der Älteste der Truppe, ein athletischer Typ um die sechzig, auf seinem Kopf trug. Der dritte im Bunde musste altersmäßig zwischen den beiden anderen liegen. Er hatte, das sah Max sofort, eine ideale Läuferfigur: Etwa einsfünfundsiebzig groß, schlank, aber durchaus kraftvoll. An seinem Körper schien kein Gramm Fett zu viel zu sein, ohne dass er so ausgemergelt wirkte wie Joschka Fischer zu seinen Marathonzeiten.

»Hallo«, sagte Max, »was ist denn das für ein Betriebsausflug?« Er setzte sich auf, strich langsam über seine kurzen, schwarzen Haare und blickte auf seinen Bauch, der in den letzten Jahren etwas an Rundung gewonnen hatte. Bevor er weitersprach, rieb er sich die Augen. »Sorry, ich hatte gerade ein kleines Déjà-vu-Erlebnis.«

»Hoffentlich nichts Unangenehmes«, erwiderte der jüngste seiner Besucher und streckte ihm die rechte Hand entgegen. »Ich bin Matthias Flachner, und das sind meine Kollegen Wilfried Mühl und Burkhard Haller.«

Max blickte den Mann ratlos an und erwiderte den kräftigen Händedruck. »Muss ich Sie kennen?«

Der andere schüttelte den Kopf. »Wichtiger ist, dass wir Sie kennen, der Rest findet sich schon.«

»Aber erst, wenn wir einen Espresso in der Hand halten. Sie trinken doch einen mit?«

»Stark und schwarz – sehr gerne.«

Max zuckte zusammen. Genau mit diesen Worten hatte damals Isabel Mertens reagiert, als er auch ihr einen Kaffee angeboten hatte.

Sein Gegenüber blickte ihn irritiert an, sagte aber nichts.

Max verscheuchte die Gedanken an die Mordfälle, zuckte aber erneut zusammen, als Wilfried Mühl sagte: »Sie haben es ja vor ein paar Jahren zu einer gewissen Bekanntheit nicht nur in Marathon-Kreisen gebracht.«

Max stellte seine Tasse auf die Umrandung der Holzterrasse, blickte seine Gäste an und fragte: »Haben Sie eine Leiche im Keller?«

Die lachten: »Nein, dazu lieben wir das Leben zu sehr. Wir sind gekommen, um Ihnen einen Job anzubieten. Nicht als Detektiv, sondern als Pressesprecher beim nächsten Einstein-Marathon in Ulm.« Er zeigte auf das »e« auf seinem Pulli. »Das ist unser Logo, wir drei veranstalten den Lauf nämlich. Schon zum achten Mal und bislang ohne Todesfälle. Das soll auch so bleiben.«

Zwei Stunden später war sich Max mit dem Trio einig – ohne dass einer von ihnen auch nur ahnen konnte, dass der Einstein-Marathon 2012 so viele Schlagzeilen machen sollte wie keiner der sieben Läufe zuvor.

* * *

Sonntag, 25. März 2012

»Ich hab's gewusst, ich hab's gewusst, ich hab's gewusst.«

Max von Steyn stampfte mit dem Fuß auf den Boden, so dass ein paar Steinchen zur Seite flogen.

»Was hat du gewusst?« Angela Reiner war neben ihn getreten. Sie streckte ihre rechte Hand in Max' Richtung, als wollte sie sie beruhigend auf seine Schulter legen, zuckte dann aber wieder zurück, als er erneut auf den Boden stampfte.

»Entschuldige«. Max versuchte zu lächeln. »Ich führe mich auf wie Rumpelstilzchen. Aber das kann doch alles nicht wahr sein.«

Er gestikulierte so wild mit den Armen, dass Angela einen Schritt zurücktrat. »Gerade mal drei Wochen arbeite ich als Pressesprecher für den Einstein-Marathon, da fällt mir schon beim ersten Vorbereitungslauf ein Toter vor die Füße. Fast genau so wie damals in Berlin.«

Max blickte auf den Notarztwagen, der soeben davonfuhr. Ohne Blaulicht und Martinshorn. Denn für den Mann, der eine halbe Stunde zuvor zusammengebrochen war, gab es keine Hilfe mehr.

»Das war ein Herzinfarkt. Hat doch der Arzt gesagt.« So beruhigend Angelas Stimme wohl klingen sollte, auch sie schien der Vorfall mehr mitzunehmen, als sie zugeben wollte. Schließlich war sie damals in Berlin genau an der Stelle vorbeigelaufen, an der Walter Wilhelm Wachter tot zusammengebrochen war und Max von Steyn umgerissen hatte.

Dabei hatte dieses Mal alles so gut angefangen.

Matthias Flachner war genau im richtigen Moment in der Maxau, wie Max von Steyn sein kleines Häuschen oberhalb der Kleinstadt im hügeligen Oberschwaben nannte, aufgekreuzt. Der Vermögensberater der Sparkasse hatte bei ihrem letzten Gespräch deutlich darauf hingewiesen, dass das Wörtchen Vermögen mit Max' Kontostand herzlich wenig zu tun hatte, und nur angesichts des Immobilienbesitzes weitere Überziehungen genehmigt. »Aber passen Sie auf«, hatte er zum Abschied gesagt, »dass Sie Ihr Häuschen nicht zu sehr belasten. Da sind viele scharf drauf. Wäre doch schade, wenn das eines Tages unter den Hammer käme.«

Max hatte ergeben genickt. Er wusste nur zu gut, dass sich ein örtlicher Unternehmer die Finger nach dem Grundstück leckte. Nicht nach dem Haus, das galt nach heutigen Maßstäben nur als Bruchbude, so ganz ohne Zentralheizung und ohne Anschluss an die Kanalisation.

Aber die Lage – mit einer Ruhe, die sonst nirgendwo zu finden war. Die Stadt und ihre Licht- und Lärmquellen lagen jenseits des Hügels, und der Sternenhimmel entschädigte Max immer wieder dafür, dass nicht einmal die Fernsehsignale bis hierher drangen.

In genau diese Lage hatte sich der Unternehmer verliebt, der eines Tages mit seinem Mountainbike bei ihm aufgekreuzt war. Dass er hier oben sicher keine Baugenehmigung bekommen würde, schien ihn nicht zu schrecken. Das Wörtchen Bestandsschutz lasse sich bei seinen Beziehungen schon weit genug dehnen.

Doch Max dachte nicht daran zu verkaufen. In der Maxau steckte so viel seiner Energie, dass es ihm unvorstellbar erschien, sein Refugium einem Fremden zu überlassen, ganz egal, wie viel der bezahlte.

Wirklich beunruhigen konnte die finanzielle Ebbe Max allerdings nicht. In seinem Leben waren noch immer die Dinge geschehen, die geschehen mussten. Und zwar immer zum richtigen Zeitpunkt.

Das war damals so gewesen, als er mit knapp zwanzig sein Soziologiestudium geschmissen hatte, um in Berlin endlich zum Leben zu erwachen, oder als er, mehr als zwanzig Jahre später, hier in der Stadt seinen Job als Lokalredakteur des Oberländer Anzeigers kündigte, weil ihm alles, was er tat, plötzlich so leer erschienen war. Nur als Rädchen einer Maschinerie zu funktionieren, deren eigentlicher Zweck es war, ihren Besitzer mit Geld zu versorgen … darin wollte er den Sinn seines Lebens nicht sehen.

Irgendwo hatte Max einmal gelesen, dass die wichtigen Dinge im Leben nur dann passieren können, wenn man auch für sie bereit ist. Ein Rädchen, das nichts anderes sein will, bleibt immer ein Rädchen. Und Max hatte schon von jeher den Drang verspürt, selber an den Dingen zu drehen.

So war er, der inzwischen Firmenbiografien schrieb, um die Raten für sein Häuschen zu bezahlen, ohne eigenes Zutun zum Detektiv geworden. Diese Erlebnisse wiederum packte er in seine Romane, um so gleich wieder in eine neue Welt einzutauchen. Er genoss es, als Autor über die Frankfurter Buchmesse zu schlendern und seine eigenen Werke im Regal eines Verlages zu sehen. In die Bestsellerlisten hatte er es mit seinen beiden Kriminalromanen noch nicht geschafft. Noch nicht.

Auch deshalb hatte er eingeschlagen, als Matthias Flachner und seine Kollegen mit ihrem Angebot in der Maxau aufgekreuzt waren. Der Job würde ihn über den Sommer tragen. Und er wusste ja: Auf jede Ebbe folgt eine Flut.

»Träumst du?« Das war wieder Angelas Stimme.

»Nein, nein, mir sind bloß grad ein paar Gedanken durch den Kopf geschossen.« Max blickte sich um.

Der Platz vor dem Freizeitbad in Blaustein, an dem alle Vorbereitungsläufe des Einstein-Marathons starteten und endeten, leerte sich immer mehr. Normalerweise zogen Scharen von Läufern anschließend in das Bad, doch heute schienen nur die wenigsten Lust dazu zu haben.

Eineinhalb Stunden zuvor hatten sich 300 Männer und Frauen auf dem Platz gedrängt, um beim Auftakt in die neue Laufsaison dabei zu sein, die jüngsten vielleicht zwölf, die ältesten sicher schon fast achtzig Jahre alt. Bis zu den Sommerferien sollte es jetzt jeden Monat einen solchen Lauf geben, anfangs gute zehn Kilometer, später auch zwanzig und mehr.

»Wenn ich sehe, wie viele Leute heute gekommen sind, bin ich mir sicher, dass wir auch bei unserem achten Einstein-Marathon wieder einen Teilnehmerrekord aufstellen werden«, hatte Burkhard Haller in sein Megafon gerufen, als er die Teilnehmer begrüßte. Er war bei Luna-Events für den sportlichen Teil zuständig und suchte auch die Strecken für die Vorbereitungsläufe aus. Wohin es genau ging, blieb bis kurz vor dem Lauf sein Geheimnis. Klar waren nur Start und Ziel, für die Zeit dazwischen boten sich die unterschiedlichsten Strecken an, die aber alle eins gemeinsam hatten: Sie führten beidseitig des Blautals steil in die Höhe. Für den ersten Vorbereitungslauf hatte er eine Strecke gewählt, die zunächst durchs Kiesental führte, an dessen Sonnenseite der Frühling schon die ersten grünen Triebe wachsen ließ, und die dann kräftig bergauf ging, als kleiner Vorgeschmack auf die Touren, die noch kommen sollten.

Links von Burkhard standen einige Dutzend Männer und Frauen, die alle ein orangefarbenes Lauftrikot mit dem Logo eines großen Pharmaunternehmens trugen. Rechts von ihm waren es etwa genauso viele Läufer, die grellgrüne T-Shirts mit dem Schriftzug »Mash-Power« übergezogen hatten.

Burkhard hielt ein solches Shirt hoch und rief: »Schön, dass Mash-Power, das Team, das letztes Jahr zum ersten Mal den Pokal für die stärkste Firmenmannschaft gewonnen hat, auch heute so stark vertreten ist. Herzlich willkommen alle zusammen.«

In den Beifall, den sich die Grüngekleideten selbst spendeten, mischten sich Buhrufe von der anderen Seite.

»Ich merke, das Rennen ist eröffnet.« Er nahm jetzt ein orangefarbenes Trikot in die Hand. »Die Jungs und Mädels von Schlau-Pharma wollen ihren Titel zurück. Strengt euch an, letztes Jahr haben eurem Team nur gut hundert Kilometer gefehlt. Wir freuen uns über viele Teilnehmer und über einen fairen Wettbewerb. Damit ihr seht, dass wir als Veranstalter neutral sind, teilen wir uns auf. Ich trage heute das Hemd von Mash-Power, unser neuer Pressesprecher Max von Steyn das von Schlau-Pharma. Nächstes Mal machen wir es dann umgekehrt.«

Er drehte sich zu dem dunkelhaarigen, über 1,90 Meter großen Mann um, der hinter ihm stand. »Max, komm mal her, damit die Leute dich sehen.«

»Gut, dass du am Anfang vorgestellt wurdest«, sagte der Mann, der jetzt auf Max von Steyn zukam. »Ich bin Gregor Schlensky, Redakteur bei den Ulmer Donau-Nachrichten und von Anfang an beim Einstein-Marathon dabei. Letztes Jahr habe ich es zum ersten Mal unter drei Stunden geschafft.« Er machte eine kleine Pause, bis Max ehrfurchtsvoll nickte. »Eigentlich bin ich ja ganz privat hier und im Job auch gar nicht fürs Laufen zuständig, sondern für die Wirtschaft. Aber jetzt sollte ich meinen Kollegen vom Lokalen schon ein paar Infos liefern. Tote haben wir hier ja eher selten.«

Max sah den Mann an. Er schien Mitte, Ende Fünfzig zu sein, also etwas älter als er selbst, ein Stück kleiner, aber auch deutlich schlanker. Seine dünnen, kräftigen Beine steckten in einer enganliegenden Hose. Über den verschwitzen Kopf hatte er eine dieser Schlauchmützen gezogen, die sich mit ein wenig Geschick in die verschiedensten Formen bringen ließen. Schlenskys Wahl war auf die Piratenvariante gefallen.

»Viel kann ich dir noch nicht sagen.« Max blieb gleich beim Du, so wie das unter Läufern üblich war. »Der Mann ist, wie die meisten von uns, die Zwölf-Kilometer-Runde gelaufen. Er trank hier am Verpflegungsstand noch einen Becher Wasser, griff sich an die Brust und brach zusammen.«

»Woher weißt du das so genau?«, wollte der Journalist wissen.

»Weil ich direkt neben ihm stand. Wir waren auch unterwegs die meiste Zeit zusammen. Als wir hinten an der Fischzucht ankamen, zog er das Tempo nochmal an und forderte mich zu einem kleinen Wettkampf heraus. Er hat noch gesagt: ›Sobald die Wachhunde dort anfangen zu bellen, beginnt das Rennen.‹ Und schon haben die Köter angeschlagen. So, wie die klingen, möchte ich denen nicht in freier Wildbahn begegnen. Und als wir dann in Herrlingen nochmal die Straße überqueren mussten, hatte er einen derartigen Zahn drauf, dass ein vorbeikommendes Auto gerade noch bremsen konnte.«

»Hat er dich wenigstens geschlagen?«

»Er lag am Ende gut hundert Meter vor mir.«

»Weißt du seinen Namen?«

»Kollege, du weißt doch genau, dass ich das nicht darf.«

»Wer darf das schon? Und warum stehen dennoch so viele Namen in der Zeitung? Du bist doch offenbar auch aus der Branche. Wenn unser Polizeireporter nachher einen seiner Kontakte anruft, kriegt er den Namen. Und wenn ich ihm diesen Anruf erspare, habe ich was gut bei ihm. Dann schmeißt der mir auch mal wieder einen Stein in den Garten.«

Über sein Gesicht huschte ein Lächeln, bevor er weitersprach: »Deshalb, lieber Max von Steyn, brauch ich jetzt einen Stein in meinem Garten – von dir.«

Max tat so, als müsse er nachdenken, bevor er sagte: »Aber nur unter uns. Der Mann heißt Sebastian Wagner, Jahrgang 1973. Viel zu jung zum Sterben. Unterwegs hat er mir erzählt, dass er im vergangenen Jahr seinen ersten Halbmarathon gelaufen ist und jetzt den ganzen packen wollte. Da er dieses grüne Hemd trug, gehe ich mal davon aus, dass er zum Mash-Power-Team gehörte.«

»Welches Tempo seid ihr gelaufen?«

Max wischte sich mit dem Ärmel seiner Laufjacke über

die Stirn, auf der sich wieder ein paar Schweißtropfen gebildet hatten, und sagte: »Du gehst ja ganz schön ins Detail. Ich dachte immer, Wirtschaftsredakteure beten nur brav das runter, was die Unternehmer sagen.«

Sein Gegenüber sog laut hörbar Luft ein. »Nicht, wenn sie früher Polizeireporter waren und vor zwei Jahren den Wächter-Preis bekommen haben, weil sie eine Korruptionsaffäre bei der Vergabe von Straßenbauaufträgen aufgedeckt haben.«

»Kompliment, Kollege. Ich habe das ja auch nur als Scherz gemeint. Obwohl ... Du weißt selbst, wie manche Kollegen sind. Wenn ich da an mein Volontariat zurückdenke ...«

»Bitte keine Geschichten aus dem Krieg. Du willst mich doch bloß ablenken. Also, welches Tempo seid ihr gelaufen?«

Max wackelte nachdenklich mit dem Kopf. »Einen gefühlten Fünfer-Schnitt. Da ich nicht zu denjenigen gehöre, die jeden Lauf per GPS überwachen, weiß ich es nicht genauer. Ich habe zwar zu Hause so ein Gerät, benutze es aber eher selten.«

»Fünf Minuten auf den Kilometer, macht zwölf Kilometer die Stunde. Ist ja nicht so rasend schnell. Wenn du das beim Marathon durchhältst, bist du etwa nach 3:30 Stunden im Ziel. Damit habe ich auch mal angefangen. Und ich bin ein paar Jährchen älter als dieser Wagner.«

Max wusste nicht so recht, ob Schlensky einfach nur arrogant war oder mit dieser Bemerkung seine Beklemmung angesichts des Todesfalls überspielen wollte. Letzteres hatte er schon zu oft erlebt.

»Weißt du sonst noch was über ihn?« Der Journalist ließ nicht locker, doch Max hatte genug von dem Spiel. »Tut mir leid, Kollege. Das ist ja alles noch ganz frisch. Aber ich bin mir sicher, dass wir heute noch eine Pressemitteilung rausgeben.«

»Nur eins noch, dann lasse ich dich in Ruhe: Was hat der Notarzt gesagt?«

Max hätte sich sehr gewundert, wenn ein Profi wie Schlensky diese Frage vergessen hätte.

»Herzversagen. So etwas kommt vor. Aber er ging davon aus, dass die Staatsanwaltschaft zur Sicherheit noch eine Obduktion beantragen wird.«

»Obduktion klingt gut. Da gibt es Akten. Und wo Akten sind, sind auch Menschen, die man danach fragen kann.«

»Handwerk eben, gell?«, sagte Max und drehte sich zu Angela Reiner um, die noch immer neben ihm stand.

»So richtig freundlich warst du ja nicht zu dem«, sagte sie, als Schlensky außer Hörweite war, und nahm Max in den Arm. »Aber der Typ wirkte wirklich etwas arrogant. Von Mitleid keine Spur.«

»Der ist sicher nicht ohne.« Max wunderte sich selbst, wie er automatisch den Kollegen in Schutz nahm. »Ich kenne das doch nur zu gut. Wenn du als Journalist mit solchen Fällen zu tun hast, musst du umschalten. Ganz maschinell fragen, keine eigenen Emotionen. Sonst kriegst du keine Infos.«

»Oh, höre ich da journalistischen Korpsgeist aus deinen Worten? Wie war das noch mit der Krähe, die der anderen kein Auge aushackt?«

In diesem Moment trat Matthias Flachner zu ihnen und erlöste Max davon, diese Diskussion fortzusetzen. Zumindest für den Augenblick.

»War das nicht der Schlensky eben?«, wollte Flachner wissen. »Hast du dem was gesagt?«

»Nur das, was er mit einem Anruf bei der Polizei oder mit ein bisschen Rumfragen hier unter den Läufern auch so rausbekommen hätte. Was ist das für ein Typ?«

»Eigentlich ein ganz netter.«

»Und un-eigentlich?«, wollte Max wissen.

»Der nimmt sich oft ein bisschen wichtig. Journalisten-Krankheit, würde ich sagen.«

»Jetzt aber Vorsicht«, sagte Max mit gespieltem Ernst.

»Ich war doch früher selber einer«, entgegnete Flachner, »auch wenn ich schon bald nach dem Volontariat gemerkt habe, dass das nicht so ganz mein Weg ist. Aber lassen wir das. Ich hoffe mal, der Tote bringt uns keine allzu schlechte Presse.«

»Glaub ich eher nicht«, sagte Max. »Sofern es keinen Hinweis darauf gibt, dass es etwas anderes war als Herzversagen, ist das doch nur eine kleine Meldung wert.«

Doch da irrte er sich. Auf der Titelseite der Ulmer Donau-Nachrichten, die am nächsten Morgen auf seinem Schreibtisch bei Luna-Events lagen, prangte die Schlagzeile »Toter überschattet Marathon-Auftakt«, darunter ein vierspaltiges Bild, das zeigte, wie sich der Notarzt über den zusammengebrochenen Läufer beugt. Schlensky besaß offenbar ein Handy mit einer sehr guten Kamera.

Sabrina, eine der Mitarbeiterinnen im Luna-Büro, stellte eine Tasse Kaffee neben Max, der dankbar sagte: »Du weißt, was ich brauche. Hätte ich geahnt, wie gut man hier versorgt wird, wäre ich schon viel früher zu euch gekommen.«

»Lass mal gut sein«, ertönte da die Stimme von Matthias Flachner. »Ich möchte nicht wissen, wie viele Tote wir dann schon hätten.«

»Einen Herzinfarkt kannst du auch im Freudenhaus bekommen«, antwortete Max und spielte damit auf den Namen an, der seit einiger Zeit in Ulmer Läuferkreisen für das Gebäude, in dem Luna-Events saß, kursierte. Schließlich waren die Pläne, in dem Industriebau unweit der Bundesstraße 10 in Neu-Ulm ein Bordell unterzubringen, erst vor Kurzem ad acta gelegt worden.

Die Scherze darüber, wie es gewesen wäre, nur durch eine Glaswand getrennt von einem Unternehmen zu arbeiten, in dem es auch um Höchstleistungen, wenn auch nicht um direkt sportliche, ging, machten noch immer die Runde.

Monatelang hatte das Projekt für Schlagzeilen gesorgt, die Anwohner waren Sturm gelaufen, bis schließlich ein Nachbar dem potenziellen Bordellbetreiber das Haus vor der Nase weggekauft und für Ruhe gesorgt hatte.

So blieb es vorerst dabei, dass in einem Teil des Gebäudes riesige Topfpflanzen überwinterten und Luna-Events direkt daneben die Fäden für die großen Ulmer Laufereignisse zog.

»Wenn du Zeit hast, kannst du ja hier mal zurückrufen«, sagte Sabrina, als sie Max einen Zettel mit mehreren Telefonnummern auf den Tisch legte. »Südwest-Presse, Neu-Ulmer Zeitung, Schwäbische, Radio 7, Donau-3, der SWR und natürlich die Donau-Nachrichten warten auf O-Töne.«

»Was sollen wir denen denn sagen?« Inzwischen war auch Burkhard gekommen und hatte sich mit einer Tasse Kaffee zu den anderen gesellt. »Wir wissen doch auch nicht mehr als gestern.«

»Stimmt«, antwortete Matthias Flachner. »Aber dafür haben wir ja neuerdings einen Pressesprecher. Der kann sicher mit vielen schönen Worten nichts sagen.«

»Und der versucht jetzt erst mal bei der Polizei rauszukriegen, ob es was Neues gibt – wenn er vorher noch einen Kaffee bekommt«, sagte Max und lächelte Sabrina an, die die große Thermoskanne gerade in der Hand hielt.

Kriminalrat Auchter hatte ihm am Vortag die Karte mit seiner Durchwahl gegeben, wenngleich er nicht gerade gejubelt hatte, als Max sich als Pressesprecher des Einstein-Marathons vorgestellt hatte. Die beiden kannten sich gut genug. Bis vor einem Jahr hatte Auchter bei der Kripo in Max von Steyns Heimatstadt gearbeitet, gerade mal 50 Kilometer südlich von Ulm. In den beiden Mordfällen, in denen Max zum Detektiv geworden war, hatte er mit Auchter zu tun gehabt oder war diesem – wie der es lieber sah – in die Quere gekommen. Wenn auch mit dem Ergebnis, dass Max von Steyn dem Polizisten die Lösung stets auf dem silbernen Tablett präsentiert hatte, was diesen aber nicht daran hinderte, sich stets selbst als den großen Ermittler zu präsentieren. In den beiden Büchern, die Max über seine Abenteuer bislang geschrieben hatte, nahm Auchter allerdings eine bescheidenere Rolle ein, was ihn ein wenig zu kränken schien. Bei seinen Vorgesetzten besaß er offenbar so gute Karten, dass er es inzwischen zum Chef der Ulmer Mordkommission gebracht hatte. Aber auch in dieser Position blieb er nicht vom Bereitschaftsdienst am Wochenende verschont.

»Guten Morgen, Herr Kriminalrat. Haben Sie die Leiche von gestern schon verdaut?«, rief Max fröhlich ins Telefon, als sich Auchter meldete. Er wusste von seinem Freund Eberhard Walter, dem seit dem vergangenen Jahr pensionierten Pressesprecher der Polizei seiner Heimatstadt, wie stolz Auchter auf den Titel Kriminalrat war.

»Die Leiche macht mir weniger Sorgen, Herr von Steyn«, antwortete Auchter. »Sie sind es, der mir schwer im Magen liegt.«

»Wie komme ich zu der Ehre, dem großen Chef der Ulmer Mordkommission schwer im Magen zu liegen?« Max genoss das Geplänkel mit dem Beamten.

»Wo sich bislang unsere Linien gekreuzt haben, gab es Schwierigkeiten.«

»Vielleicht sollten sich unsere Linien mal abends bei einem Bier kreuzen, das ist vielleicht weniger schwierig.«

Auchter schien darüber nachzudenken, ob er es sich in seiner Position leisten könnte, beim Bier mit einem Journalisten gesehen zu werden. Diplomatisch antwortete er: »Vielleicht treffen wir uns ja bei der nächsten Party von Ebe, der müsste doch bald von seiner großen Reise zurückkommen.«

Max verspürte wenig Lust, mit Auchter über seinen Freund zu reden, der am Tag nach der Pensionierung mit seiner Frau zu einer Weltreise aufgebrochen war. Er freute sich sehr darauf, die beiden wiederzusehen, selbst wenn Auchter mit von der Partie wäre.

»Lassen Sie uns übers Geschäft reden. Ich habe hier einen Stapel Presseanfragen wegen der Geschichte von gestern.«

»Da sind Sie nicht der einzige. Die haben wir auch.«

»Vielleicht sollte ich mich bei Ihnen bewerben, wenn mein Job hier zu Ende ist.«

»Aber erst nach meiner Pensionierung, wenn ich bitten darf.« Auchter wusste genau, dass Max von Steyn zwei Jahre älter war als er selbst. »Was wollen Sie wissen?«

»Ob es etwas Neues gibt. Schließlich haben Ihre Leute ja gestern die Personalien von mindestens fünfzig Läufern aufgenommen. Haben Sie die schon alle verhört?«

»Das wird nicht nötig sein. Gerade hat der Pathologe angerufen. Das war eindeutig ein Herzinfarkt. Sebastian Wagner hatte eine Vorschädigung, von der niemand etwas wusste. Sport ist eben Mord – oder zumindest Selbstmord.«

»Darf ich Sie damit zitieren?«, fragte Max mit sanfter Stimme.

»Gar nichts dürfen Sie zitieren. Das wissen Sie genau. Bis heute Mittag haben wir den schriftlichen Bericht. Dann setzen wir das in unsere Pressemitteilung. Bis dahin wissen auch Sie das nicht von mir. Ist das klar?«

»Großes Indianerehrenwort, Herr Kriminalrat.«

»Und lassen Sie das mit dem Kriminalrat. Ich weiß doch genau, dass Sie sich über unsere Dienstbezeichnungen nur lustig machen.«

Max verzichtete auf eine Antwort. Er hatte das Gefühl, dass das nicht sein letztes Gespräch mit Auchter in dieser Sache sein würde.

Noch bevor er anfangen konnte, die Liste der Presseanfragen abzuarbeiten, klingelte sein Telefon.

»Schlensky hier. Du erinnerst dich an mich?«

»Klar, für wirtschaftliche Dinge ist bei uns aber Matthias Flachner zuständig. Den kennst du ja von früher. Der hat doch auch mal bei eurem Verein gearbeitet, bevor er eines Besseren belehrt wurde.«

»Witzig, witzig, Herr Kollege, aber ich mach mal Pause von der Wirtschaft. Der Chef meinte, es sei eine gute Idee, so was wie ein Lauftagebuch zu schreiben. Vom ersten Vorbereitungslauf bis zum Marathon. Und da wir ja schon einen Toten haben, sind unsere Leser sicher ganz gierig darauf.«

»Vor allem, wenn die Leichen schon auf der Titelseite zu sehen sind«, entgegnete Max.

»Was willst du machen, wenn an so einem Sonntag nicht mal dpa was Gescheites liefert? Und lokale Geschichten gehen immer. Den Rest kennen die Leute doch schon aus der Tagesschau.«

Max fühlte sich in seine Redakteursjahre zurückversetzt. Genau so hatte er auch immer argumentiert. Wenngleich er hoffte, nie so arrogant wie Schlensky rübergekommen zu sein.

»Was willst du wissen, Kollege?«

»Alles, ist doch klar. Wenn ich dir sagen müsste, was ich wissen will, wärst du fehl am Platze.«

»Über diesen komplizierten Satz muss ich nachher auf dem Klo mal nachdenken«, gab Max zurück. »Also gut.

Inoffiziell weiß ich schon, dass die Obduktion das bestätigt, was der Notarzt gestern vermutete: Wagner hatte einen Herzfehler. Fremdverschulden scheidet aus.«

»Woher weißt du das? Ich habe eben bei der Pressestelle der Polizei angerufen und die konnten mir noch gar nichts sagen.«

»Weißt du, ich erinnere mich an einen Kollegen, der erst gestern sagte, Akten seien gut, denn wo Akten seien, seien auch Menschen, die man danach fragen könne.«

»Eins zu null für dich, obwohl du von außerhalb kommst«, lenkte Schlensky ein. »Woher weißt du das?«

»Keine Chance, die Quelle gehört mir. Aber ich bin mir sicher, dass die Polizei das heute noch offiziell bestätigt.«

»Dann weiter im Text: Hat Wagners Tod irgendwelche Auswirkungen auf den Einstein-Marathon?«

»Welche Auswirkungen haben knapp 4000 Verkehrstote im Jahr auf das Fahrverhalten des Einzelnen?«, gab Max zurück und fügte gleich hinzu: »Damit zitierst du mich aber bitte nicht.«

»Womit dann?«

»Damit, dass uns der Tod von Sebastian Wagner sehr betroffen macht und unsere Gedanken bei seinen Angehörigen sind. Da nun feststeht, dass sein Tod auf eine nicht erkannte Vorerkrankung zurückzuführen ist, rufen wir alle Teilnehmerinnen und Teilnehmer auf, sich untersuchen zu lassen und nur dann zu starten, wenn sie wirklich gesund sind.«

»Eine Attestpflicht führt ihr aber nicht ein, oder?«

»Das wurde ja vor einigen Jahren alles schon lang und breit diskutiert und als undurchführbar verworfen. Wenn sich heute einer vollkommen gesund anmeldet, kann er trotzdem beim Start Fieber haben. Das ist bekanntlich extrem gefährlich.«

»Wie viele Leute sterben denn so beim Marathon?«, wollte Schlensky wissen.

»Ich habe mal gelesen, dass die Ärzte von einem Toten auf 110 000 Teilnehmer ausgehen. Das heißt, statistisch gesehen, bei uns alle zehn Jahre einer.«

»Und was sagst du, wenn dich jemand fragt, ob Laufen nun gesund ist oder nicht?

»In der ›Zeit‹ stand mal das schöne Zitat eines Arztes: ›Wer sichergehen will, dass er in der nächsten Stunde keinen Herzinfarkt bekommen will, sollte sich ins Bett legen, und zwar allein. Wer sichergehen will, dass er in den nächsten zwanzig Jahren keinen Herzinfarkt bekommt, sollte loslaufen.‹ Und was den Marathon angeht, wissen wir ja schon lange: Die Vorbereitung ist gesund, der Lauf selber nicht so sehr.«

»Und trotzdem veranstaltet ihr das Ganze?«

»Die meisten Beschwerden gehen ja schnell vorbei.«

Schlensky schien genug gehört zu haben. Und Max führte gleich im Anschluss ein halbes Dutzend weiterer Gespräche, die alle ähnlich abliefen.

Gegen Mittag meldete sich dann Sebastian Wagners Chef, Friedrich Mäschle, bei Luna-Events. Er kündigte an, dass das Mash-Power-Team beim nächsten Vorbereitungslauf am 22. April mit schwarzen Armbinden an den Start gehen werde. Was später so mancher als böses Omen deuten sollte.

* * *

Sonntag, 22. April 2012

Genau vier Wochen war es her, dass Burkhard Haller auf der Betonmauer vor dem Bad Blau gestanden war, um die gut 300 Läuferinnen und Läufer zum Auftakt der Einstein-Saison zu begrüßen.

Jetzt sprang er wieder hinauf. Der 22. April war ein strahlend schöner Frühlingstag. Obwohl es erst zehn Uhr morgens war, zeigte das Thermometer schon 18 Grad. Ideal für einen gemütlichen Lauf. Über Burkhards Gesicht legte sich ein breites Strahlen, als er in die Runde blickte: Es waren deutlich mehr Teilnehmer als beim letzten Mal.

Als er zu sprechen begann, verfinsterte sich allerdings sein Gesichtsausdruck: »Liebe Läuferinnen und Läufer, so sehr ich mich freue, dass ihr alle gekommen seid, um euch gemeinsam auf das größte Laufereignis der Region, den Ulmer Einstein-Marathon, vorzubereiten, so traurig sind wir alle, dass ein Läufer nicht mehr dabei sein kann.«

Er blickte schweigend in die Runde und sah rechts von sich etwa 100 Männer und Frauen, die über die Ärmel ihrer grünen Laufshirts schwarze Binden gezogen hatten. Vor ihnen stand ein alter Herr mit schlohweißem Haar, nicht in Laufkleidung wie alle anderen hier, sondern im dunklen Anzug mit weißem Hemd und sorgfältig gebundener Krawatte. Nur den staubigen Schuhen sah man an, dass er heute schon einen weiten Weg zurückgelegt haben musste.

Burkhard nickte in die Richtung der Gruppe und sprach weiter: »Wie ihr alle wisst, gab es bei unserem letzten Lauf am 25. März einen bedauerlichen Unglücksfall. Sebastian Wagner, den wir alle als Sebi kannten, ist im Ziel zusammengebrochen und gestorben. Er hatte einen Herzfehler, von dem niemand etwas wusste, auch er selbst wohl nicht.«

Die sonst so kräftige Stimme, die die Läufer immer mit launigen Worten auf die Strecke schickte, hatte einen matten Klang bekommen. Burkhard schluckte, bevor er fortfuhr: »Sebis Kollegen vom Team Mash-Power laufen heute mit Trauerbinden, eine würdige Geste, wie ich finde. Bevor ich euch erkläre, wo es heute hingeht, möchte Friedrich Mäschle, der Chef von Mash-Power und selbst ein sehr erfahrener Läufer, ein paar Worte an euch richten. Bitte sehr, Herr Mäschle.«

Burkhard reichte dem Unternehmer die Hand, um ihm hochzuhelfen. Doch der winkte ab: »Das geht schon noch, junger Mann.« Für einen über Siebzigjährigen war ein knapp Fünfzigjähriger nun einmal jung. Der hätte ja sein Sohn sein können.

Max stand nur ein paar Meter von den beiden entfernt. Als Mäschle zu sprechen begann, schloss Max kurz die Augen und wunderte sich. Hörte man nur die Stimme, ohne Mäschle dabei zu sehen – niemand würde sie für die eines alten Mannes halten. Sie klang tief, ruhig und bestimmt. Obwohl Mäschle sich bemühte, Schriftdeutsch zu sprechen, schwang in jedem seiner Worte das leichte Singen des Schwäbischen mit.

Als das Luna-Team bei der Vorbesprechung im »Freudenhaus« auf den Unternehmer zu sprechen gekommen war, hatte Wilfried Mühl in höchsten Tönen von dem Mann geschwärmt: »Ohne Übertreibung, das ist ein Läufer-Urgestein. Der ist schon Marathon gelaufen, als es das als groß organisierte Veranstaltung bei uns noch gar nicht gab. Immer die Donau entlang, einundzwanzig Kilometer hin, einundzwanzig zurück. Und die letzten 195 Meter dann zum Einkehren, hat er immer gesagt. Auch beim ersten Berlin-Marathon 1974 war er dabei.«

Joggen konnte Mäschle seit ein paar Jahren nicht mehr, sein künstliches Kniegelenk ließ das nicht zu. Seitdem ging er, wie er es selbst nannte, am Stock. Und zwar beim Nordic-Walking. Anfangs hatte er die »Stecken« zwar gehasst, doch mittlerweile hängte er auf der Zehn-Kilometer-Strecke, die er beim Einstein-Lauf noch immer absolvierte, selbst deutlich Jüngere ab.

Dieser Mann stand nun vorne auf dem Mäuerchen, drückte seine Trauer über den Tod seines jungen Mitarbeiters aus und bekannte gleichzeitig, wie viel ihm selbst das Laufen immer gegeben habe. »Es ist nur in Sebastian Wagners Sinn, wenn wir weitermachen«, sagte er und fügte hinzu: »Aber passt auf euch auf – und geht nur auf die Strecke, wenn ihr sicher wisst, dass ihr gesund seid. Sich gesund fühlen reicht nicht!«

»Der macht das Klasse«, sagte Max zu Burkhard Haller, der jetzt neben ihm stand. »Hätte das einer von uns gesagt, es hätte nur kitschig geklungen. Bei Mäschle ist das eine andere Hausnummer.«

Burkhard nickte und setzte sich in Bewegung. »Jetzt bin ich wieder dran.«

Er war nun ganz in seinem Element. Mit jedem Wort, mit jeder weiteren Erklärung der Strecke wich seine Beklemmung. Lange Strecken waren sein Ding. Sie konnten für ihn eigentlich gar nicht lang genug sein. Wie sonst wäre er ein paar Jahre zuvor auf die Idee gekommen, die gesamte Donau abzulaufen?

Wobei er selbst heute allerdings nicht laufen würde. Seine Aufgabe bestand darin, sicherzustellen, dass die anderen alle Straßen gut überqueren konnten und dass keiner irgendwo liegenblieb. Deshalb fuhr er die Strecke mit dem Rad immer auf und ab, das erste Mal früh am Morgen um halb fünf, um die Schilder an den vielen Abzweigungen anzubringen und die blauen Markierungspfeile auf den Boden zu sprühen. Dann, während die anderen liefen, und ein letztes Mal, um die Schilder wieder einzusammeln, wenn die Läufer schon gemütlich im Thermalbad lagen oder beim Mittagessen saßen. Die blauen Pfeile würde der Regen bald wegwaschen.

Daran, dass heute alles anders kommen würde, dachte noch niemand.

Diese Art der Vorbereitungsläufe gab es schon seit sechs Jahren. Burkhard Haller hatte einen richtigen Ehrgeiz entwickelt, jedes Mal neue Strecken zu finden. Auch wenn es Überschneidungen gab, kein Lauf sollte dem anderen gleichen. Außer den Luna-Leuten und den Läufern, die die verschiedenen Gruppen anführten, kannte niemand die Route – obwohl sie für jeden zu finden gewesen wäre.

»Das ist ja das Faszinierende am Internet«, hatte er zu Max gesagt, als er ihm das System erklärte. »Du kannst alles reinstellen und niemand findet es, wenn er keinen Link hat.«

Die Grundzüge des heutigen Laufs waren schnell erklärt: »Wie immer, könnt ihr nach Belieben kombinieren. Wir starten jetzt auf dem Radweg durchs Schammental Richtung Mähringen, biegen dann rechts in den Wald ein und laufen in Richtung Oberberghof. Da gibt es heute flüssiges Manna.«

Viele der Läufer, die schon seit Jahren dabei waren, kannten die Gegend sehr gut und gingen, wie an ihren Kopfbewegungen zu erkennen war, die Strecke in Gedanken schon mal durch.

»Von dort aus gibt es mehrere Schleifen. Wer sich fit genug für 24 Kilometer fühlt, macht die Runde um Mähringen und läuft dann noch um den Botanischen Garten, bevor es hierher zurück geht. Wir statten auch dem Truppenübungsplatz der Bundeswehr einen kleinen Besuch ab. Aber keine Angst, sonntags schießen die nie. Wer nur um den Botanischen Garten läuft, kommt auf 14 Kilometer, wer gleich zurück will, auf gute zehn.«

Unter den Läufern machte sich ein wenig Unruhe breit. Sie wollten los, was Burkhard Haller nur zu gut verstand.

»Also Leute, auf geht's. Wie immer startet die Gruppe zuerst, die einen Kilometerschnitt von fünf Minuten anpeilt. Ihr lauft mit Sven.« Er zeigte auf einen etwa 30-Jährigen, der sich am Ende des Platzes positioniert hatte und jetzt einen Zettel mit den Zahlen 5:00 hochhielt. Max staunte, wie viele Leute sich dieses Tempo zutrauten, er schätzte, es waren mehr als hundert, darunter mindestens zwei Dutzend aus dem Mäschle-Team.

Ein paar Meter neben ihm streckte eine junge Frau einen Zettel in die Höhe, auf dem »5:15« stand. »Jutta läuft etwas langsamer«, erklärte Burkhard. Ihre Gruppe schien auch nicht kleiner zu sein als die erste.

Max, der, wie beim ersten Lauf angekündigt, an diesem Tag das grüne Mash-Power-Shirt trug, reihte sich bei denen ein, die den Kilometer in sechs Minuten und dreißig Sekunden laufen wollten, also mit einem Schnitt von etwas mehr als neun Stundenkilometern und damit immer noch doppelt so schnell wie ein Spaziergänger.

Auf der Blau, die sich durch den Ort schlängelte, entdeckte Max ein Schwanennest, in dem das eng zusammengerollte Muttertier über ihrem Nachwuchs brütete. Noch gaben die Weiden am Ufer den Blick aufs Wasser frei, in ein paar Wochen schon würden die Äste wieder dicht mit Laub bewachsen sein.

Max genoss das langsame Tempo, das es ihm erlaubte, überall die Spuren des Frühlings wahrzunehmen – zu denen er auch die Fähre zählte, die an einem Haus am gegenüberliegenden Ufer festgemacht war. Das grüne Plastikboot erinnerte an eine Badewanne, die an einer Wäscheleine über den vielleicht zehn Meter breiten Fluss gezogen wurde. »Man muss sich nur zu helfen wissen«, meinte Heidi, die die Gruppe führte.

Nach den ersten zwei Kilometern blickte sie sich zu den rund sechzig Männern und Frauen um, die hinter ihr liefen, und sagte: »Jetzt werden wir gleich sehen, wie viel Luft ihr habt, jetzt beginnt die Bergwertung.« Fünfzig Höhenmeter mussten die Läufer auf den nächsten fünfhundert Metern bewältigen, was einer Steigung von zehn

Prozent entsprach. »Wer sich dabei noch weiter unterhalten kann, sollte das nächste Mal in eine schnellere Gruppe wechseln.«

Schon nach hundert Metern wusste Max, dass er das sicher nicht tun würde. Ihm lief der Schweiß in Strömen am Kopf herunter. Alle paar Sekunden musste er mit dem Handrücken über seine Stirn wischen. Wieder einmal hatte er sein Stirnband vergessen, das den salzigen Schweiß aufsaugen sollte, bevor er in seine Augen lief und dort fürchterlich brannte.

Heidi, die neben Max lief, war sicher ein paar Jährchen älter als er. Seit zwanzig Jahren lief sie Marathon, oft sogar drei im Jahr. Sie wirkte eher gedrungen und hatte, dem vielen Laufen zum Trotz, relativ stämmige Beine und auch einen deutlichen Ring um den Bauch, der sich unter dem engen Laufshirt abzeichnete. Max, der in den vergangenen Jahren auch ein wenig in die Breite gegangen war, fand das beruhigend. Aus dem Alter, in dem man von einem Athletenkörper träumt, war er schon raus.

Während er immer schwerer atmete, erzählte Heidi ganz locker von ihren Marathon-Erlebnissen. Bestzeiten interessierten sie nicht – »Ich mach das wegen der Gaudi.« Obwohl sie liebend gerne stundenlang alleine durch den Wald lief, genoss sie es, ab und zu in eine so riesige Menschenmenge einzutauchen, wie das eben nur bei großen Marathons möglich ist. »New York, das ist mein Traum«, bekannte sie. »Das mach ich mit meinem Mann, sobald er in Rente ist.«

Max hörte geduldig zu. Solange er nicht sprechen musste, war alles in Ordnung.

»Hier schaut mal«, rief sie, als sie oben am Berg aus dem Wald herausliefen, »da blühen schon die Schlehen. Und hier stehen ein paar Buschwindröschen.«

Die Idylle fand aber schon bald ihr Ende, als ein Stück vor ihnen eine Brücke auftauchte, die über den vierspurigen Berliner Ring führte.

Max spürte, wie sein Handy, das er in einem Gürtel am Bauch trug, zu vibrieren begann. Noch bevor er sich melden konnte, hörte er Matthias Flachner brüllen: »Scheiße, Max. Wir haben wieder einen Toten. Diesmal aber kein Herzinfarkt. Der ist erschossen worden.«

Max blieb so abrupt stehen, dass die Frau, die hinter ihm lief, auf ihn knallte. »Sorry«, murmelte er und ging auf die Seite. Heidi sah ihn fragend an, doch Max bedeutete ihr, weiterzulaufen.

»Jetzt mal ganz ruhig, Matthias«, sagte er ins Telefon.

»Ruhig ist hier gar nichts. Du kommst am besten sofort her.«

»Gerne, wenn du mir sagst, wohin. Und wenn ich genau wüsste, wo wir jetzt sind. Bleib mal kurz dran, ich muss schauen, dass ich Heidi einhole. Die kennt sich ja hier aus.«

Max staunte, welche Kraft ihm der Adrenalinschub gab, den Matthias Flachners Anruf ausgelöst hatte. Dennoch dauerte es gut zwei Minuten, bis er die Gruppe, die schon 200 Meter von ihm weg war, eingeholt hatte. Im Lauf hielt er das Handy ans Ohr, um zu hören, was passiert war – obwohl auch Flachner bislang relativ wenig wusste. »Im Wald kurz vor Mähringen hat es plötzlich geknallt und einer aus der Gruppe von Jutta ist umgefallen. Das war wieder einer aus dem Mäschle-Team.«

»Wo sind wir jetzt genau?«, wollte Max von Heidi wissen.

»Direkt links von uns steht die Fachhochschule. Und das langgestreckte Gebäude da vorne gehört schon zur Uni. Gleich daneben ist der Verpflegungsstand. In fünf Minuten sind wir da.«

»Ich hab's gehört«, rief Matthias Flachner. »Burkhard kommt dir mit dem Fahrrad entgegen. Sag Heidi, die Gruppe soll vom Verpflegungsstand aus zurücklaufen zum Bad Blau. Aber sag nicht, warum.«

Wenig später saß Max auf Burkhards Fahrrad, dessen Besitzer nebenherlief. »So sind wir am schnellsten«, hatte er gesagt, als er Max das Gefährt in die Hand drückte. Wie bei allen Mountainbikes gab es keinen Gepäckträger, auf den sich einer der beiden hätte setzen können. Und die Stange war zu schräg. Doch Burkhard war nicht nur gut in Form, er schien auch so adrenalingetränkt, dass Max kräftig in die Pedale treten musste, um mit ihm mitzuhalten.

An einem Rundbau, der auf hölzernen Stelzen zu schweben schien, bogen sie nach links ins Unigelände ein, überquerten die Albert-Einstein-Allee und kamen durch ein kleines Wäldchen, bevor sie wieder den asphaltierten Weg erreichten, der zu dem Tunnel unter dem Berliner Ring führte. Links erkannte Max an einem Gebäude den Schriftzug ›Nokia Siemens Networks‹ und erinnerte sich an die Schlagzeilen, die das Unternehmen in den vergangenen Monaten gemacht hatte, als auch in Ulm die Angst vor einem Arbeitsplatzabbau umging.

Er ließ das Rad den kleinen Abhang zu der Röhre hinunterrollen, die unter dem Berliner Ring hindurchführte. Die sonst viel befahrene Straße lag an diesem Sonntag wie ausgestorben da.

Auf der anderen Seite des Tunnels wiesen die blauen Pfeile erst nach rechts, dann an der Infotafel des Natur- und Umweltlehrpfades Oberer Eselsberg gleich wieder scharf nach links. Da inzwischen alle Läufer vom Verpflegungsstand aus auf die Strecke um den Botanischen Garten geschickt wurden, war der Weg vor ihnen leer. Max sah auf beiden Seiten Drahtzäune, die die dahinter liegenden Jungpflanzen vor dem Wildverbiss schützen sollten. Als sie in den Wald hineinliefen, erkannte Max ein Stück weiter vorne einen Pulk Menschen, es mussten weit über hundert sein. Gleichzeitig ertönten von der anderen Seite her Sirenen. Die Menge stob auseinander. Max und Burkhard sahen mitten auf dem Weg eine Gestalt in einem grünen Laufshirt liegen, über die sich ein Mann und eine Frau beugten.

Als der Notarzt aus seinem Fahrzeug stürmte, erhoben sie sich. Max konnte nicht hören, was sie miteinander sprachen, das heftige Kopfschütteln des Mannes, der sich um das Opfer gekümmert hatte, schien ihm aber eindeutig.

Die beiden Polizeibeamten, die mit ihrem Streifenwagen direkt hinter dem Notarzt hergefahren waren, versuchten, sich einen Überblick zu verschaffen, was angesichts eines Dutzend wild auf sie einredender Menschen nicht ganz einfach schien. Im Zentrum erkannte Max jetzt Jutta, die versuchte, die anderen zu beruhigen.

Burkhard stellte sich neben sie und rief: »Leute, seid doch mal kurz still, damit wir der Polizei erklären können, was wir wissen. Ich denke, die sprechen nachher ohnehin noch mit jedem, der etwas gesehen hat.«

Ganz langsam kehrte Ruhe ein. Jutta konnte nur mit Mühe das Zittern in ihrer Stimme bändigen. »Ich leite die Gruppe. Bis wir hierher kamen, war das ein ganz normaler Vorbereitungslauf. Ich lief vorne, neben mir zwei, drei Leute. Da es hier ja den Berg hinuntergeht, haben wir uns unterhalten, so das Übliche: Marathonzeiten, Ziele für dieses Jahr, Verletzungen.«

»Und dann?«, fragte der Polizist mit hörbarer Ungeduld in der Stimme.

»Ja, jetzt kommt es«, sagte Jutta. »Wir sprachen wie gesagt über das Übliche. Der Franz Hunzinger hat noch gesagt, dieses Jahr knacke ich meine Bestzeit. Da schießt plötzlich Thomas Biehler nach vorne und ruft: ›Und ich schlage dich‹. In der Sekunde höre ich einen Knall, und der Thomas fängt an zu taumeln. Der hat noch mal kurz den Kopf hochgerissen, sich dann an die Brust gegriffen und ist auf den Boden gestürzt. Dahin, wo er jetzt noch liegt.«

»Haben Sie mitbekommen, woher der Schuss kam?«, wollte der zweite Polizist wissen.

»Schwer zu sagen, das kam ja alles ganz plötzlich. Ich glaube, dort aus dem Wald.« Jutta zeigte in die Richtung der Nadelbäume links vom Weg. »Aber gesehen habe ich nichts. Wie auch? Das ging doch alles so schnell.« Ein Zittern durchfuhr ihren Körper, als sie sagte: »Ich glaube es nicht. Ein paar Zentimeter weiter rechts, und es hätte mich erwischt. Meinen Sie, da hatte es einer auf Thomas Biehler abgesehen?«

Der Polizist legte seine Hand auf ihren Arm: »Das werden die Kollegen der Kripo herausfinden. Da hinten kommen sie schon.« Er drehte sich zu den Läufern um, die jetzt wieder in Gruppen zusammenstanden und heftig diskutierten. Manche weinten. »Meine Damen und Herren, ich bitte Sie, hierzubleiben, bis wir Ihre Personalien aufgenommen haben.«

Es war eine ganze Autokolonne, die aus Richtung Mähringen gekommen war, einige Streifenwagen, aber auch mehrere zivile Fahrzeuge. Aus dem größten, einem C-Klasse-Mercedes, stieg ein Mann, den Max nur zu gut kannte. Der ging nun geradewegs auf ihn zu und fragte nur leise: »Warum, Herr von Steyn?«

Max zog die Augenbrauchen hoch und runzelte die Stirn: »Das herauszufinden, ist Ihr Job, Herr Kriminalrat. Wenn Sie möchten, helfe ich Ihnen gerne dabei.«

Auchter sparte sich die Antwort und ließ sich von den Uniformierten berichten, was sie wussten. Sofort schickte er einige Beamte in die Richtung, in die Jutta zuvor gezeigt hatte.

Max hörte, wie der Notarzt von Exitus und von einem Volltreffer sprach.

Gut drei Stunden später saßen Max von Steyn, Matthias Flachner, Burkhard Haller und Wilfried Mühl um den rechteckigen Holztisch direkt am Fenster ihres Großraumbüros. Irgendjemand hatte Kuchen gekauft und ihn in die Mitte des Tisches gestellt, doch niemand schien Appetit zu haben. Gedankenverloren rührte Max in seinem Kaffee, in den er zum ersten Mal seit vielen Jahren wieder zwei Löffel Zucker getan hatte.

»Hat jemand was dagegen, wenn ich laut ›Scheiße‹ brülle?«, fragte Matthias Flachner in die Runde. Das Lachen, mit dem er sonst in jede Besprechung ging, war einem düsteren Gesichtsausdruck gewichen.

»Brüll, so viel du willst, hier stört das niemanden. Aber es macht auch keinen wieder lebendig«, antwortete Burkhard und sah seinen Kompagnon an, bevor er mit ruhiger Stimme fragte: »Was tun wir jetzt, außer rumzubrüllen?«

»Ist schon gut, ich brüll ja gar nicht.« Flachner drehte sich zu Max von Steyn. »Wozu rät der Medienprofi?«

»Erst mal: Nichts überstürzen. So tragisch das Ganze ist, es hat ja nicht direkt etwas mit uns zu tun.«

»Natürlich hat es das!« Wilfried Mühl, sonst einer, der die Dinge eher leichter nahm, bekam einen roten Kopf. »Zwei Vorbereitungsläufe und zwei Tote. Keine gute Bilanz.«

»Da hast du recht«, lenkte Max ein. »Ich meinte ja nur, dass uns niemand einen Vorwurf machen kann. Was können wir dafür, wenn erst einer beim Laufen einen Herzkasper kriegt und dann jemand erschossen wird? Das wird wohl kaum jemand für einen inszenierten Marketing-Gag halten.«

Keiner sagte etwas darauf.

»Lasst uns doch noch mal zusammenfassen, was wir wissen: Im Wald, etwa bei Kilometer 7,5, lag einer auf der Lauer und hat geschossen, als Juttas Gruppe kam. Auch mein Freund Auchter geht ja davon aus, dass das ein gezielter Anschlag war. Schließlich hatte die schnellste Gruppe die Stelle ein paar Minuten zuvor ohne jedes Problem passiert. Kennt jemand von euch Thomas Biehler?« Max drehte die Augen nach oben, bevor er sich korrigierte: »Nein, kannte ihn jemand?«

»Klar, der lief ja schon seit Jahren bei uns mit. Ein guter Marathonläufer«, erklärte Burkhard. »Aber viel mehr, als dass er bei Mäschle arbeitet, weiß ich auch nicht. Das ist so wie bei vielen Leuten, die man vom Sehen kennt. Du weißt das eine oder andere Detail über sie, bist vielleicht mal ein paar Kilometer neben ihnen gelaufen und hast dich über irgendwelche Belanglosigkeiten unterhalten. Aber sonst? Keine Ahnung.« Genau wie die anderen zuckte auch er jetzt mit den Schultern.

In diesem Moment klingelte mal wieder Max' Handy. Bevor er aufs Display blickte, sagte er: »Ich wette zehn zu eins, dass das Schlensky ist.« Der Journalist war in der schnellsten Gruppe gelaufen und hatte auf dem Rückweg gesehen, wie die Polizeibeamten den Wald absuchten. Zielstrebig war er dann auf Max zugelaufen und hatte gefragt: »Lieferst du mir wieder einen Aufmacher?« Natürlich hatte er sein Handy – und damit eine Kamera – dabei. Bevor ihn jemand davon abhalten konnte, hatte er die am Boden liegende Leiche schon fotografiert.

»Du lässt aber nicht locker«, sagte Max anstelle einer Begrüßung ins Telefon.

»Würdest du das an meiner Stelle?« fragte Schlensky zurück und wartete gar nicht auf eine Antwort. »Aber freu dich, diesmal habe ich ein paar Infos für dich.«

»Da bin ich ja mal gespannt. Ich stell mal auf Lautsprecher, damit meine Kollegen mithören können.«

»Kein Problem, ich bin es gewohnt, öffentlich zu sprechen«, sagte Schlensky gelassen. »Du weißt doch, dass auch ich ein Profi bin!«

»Was heißt ›auch ich‹?«, fragte Max verwundert. »War der Mörder vielleicht auch einer?«

»Eher nicht, das ist es ja, was ich euch erzählen will. Die Polizei hat im Wald eine Patronenhülse gefunden. Ein Profi lässt so etwas nicht liegen.«

»Außer er weiß, dass die Waffe nicht wieder zum Einsatz kommt.«

»Du hast ja recht, Herr Gerichtsreporter. Aber jetzt brauch ich für meinen Aufmacher noch eine Stellungnahme von euch Einsteinen. Willst du mir was sagen oder muss da der Geschäftsführer ran?«

Max blickte zu Matthias Flachner, doch der zeigte, ohne etwas zu sagen, mit dem Finger auf ihn.

»Du darfst mit mir Vorlieb nehmen. Was willst du hören?« Da die Frage nur rhetorisch gemeint war, sprach Max gleich weiter. »Wir sind, wie alle Läuferinnen und Läufer, schockiert von dem Vorfall heute früh. Zur Sache selbst können wir natürlich nichts sagen. Das ist Aufgabe der Polizei.«

»Ja, seht ihr denn keinen Zusammenhang mit dem Einstein-Marathon? Das ist immerhin schon der zweite Tote aus dem Mäschle-Team.«

Matthias Flachner holte tief Luft, doch als er zu sprechen beginnen wollte, hob Max erst beschwichtigend die Hände und legte dann seinen rechten Zeigefinger auf die Lippen. »Lass dich nicht provozieren«, flüsterte er.

»Ich hab's genau gehört«, meldete sich Schlensky wieder. »Wen provoziere ich denn?«

»Niemanden, du hast doch ganz normal gefragt.« Max

kannte das Spielchen. Er hatte es selbst oft genug erfolgreich angewandt. Ein Schuss ins Blaue löste oft die interessantesten Reaktionen aus.

»So bedauerlich natürlich die beiden Todesfälle sind, bislang sieht wohl niemand eine Verbindung. Sebastian Wagner ist eindeutig an einem Herzinfarkt gestorben. Wie soll das mit dem Mord zusammenhängen?«

»Das frage ich ja dich, Herr Pressesprecher. Vorhin auf der Strecke wurde laut darüber nachgedacht, ob jemand Mäschle die Firmenwertung beim Einstein-Marathon versauen will.«

Jetzt musste Max Luft holen. Natürlich wusste er von der Rivalität zwischen den Teams von Schlau-Pharma und Mash-Power. Jeder versuchte, so viele Läufer wie möglich ins Boot zu holen, und bezahlte den Leuten sogar die Startgebühr. Nachdem Schlau viele Jahre unangefochten vorne gelegen war, hatte der alte Mäschle im vergangenen Jahr einen Coup gelandet: Durch die Übernahme einer Firma, die Laufbänder und andere Fitnessgeräte herstellte, gehörten plötzlich ein Dutzend Marathonläufer mehr zum Team, was am Ende gut 500 zusätzliche Kilometer – und damit den Sieg – brachte. In Schlenskys Wirtschaftssprache hieß so etwas wahrscheinlich Kollateralgewinn.

»Auf die Idee, dass der Mord was mit der Firmenwertung zu tun haben soll, muss man erst einmal kommen«, sagte Max. »Wir vertrauen darauf, dass die Polizei den Fall schnell löst. Du weißt ja selbst, dass 90 Prozent aller Morde innerhalb von drei Wochen aufgeklärt werden. Das bedeutet, dass der ganze Spuk bis zum nächsten Vorbereitungslauf vorüber sein kann. Und mit Kriminalrat Auchter hat die Ulmer Kripo ja einen erfahrenen Mann am Start.«

»Schwingt da leichte Ironie in deiner Stimme? Was ist mit Auchter?« Max merkte, dass er bei Schlensky vorsichtig sein musste. Der hörte das Gras wachsen.

»Ironie?«, fragte er. »Keine Ahnung, wie man das schreibt. Ich kann nur Gutes über Auchter sagen.«

Etwas Herzklopfen verspürte Max schon, als er am nächsten Morgen die Donau-Nachrichten aufschlug. Nach der Lektüre sagte er zu seinen Kollegen, die wie er ganz im Gegensatz zur sonstigen Praxis schon morgens um halb acht im Büro saßen: »Es stimmt also doch: Hunde, die bellen, beißen nicht.« Schlensky hatte auf jede Spekulation verzichtet und sich, wenn auch ein wenig reißerisch, an die Fakten gehalten.

Normalerweise kam Max frühestens um zehn in Neu-Ulm an, und zwar mit dem Fahrrad. Ein Auto besaß er schon seit Jahren nicht mehr. Wozu auch? Ganz bewusst hatte er sich für ein langsameres Leben entschieden, als er damals seinen Job als Lokalredakteur des Oberländer Anzeigers kündigte. Die Terminhetze sollte endgültig der Vergangenheit angehören. Er fuhr Rad und Bahn und lieh sich, wenn es gar nicht anders ging, ein Auto. Doch selbst im Teilauto-Verein seiner Heimatstadt gehörte er nicht zu den eifrigen Nutzern.

Außerdem gab es ja Frauen in seinem Leben, die Autos besaßen. Wobei er das, was mittlerweile so schön Beziehungsstatus hieß, für sich im Moment gar nicht so genau definieren konnte. Oder nicht wollte.

Veronika, die Journalisten-Kollegin aus München, mit der er mehr als sechs Jahre zusammen war, hatte sich vor gut eineinhalb Jahren nach Amerika abgesetzt. So zumindest sah Max das. An ihrem 39. Geburtstag hatte sie ihm von einem ganz überraschenden Angebot ihres Chefs erzählt: Sie sollte Washington-Korrespondentin des Münchner Magazins werden, für das sie seit Jahren als Reporterin schrieb. Für das Blatt hatte sie schon 2008 Barack Obama bei seinem ersten Wahlkampf begleitet und war, daran erinnerte sich Max noch heute, mit ganz verklärtem Blick aus den USA zurückgekommen.

Zwar hatte sie Max angeboten, mit ihr nach Washington zu gehen, doch das konnte er sich aus zwei Gründen nicht vorstellen: Er hatte gerade seinen zweiten Kriminalroman fertiggestellt, in dem er beschrieb, wie er den Tod von Walter Wilhelm Wachter, dem Oberbürgermeisterkandidaten seiner Heimatstadt, beim Berlin-Marathon aufklärte. Die ersten Verträge für Lesungen waren schon unterschrieben, da konnte er unmöglich nach Amerika auswandern. Außerdem – Max wusste nicht, was schlimmer war – hätte er Veronika heiraten müssen, um die Aufenthaltserlaubnis zu bekommen. Vor Jahrzehnten, bei der endgültigen Trennung von der Mutter seiner heute 29-jährigen Tochter, hatte er sich geschworen, diesen Schritt niemals zu tun. Niemals.

Beide wussten, dass ihre Beziehung damit – zumindest fürs Erste – vorüber sein würde. Denn für Veronika, die sich ganz bewusst für eine berufliche Karriere und gegen ein Familienleben mit Kindern entschieden hatte, erfüllte sich damit ein Traum. Max hatte gar nicht erst versucht, sie umzustimmen.

Obwohl Veronika von Zeit zu Zeit für ein paar Tage nach München kam, um dort an Redaktionskonferenzen teilzunehmen, hatten die beiden beschlossen, sich nicht zu sehen. Bis zum nächsten Sommer. Dann wollte sie einen längeren Urlaub in Deutschland verbringen.

Max hatte keine Ahnung, ob es in ihrem Leben inzwischen einen anderen Mann gab. Anfangs hatte er manchmal darüber nachgedacht, doch je näher ihm Angela Reiner, mit der er seit etlichen Jahren gemeinsam joggte, gekommen war, desto weniger beschäftigte ihn diese Frage.

Angela hatte schon länger ein Auge auf ihn geworfen, was ihn damals, als er es bemerkte, überraschte. Denn für ihn verkörperte sie das Idealbild der modernen Frau: glücklich verheiratet, drei Kinder, an denen niemand etwas aussetzen konnte, und gemeinsam mit ihrem Mann Inhaberin eines erfolgreichen Architekturbüros, das der Familie einen durchaus gehobenen Lebensstil erlaubte. Dazu war sie eine gute Läuferin, die 2008 in Berlin ihren ersten Marathon hinter sich gebracht hatte, und eine Frau, auf die man sich verlassen konnte. Max hatte das selbst erlebt, als er mit einer schweren Gehirnerschütterung in einem Berliner Krankenhaus lag, nachdem der sterbende Wachter ihn umgerissen hatte.

Dass auch bei ihrem Familienidyll der schöne Schein trog, merkte er, als sie ihn kurz nach der Rückkehr aus Berlin zu Hause in der Maxau besuchte. Doch genau in dem Moment, in dem sie ihm ihr Herz ausschütten wollte, erreichte ihn ein dringender Anruf – wegen des Mordes an Wachter.

Es hatte lange gedauert, bis sie einen weiteren Anlauf unternahm. Gemeinsam mit einer Gruppe ihres Lauftreffs waren sie im Spätsommer 2010 zu einem Halbmarathon nach Ligurien gefahren, bei dem sie Hand in Hand mit neuer Bestzeit durchs Ziel liefen. Sie hatten sich fest vorgenommen gehabt, endlich einmal unter 1:45 Stunden zu bleiben, und sich auf der hügeligen Strecke gegenseitig motiviert, wenn einer mal langsamer zu werden drohte. Am Ende schafften sie es zehn Sekunden unter der anvisierten Zeit. Abends flanierten sie dann durch den Pinienwald oberhalb des Hotels auf einen Hügel, von dem aus der Blick bis ans nahe Mittelmeer reichte, in dem sich das letzte Licht des Tages spiegelte. Max holte eine Flasche Rotwein und zwei Gläser aus seinem Rucksack und sagte: »Den haben wir uns doch redlich verdient.«

Nachdem sie sich zugeprostet hatten, bemerkte er, wie sich Angelas Augen mit Tränen füllten, fast so wie damals bei ihrem Besuch in seinem Haus. An diesem Tag hatte er kein Telefon dabei, das das Gespräch unterbrechen könnte.

So erfuhr er, wie unglücklich Angela in ihrer Ehe war, die sie nach einem Dutzend Jahren nur noch langweilte. »Hans-Jörg ist ja lieb und nett. Er kümmert sich toll um die Kinder und ist gut im Job. Aber ich spüre nichts mehr. Ich komme mir manchmal vor, als wäre ich Luft.«

Max fühlte sich nicht zum Eheberater berufen. Er selbst war immer aus zu engen Beziehungen ausgebrochen und hatte mit Veronika damals endlich eine Frau gefunden, bei der er die richtige Balance aus Nähe und Entfernung spürte. Was nicht immer einfach, aber unterm Strich so erfolgreich war, dass für ihn die Idee der offenen Beziehung, in der jeder auch mal eine Affäre haben durfte, bald keine Rolle mehr spielte. Ab und an hatte es zwar immer mal geprickelt, auch damals mit Angela, doch mehr hatte er nie zugelassen. Die serielle Monogamie, wie er es nannte, gefiel ihm zunehmend.

Doch damals, auf diesem Hügel im warmen Italien, war die Situation eine andere. Veronika lebte in Amerika – zwar erst seit ein paar Wochen, doch zumindest der vorläufige Schlussstrich war gezogen. So zögerte Max nicht, als Angela nun an ihn heranrückte und seine Hand nahm.

An diesem Abend, als sie auf den erstaunlich weichen Piniennadeln das erste Mal miteinander schliefen, hatte das begonnen, was sie inzwischen eine Daueraffäre nannten. Angela wollte ihre Familie nicht verlassen, was Max sehr entgegenkam, denn er konnte sich nicht vorstellen, eine feste Beziehung mit einer Frau einzugehen, die möglicherweise mit ihren drei halbwüchsigen Kindern bei ihm eingezogen wäre. Ob ihr Mann etwas von der Geschichte mit Max ahnte, wusste sie nicht. Sie sprach mit ihm nicht darüber.

Ab und zu blieb sie über Nacht bei Max, so wie gestern Abend. Ihr Mann war geschäftlich verreist und ihre Mutter, die von ihnen wusste und sich freute, dass ihre Tochter wieder fröhlicher durchs Leben ging, kümmerte sich um die Kinder.

In aller Frühe hatte Angela ihn dann nach Ulm gefahren, bevor sie selbst ins Büro ging. Und am Abend würde sie dann wieder mit Mann und Kindern beim Essen in ihrem lichtdurchfluteten Haus sitzen. »Holy family«, dachte Max nur. Er spürte noch immer Angelas innigen Abschiedskuss auf seinen Lippen. Wie so oft hatte sie ihn am Ende leicht gebissen und dazu gesagt: »Damit du mich nicht vergisst.« Daran, wie es sein würde, wenn Veronika im Sommer käme, wollte er noch gar nicht denken. Und hier im Büro von Luna-Events war dafür ohnehin kein Platz.

Als Max die Zeitung auf Sabrinas Schreibtisch legte, damit sie den Artikel ausschneiden konnte, klingelte es an der Tür. Kurz darauf stand Kriminalrat Auchter, begleitet von zwei weiteren Männern, in der Tür. Matthias lotste sie an den Besprechungstisch und zeigte auf die freien Plätze.

Sabrinas Frage, ob der frühe Besuch einen Kaffee möchte, beantworteten alle drei mit einem synchronen Kopfnicken.

»Das sind meine Kollegen Walterscheid und Sänger«, sagte Auchter. »Sie ermitteln gemeinsam mit mir.«

»Haben Sie schon etwas herausgefunden?«, wollte Max gleich wissen.

»Herr von Steyn, können Sie irgendwann mal kapieren, dass wir die Fragen stellen?« Auchter schüttelte den Kopf und sagte zu seinen Kollegen: »Das ist der Mensch, vor dem ich euch gewarnt habe.«

»Zuviel der Ehre. Dann fragen Sie mal schön«, gab Max zurück.

»Wir haben die Stelle gefunden, von der aus geschossen wurde. Nun frage ich mich natürlich: Woher kannte der Täter die Strecke? Soweit ich weiß, geben Sie sie ja immer erst beim Start bekannt.«

»Das ist richtig«, sagte Burkhard und trank einen Schluck Kaffee. »Und gleichzeitig falsch.«

»Solche Zeugen liebe ich«, stöhnte der Beamte, den Auchter als Walterscheid vorgestellt hatte. Er war Anfang dreißig und schien gut trainiert zu sein, ganz im Gegensatz zu dem rundlichen Sänger, der die wenigen Jahre, die ihm noch bis zur Pensionierung fehlten, wohl eher gemütlich absitzen wollte.

»Ich erkläre es Ihnen ja sofort.« Burkard Haller ließ sich nicht aus der Ruhe bringen. »Ich plane die Strecken auf einer Internetseite. Wenn Sie möchten, zeige ich Ihnen das mal kurz.«

Die drei nickten und folgten ihm zu Matthias Flachners Schreibtisch, auf dem zwei große Monitore standen. Dass der Boden rund um den Arbeitsplatz mit Papierstapeln bedeckt war, schien sie nicht zu stören. Burkhard setzte sich auf den Drehstuhl, die anderen standen im Halbkreis um ihn herum.

»Hier, schauen Sie. Das ist die Seite www.gpsies.com. Da können Sie weltweit Routen planen.« Er klickte mit dem Mauszeiger in die Suchmaske. »Die Streckennamen sind immer gleich aufgebaut. VL2 steht für Vorbereitungslauf zwei, also für den von gestern, dahinter mit einem Bindestrich die 2012 für das Jahr.«

Wenig später füllte eine Karte den Bildschirm, auf der die Laufstrecke als blaue Linie eingezeichnet war. »Hier sehen Sie den Start beim Bad Blau, hier den Platz, wo der Verpflegungsstand aufgebaut war. Von dort zweigen dann die einzelnen Runden ab. Und hier«, er zeigte mit dem Finger in die Mitte des Bildschirms, »ist es passiert.« Burkhard drehte am Rad der Maus, der Ausschnitt füllte jetzt den ganzen Bildschirm. Ein weiterer Klick auf »Google Maps« und schon tauchte der Tatort vor ihnen auf.

»Da haben Sie es dem Täter ja recht einfach gemacht«, staunte Auchter. »Der hat auf der Karte mit einem Blick gesehen, wo es ein Waldstück gibt, in dem er sich gut verstecken kann. Wer kennt alles diese Seite?«

»Wir alle natürlich. Und auch viele von denen, die die Gruppen bei den Vorbereitungsläufen führen. Wir geben das zwar nicht bekannt, aber ein Geheimnis war das noch nie. Und es gibt auch keine Garantie, dass ich die Strecke nicht noch kurzfristig ändere. Ich markiere sie ja immer erst am Morgen des Laufs mit blauen Pfeilen. Und sollte ich da sehen, dass ein Stück des Weges unpassierbar ist, ändere ich die Strecke kurzerhand.«

»Das heißt also, jeder, der Ihre Namenssystematik kennt, kann die Strecke finden.«

»Klar, warum auch nicht?«

»Machen Sie das bitte nochmal kleiner«, sagte Sänger, dessen Stimme einen überraschend hohen Klang hatte. »Wenn ich das richtig verstehe, kann man vom Verpflegungsstand entweder die Runde um Mähringen laufen oder rüber zum Botanischen Garten.«

»Oder gleich zurück, das ist die kürzeste Strecke«, warf Max ein.

»Woher wusste der Täter dann, dass sein Opfer diese Route nimmt?«, fragte Walterscheid.

»Sicher wissen konnte er es nicht«, sagte Burkhard. »Doch laufen die schnellen Gruppen, also auch die von Thomas Biehler, in aller Regel die langen Strecken. Die wollen ja trainieren.«

»Das leuchtet ein«, sagte Auchter. »Können Sie sich vorstellen, warum es jemand auf Biehler abgesehen hatte?«

»Wir kannten ihn kaum«, antwortete Max und fragte: »Sind Sie denn sicher, dass er das Ziel war? Jutta hat doch gestern gesagt, dass er erst in dem Moment nach vorne gelaufen kam, als der Schuss fiel.«

»Das wissen wir selbst, Herr Detektiv.« Auchter schien über Max' Einmischung mal wieder nicht amüsiert zu sein. »Aber Sie kennen doch unseren Standardspruch: Wir ermitteln in alle Richtungen.«

»Auch in unsere?«

»Wenn ich es richtig sehe, haben Sie alle vier ein wasserdichtes Alibi. Aber ich werde den Gedanken weiterverfolgen.« Auchter erhob sich, und mit ihm seine Kollegen. »Sie hören wieder von uns.«

»Das ist ja eine wahre Männerfreundschaft zwischen euch«, staunte Matthias Flachner, nachdem die Polizisten gegangen waren. Bevor Max etwas darauf sagen konnte, drückte ihm Sabrina einen Zettel in die Hand. »Alles Presseanfragen. Die Zeiten, in denen Journalisten erst mittags in die Gänge kommen, sind wohl auch vorbei.« Die Liste war in etwa die gleiche wie vier Wochen zuvor. Nur, dass Max diesmal nicht beruhigend sagen konnte, es handle sich um einen Unglücksfall.

Max hatte gerade das letzte Gespräch beendet, als es wieder an der Tür klingelte. Da alle anderen gerade telefonierten, öffnete er. Den alten Herrn, der vor ihm stand, erkannte er sofort: Es war Friedrich Mäschle, der erst einen Tag zuvor die kurze Trauerrede für Sebastian Wagner gehalten hatte.

Mäschle stellte den Prototypen des in Ehren ergrauten schwäbischen Unternehmers dar. Trotz seiner über siebzig Jahre blitzten seine unter buschigen weißen Augenbrauen fast versteckten blauen Augen hellwach, als er Max begrüßte. Sein Händedruck war kräftig genug, um auszudrücken, welche starke Persönlichkeit dahinter stand, aber auch einfühlsam genug, um den anderen nicht zu zerquetschen.

Max wusste aus den Erzählungen der Mondfreunde, wie er die drei Gesellschafter von Luna-Events immer nannte, ein paar Eckdaten aus Mäschles Leben: Er hatte sein Unternehmen, das heute weit über 2000 Menschen beschäftigte, aus kleinsten Anfängen nach oben gebracht. »Wie die berühmten amerikanischen Garagenfirmen«, hatte Matthias Flachner gesagt. Sein Spezialgebiet war der Bau von Wasserkraftwerken in aller Welt, wobei er allerdings im Lauf der Jahre immer wieder Firmen dazugekauft hatte, die irgendwie zu ihm oder seinem Unternehmen passten. So vor Kurzem erst den Laufbandhersteller.

Vor fünf Jahren, also mit über 65, hatte er die Geschäftsführung an seinen einzigen Sohn abgegeben, der allerdings vor zwei Jahren tödlich verunglückte, als auf einer Baustelle in Südamerika ein Gerüst zusammenbrach.

Schon am Tag darauf war Mäschle wieder in seinem früheren Büro gesessen, im schwarzen Anzug und mit verweinten Augen. »Es muss weitergehen«, war das einzige, was er zu seinen Mitarbeitern gesagt hatte.

»Ist Herr Haller da?«, wollte der Unternehmer jetzt von Max wissen. Der nickte. »Er telefoniert gerade. Setzen Sie sich doch.«

Ebenfalls aus den Erzählungen seiner Kollegen wusste Max, dass Mäschle einer der ganz wenigen Läufer war, der fast alle anderen mit ›Sie‹ ansprach. »Es gibt wohl nur ein paar Jahrgänger, die er duzt«, hatte Burkhard erzählt, der an Mäschles Seite immerhin seinen ersten Marathon gelaufen war.

»Sie machen hier die Pressearbeit, wenn ich richtig informiert bin«, sagte Mäschle, während er sich setzte.

»Vielleicht können Sie ja bei unserem Gespräch dabei bleiben.«

Ein paar Minuten später wussten Max und Burkhard, wo den alten Mäschle der Schuh drückte: Die Vermutung, die Schlensky, der Redakteur der Donau-Nachrichten, am Tag zuvor in den Raum gestellt hatte, kursierte jetzt im Internet: Irgendjemand habe es auf das Mash-Power-Team abgesehen.

»Das ist doch Irrsinn«, rief Mäschle, dem das Blut jetzt ins Gesicht stieg. »Die Firmenwertung bei Ihrem Marathon kann doch kein Mordmotiv sein.«

»Das glaubt sicher niemand ernsthaft«, wandte Max ein.

»Und dennoch verunsichert es die Leute. Was glauben Sie, was es heute früh bei uns in der Firma für Diskussionen gab. Thomas Biehler war ja bekannt wie ein bunter Hund. Ist ja auch klar, da er seit Jahren dem Betriebsrat angehörte.«

Burkhard beugte sich zu dem alten Mann herüber: »Herr Mäschle, heute früh war die Polizei schon bei uns. Ich hatte nicht den Eindruck, als würden die so etwas glauben.«

»Aber irgendetwas muss passieren. Die Leute drehen ja durch. Ich überlege schon, aus der Firmenwertung auszusteigen. Deshalb bin ich ja hier, um das mit Ihnen zu besprechen.«

»Welchen Effekt könnte das haben?«, fragte Max.

»Dass die Leute sich beruhigen. So einen Zufall, dass zwei Leute aus unserem Team hintereinander sterben – und das, wo in Ulm noch nie jemand beim Laufen gestorben ist … das gibt es doch gar nicht.«

»Beruhigt das die Leute wirklich, wenn Sie jetzt aus der Firmenwertung aussteigen?« Max schüttelte den Kopf. »Oder bedeutet das nicht vielmehr, dass auch Sie an diesen Unsinn glauben? Sebastian Wagner hatte ein krankes

Herz, was niemand wusste. Auch er nicht. Und Thomas Biehler wurde eindeutig ermordet. Wo soll da ein Zusammenhang sein?«

Mäschle senkte die Augen und sagte mit leiser Stimme: »Aber irgendwas müssen wir doch tun?«

»Überstürzte Reaktionen helfen da kaum«, gab Matthias Flachner, der die letzten Minuten schweigend zugehört hatte, zu bedenken. »Geben Sie der Polizei einfach ein bisschen Zeit. Ich kann mir nicht vorstellen, dass hinter dem Mord irgendetwas steckt, was mit Ihrer Firma zu tun hat.« Er breitete die Arme aus und fragte: »Wie auch?«

Mäschle zuckte mit den Schultern und richtete seinen Blick auf Max von Steyn. »Dauernd rufen jetzt irgendwelche Presseleute an. Was soll ich denn mit denen machen?«

»Haben Sie keine Pressestelle in Ihrer Firma?«, fragte Max, der genau wusste, dass es viele Unternehmen gab, die auf dieses Thema erst aufmerksam wurden, wenn sie aus aktuellem Anlass plötzlich mit den Medien zu tun hatten.

»So etwas haben wir noch nie gebraucht. Wozu müssen wir in der Zeitung stehen? Außer wir geben Stellenanzeigen auf, aber das macht unsere Personalabteilung.«

»Vielleicht hat unser Kollege von Steyn ja noch Kapazitäten frei«, schlug Matthias Flachner vor. »Bei uns ist er ja nur halbtags beschäftigt.«

Mäschle blickte Max erwartungsvoll an. Der nickte, und als er daran dachte, wie gut ein weiterer Job seinem Konto tun würde, sagte er: »Gerne, wenn Sie möchten, Herr Mäschle.«

»Und was kostet mich das?« Auch in größter Bedrängnis blieb Mäschle einfach Schwabe.

»Das machen Sie am besten untereinander aus«, sagte Matthias. »Wann soll er anfangen?«

»Sofort natürlich. Sie kommen gleich mit mir mit.« Mäschles Stimme verriet, dass Widerspruch zwecklos war.

Der Unternehmer musste das Tempo seines schweren dunklen Mercedes kaum drosseln, als er auf die rot-weiß gestreifte Schranke zufuhr, die das Betriebsgelände von Mash-Power abgrenzte. Er brauchte nicht einmal den Pförtner zu bemühen, ein Druck auf die Fernbedienung am Armaturenbrett hatte genügt, um die Sperre zu öffnen. Max sah, dass es für Mitarbeiter, die zu Fuß kamen, ein Drehkreuz gab, daneben einen Durchlass, gerade groß genug für ein Fahrrad. Vor dem Drehkreuz hing ein Kasten, in den die Mitarbeiter offenbar ihre Codekarten stecken mussten, um ins Werk zu kommen. Über der Tür des Pförtnerhäuschens hing ein Schild mit der Aufschrift: »Besucher bitte anmelden«.

»Wir haben hier schon einen kleinen Hochsicherheitstrakt«, sagte Mäschle. »Die Konkurrenz, vor allem die aus China, schläft nicht. Die haben doch tatsächlich einmal eine Turbine für zehn Millionen bei uns gekauft und standen dann zwei Jahre später neben uns auf der Industriemesse mit einem Teil, das genau so aussah wie unseres. Nur war es zwei Millionen billiger.«

»Wie lange sind Sie schon in diesem Geschäft?«, wollte Max wissen, als er mit Mäschle in dessen Büro saß. Er fühlte sich in eine andere Zeit zurückversetzt. Mäschle residierte – jeder andere Ausdruck wäre Max unpassend erschienen – ganz oben unterm Dach einer alten Villa, etwas entfernt von den Fabrikhallen. Der Blick ging hinaus in den Uferbereich der Donau, die hier, kurz vor dem Zusammenfluss mit der Iller, friedlich vor sich hindümpelte. Einen Computer oder ähnliches moderne Gerät suchte Max vergeblich. Die technische Ausstattung des Chefbüros hatte mit der Anschaffung eines gigantischen

Weltempfängers, wie Kurzwellenradios zu dieser Zeit noch hießen, ihren Abschluss gefunden. Dem Design nach schätzte Max, dass dies spätestens in den Sechzigerjahren des vergangenen Jahrhunderts gewesen sein musste.

Sein Vorzimmer, in dem zwei Frauen saßen, die dem äußeren Anschein nach Mutter und Tochter hätten sein können, schien aber auf dem Stand der Zeit. Zu Max' Freude verfügte es neben diversen Computern und Druckern auch über eine Kaffeemaschine, die seiner alten Gaggia durchaus ebenbürtig schien.

Friedrich Mäschle nippte an seinem Kaffee und beantwortete die Frage: »Wenn Sie so wollen, bin ich von Geburt an in diesem Geschäft. Mein Vater hatte eine Schlosserei, drüben in Wiblingen. Da lernte ich schon als Kind sägen und feilen. Eigentlich sollte ich bei ihm in die Lehre gehen, doch dann setzte meine Mutter durch, dass ich aufs Gymnasium durfte, was so kurz nach dem Krieg nicht selbstverständlich war. Ich war das einzige Kind, das ihr geblieben war. Mein Bruder, er war zwölf Jahre älter als ich, starb im Krieg. Als Flakhelfer, Sie wissen schon. Da wollte sie, dass aus mir mehr wird als ein Schlosser. So sind Mütter eben, obwohl ich immer gerne in der Schlosserei war.«

»Und wie kamen Sie dann zur Wasserkraft?«

»Wenn Sie an Zufälle glauben, nennen Sie es Zufall, Herr von Steyn.« Er sah Max mit durchdringendem Blick an. »Interessanter Name übrigens, wenn wir mal mehr Zeit haben, müssen Sie mir Ihre Familiengeschichte erzählen.«

Mäschle nahm seine Tasse nochmals hoch, bevor er weitersprach: »Ich glaube allerdings nicht an Zufälle. Auch wenn ich nicht weiß, welcher Plan hinter dem Leben steckt. Aber um nur aus Zufällen zu bestehen, ist unser Leben doch zu kompliziert. Es war ein Film, den ich in meiner Jugend gesehen habe. ›Das Lied von Kaprun‹. Da geht es um den Bau eines Wasserkraftwerks hoch droben in den österreichischen Alpen. Den habe ich gesehen, als ich vielleicht sechzehn oder siebzehn war. Mit meinen Eltern besuchte ich damals Verwandte in Biberach. Während die Alten beim Kaffeetrinken saßen, ging ich mit meinem Cousin und einem Freund von ihm ins Kino. Die zeigten den Film damals immer wieder, weil ihn der Kinobesitzer, er hieß Anton Kutter, das weiß ich noch ganz genau, selbst gedreht hatte. Die Aufnahmen waren einfach gigantisch. Mitten in den Bergen, am Fuß des Großglockners, entstanden zwei riesige Stauseen. Um das Wasser dorthin zu schaffen, musste ein zwölf Kilometer langer Stollen durch den Fels getrieben werden. Einfach gigantisch. Danach stand für mich fest: Ich werde Ingenieur.«

Mäschles Augen hatten angefangen zu leuchten. »Im Schuppen neben der Werkstatt meines Vaters baute ich dann in den Semesterferien meine erste Turbine. Und das alles« – er war jetzt aufgestanden und sah durch das Fenster über das Werksgelände – »hat sich daraus entwickelt.«

Mit einem Schlag erloschen die Augen des alten Mannes. Er blickte auf die Fotos, die auf seinem Schreibtisch in dicken silbernen Rahmen standen, und zeigte auf das Bild eines lachenden Mannes, der bei der Aufnahme sicher noch keine vierzig Jahre alt war. »Das ist mein Sohn. Er ist seit zwei Jahren tot. Verunglückt auf einer Kraftwerksbaustelle in Brasilien. Seitdem sitze ich wieder hier.«

Fragend sah Max das zweite Bild an, das eine Frau in mittleren Jahren zeigte. Auch sie lachte und blickte den Fotografen mit weiten, offenen Augen an.

»Das ist meine Frau. Krebs. Schon vor fünfzehn Jahren.«

Mäschle gab sich einen Ruck. Sein Gesicht, das für

einen kurzen Moment eingefallen gewirkt hatte, straffte sich.

»Kennen Sie den Trick?«, fragte er jetzt mit einem Lächeln. »Wenn Sie negative Gedanken haben oder traurig sind, müssen Sie nur die Augen nach rechts oben stellen. Und schon geht es Ihnen besser. Denn wenn die Augen nach oben schauen, können Sie gar nicht weinen.«

»Das haben Sie aber nicht im Ingenieurstudium gelernt«, sagte Max und drehte seine Augen nach oben. Gleich durchflutete ihn ein wohliges Gefühl.

»Wissen Sie«, sagte Mäschle, »es gibt so vieles zwischen Himmel und Erde, was wir uns nicht erklären können. Aber heißt das, dass es das alles nicht gibt? Ich bin als Ingenieur ja schon sehr technikgläubig. Aber wie kann jemand behaupten, dass es etwas nicht gibt, nur weil wir es nicht messen können? Gibt es denn die Radioaktivität erst seit Madame Curie?«

Mäschle begann, sich in Rage zu reden. »Lieber Herr von Steyn, vielleicht halten Sie mich für einen alten Spinner. Aber Sie werden noch an meine Worte denken.«

»Ich halte Sie ganz und gar nicht für einen Spinner. Im Gegenteil.« Max musste nicht einmal lügen, um das zu sagen. Auch wenn ihm alles Esoterische weit entfernt war, glaubte auch er fest daran, dass die Menschheit erst einen kleinen Teil des Geheimnisses ihrer Existenz entschlüsselt hatte.

»Für mich ist das hochspannend. Aber vielleicht sollten wir uns jetzt ein wenig den aktuellen Dingen widmen, da ich nachher im Marathon-Büro auch noch einiges zu erledigen habe.«

»Entschuldigen Sie, aber ich treffe selten Menschen, bei denen ich das Gefühl habe, darüber sprechen zu können. Ich habe hier in der Firma mal versucht, die Menschen zu sensibilisieren, aber die meisten haben nur die Technik im Kopf.«

»Wir haben sicher noch weiter Gelegenheit dazu. Aber nun zu Ihren Presseanfragen. Wer möchte denn was wissen?«

Mäschle nahm die Liste, die ihm seine Sekretärin ausgedruckt hatte. Die Namen waren fast die gleichen wie die auf seiner Liste am Morgen.

»Aus Ihrer Sicht sehe ich keinen Anlass, groß zu reagieren. Vielleicht können Sie eine Presseerklärung formulieren, die Ihre Sekretärin den Leuten bei Bedarf schickt.«

»Und was soll da drinstehen?« Mäschle hatte sich mit solchen Fragen offenbar noch nie befasst. »Wissen Sie was? Diese Presseerklärung schreiben Sie jetzt. Und zwar gleich. Setzen Sie sich ins Büro meines Sohnes, da gibt es alles, was Sie brauchen. Sie sehen ja, dass ich etwas altmodisch eingerichtet bin. Deshalb leiste ich mir ja auch zwei Sekretärinnen.«

Keine Viertelstunde später legte Max seinen Entwurf auf den schweren Eichenschreibtisch des Firmenchefs. In dem Text drückte Mäschle den Angehörigen, denen er jede Unterstützung versprach, sein Mitgefühl aus und hoffte, dass die Polizei den feigen Mörder Thomas Biehlers bald fassen würde.

»Aus, fertig, keine Zeile mehr. Vor allem nicht zu den Spekulationen über einen Zusammenhang mit dem Marathon-Team. Sie kennen ja die alte Formel: Gerücht plus Dementi ist gleich Gerücht zum Quadrat. Wenn Ihre Sekretärin jetzt noch das Firmenlogo und die Adresse dazusetzt, passt das doch.«

Mäschle nickte dankbar. »Wissen Sie, ich kann noch heute mein Auto selbst reparieren, aber so einen Text schreiben, das geht bei mir einfach nicht.«

»Wunderbar«, sagte Max, »da ergänzen wir uns bestens. Ich scheitere schon daran, bei einem Auto die Glühbirne zu wechseln. Wahrscheinlich habe ich deshalb gar keins.«

»Herr Direktor?« Vorsichtig streckte die ältere der beiden Sekretärinnen ihren Kopf ins Zimmer. »An der Pforte stehen zwei Polizisten, die mit Ihnen sprechen möchten. Es geht um Herrn Biehler. Soll ich sie hereinbitten?«

Mäschle sah kurz auf: »Selbstverständlich, Frau Seeburger. Gleich zu mir ins Büro.« Zu Max von Steyn sagte er: »Können Sie noch ein bisschen bleiben?«

Max nickte und versuchte, ein gleichgültiges Gesicht zu machen.

Keine drei Minuten später öffnete sich die Tür erneut. Max kannte die Besucher.

»Guten Tag, Herr Mäschle«, sagte der ältere der beiden, »mein Name ist Auchter. Ich ermittle mit meinem Kollegen Sänger im Mordfall Biehler. Dürfen wir Ihnen dazu einige Fragen stellen?«

Auchters Kopf machte eine ruckartige Bewegung nach rechts, als er bemerkte, wer sich noch in dem Büro aufhielt.

»Was machen Sie denn hier?«, entfuhr es ihm. Anstelle von Max antwortete der Firmenchef: »Das ist Herr von Steyn, er berät mich in Fragen der Pressearbeit. Sie können in seiner Anwesenheit ganz offen sprechen.«

»Wir kennen uns«, sagte Auchter und fügte leise hinzu: »Zur Genüge.«

Mäschle tat so, als hätte er das nicht gehört. »Dann passt ja alles. Nehmen Sie Platz, meine Herren. Am besten dort drüben am Besprechungstisch. Frau Seeburger bringt uns gleich einen Kaffee. Sie trinken doch einen, oder?«

Die beiden nickten genau so synchron wie am Morgen im Büro von Luna-Events. Kaffee schien zu einem Polizistenleben ebenso dazuzugehören wie zu dem eines Journalisten.

Der Beamte räusperte sich. »Wir versuchen gerade etwas mehr über das Opfer, also Herrn Biehler, herauszufinden. Können Sie uns da weiterhelfen?«

Friedrich Mäschle legte den Kopf ein wenig nach hinten, bevor er antwortete: »Aus dem Stegreif leider wenig. Herr Biehler arbeitete seit etlichen Jahren bei uns als Ingenieur und gehörte auch dem Betriebsrat an. Ich selber hatte aber kaum Kontakt zu ihm. Natürlich wusste ich, dass er Marathon läuft. Aber sonst?« Der alte Mann zuckte mit den Schultern. »Wissen Sie, ich habe alleine hier im Werk 1200 Leute, davon 300 Ingenieure. Ich lasse mir aber mal die Personalakte kommen. Und am besten auch gleich seinen Vorgesetzten.« Er stand auf und ging zur Tür.

»Frau Seeburger, seien Sie doch so gut und lassen Sie die Personalakte von Herrn Biehler kommen. Sofort bitte. Und rufen Sie Herrn Bittner.«

Zu seinen Besuchern gewandt, erklärte er: »Das ist unser Technikvorstand, verantwortlich für den gesamten Entwicklungsbereich, zu dem auch Herr Biehler gehörte.«

Wenig später brachte Frau Seeburger nicht nur Kaffee und Kekse, sondern auch Biehlers Personalakte. »Herr Bittner ist außer Haus, habe ich gerade erfahren. Aber Herr Wagenbach ist sofort hier.«

»Das ist Bittners Stellvertreter. Der kennt Biehler sicher noch besser«, sagte Mäschle, während er die Akte durchblätterte und leicht den Kopf schüttelte.

»Zwölf Jahre war er bei uns. Wie die Zeit vergeht. Genau, damals wickelten wir ein Großprojekt in Brasilien ab. Und Biehler sprach Portugiesisch. Wir haben ihn zwei Jahre dort unten eingesetzt, bevor er in unsere Entwicklung kam. Guter Mann. Die Beurteilungen sind tadellos. Aber hier …«. Mäschle rückte seine Lesebrille zurecht.

»Was haben Sie gefunden?«, fragte Auchter überrascht.

»Gegen Biehler lag eine Gehaltspfändung vor. Seit drei Monaten. Zugunsten der Sparkasse. Das ist seltsam.«

»Wieso seltsam? Das gibt es doch öfter«, meinte Sänger.

»Bei uns nicht. Natürlich kommt es immer wieder vor, dass sich jemand mit den Raten für sein Häuschen übernimmt. Aber dann helfen wir in der Regel. Etwas günstiger als die Banken – und ohne Schufa-Eintrag. Das interessiert mich jetzt doch.«

Mäschle ging zum Schreibtisch und griff zu seinem Telefon. »Fritz hier, grüß dich. Ich brauche eine Information.« Auchters Gesicht war anzumerken, dass er viel darum gegeben hätte, zu wissen, mit wem Mäschle sprach. Doch so sehr er die Ohren spitzte, es fiel kein Name. Dafür wusste er Sekunden später, dass Biehler vor einem Jahr einen Privatkredit in Höhe von 20 000 Euro aufgenommen hatte; ohne Sicherheiten, deshalb zu einem recht hohen Zinssatz. Die ersten sechs Monate hatte er die Raten zuverlässig bezahlt, dann plötzlich nicht mehr, so dass die Sparkasse eine Gehaltspfändung erwirkte. Ihm blieben gerade mal ein paar hundert Euro zum Leben.

Es klopfte an der Tür. Kurz darauf stand ein Mittfünfziger im Raum. Er war etwa ein Meter achtzig groß, schlank, die kurzen grauen Haare standen wie Borsten nach oben. Dem aktuellen Modetrend folgend trug er ein rosa Hemd zu seinem grauen Anzug. Auf seiner Krawatte prangten ein paar Flaggen, von denen Max eine zu erkennen glaubte: die brasilianische, mit ihrer gelben Raute auf grünem Grund, in deren Mitte eine blaue Himmelskugel leuchtet. Auf einmal sah Max seinen Erdkundelehrer aus der zehnten Klasse vor sich, ein kugeliges Männchen, das zwar alles wusste, aber die Welt nie mit eigenen Augen gesehen hatte. Der hatte ihnen damals mit bedeutungsvoller Stimme erklärt, die Kugel zeige den Sternenhimmel am 15. November 1889 um 8.30 Uhr, in der Geburtsstunde der brasilianischen Republik.

Die Stimme des Neuankömmlings holte ihn in die Gegenwart zurück. »Frau Seeburger sagte, es geht um Thomas Biehler.« Der Mann blickte aus seinen braunen Augen fragend in die Runde.

»Ja, setzen Sie sich, Herr Wagenbach. Die Herren hier sind von der Polizei. Sie kannten Herrn Biehler doch gut, oder?«

»Klar, wir haben viele Jahre zusammengearbeitet. Er fing damals an, als ich Projektleiter in Brasilien war.«

Auchter nahm den Neuankömmling jetzt ins Visier. »Wagenbach«, sagte er mehr zu sich selbst, »irgendwo habe ich den Namen schon gelesen.« Er blätterte in seinen Unterlagen. »Hier, Sie waren doch gestern am Tatort.«

»Genau. Ich bin auch mitgelaufen. Ihre uniformierten Kollegen haben meine Personalien aufgenommen. Wie die von den anderen.«

Viel Erhellendes konnte Wagenbach aber nicht beitragen. An Biehlers Arbeit gab es nichts zu kritisieren, er machte Überstunden, wenn es notwendig war, reiste bereitwillig durch die halbe Welt und engagierte sich im Betriebsrat für die Kollegen.

»Sie müssen wissen, bei uns gibt es keine Probleme mit dem Betriebsrat«, sagte Mäschle mit Stolz in der Stimme. »Die wissen, dass es ihnen nur dann gut geht, wenn es auch der Firma gut geht. Und der Firma geht es gut, wenn alle an einem Strang ziehen. Ich kann mich nicht erinnern, dass da jemals einer auf das Betriebsverfassungsgesetz gepocht hätte.«

Auchter schienen allerdings andere Fragen zu interessieren. »Hatten Sie privaten Kontakt zu Thomas Biehler? Wissen Sie, wer aus der Firma mit ihm befreundet war? Und hatte er finanzielle Probleme?«

Wagenbach war Techniker genug, um diesen Fragenkatalog gezielt abzuarbeiten. »Privaten Kontakt, nein. Damals in Brasilien schon eher. Die Ferne schweißt zusammen. Aber das ist Jahre her. Wir sahen uns natürlich beim Firmenlauftreff und bei den Vorbereitungsläufen für den Einstein-Marathon. Aber das ist ja immer eine riesige Gruppe. Freunde in der Firma? Da müsste ich in der Abteilung mal fragen. Wissen Sie, als Stellvertreter unseres Technikvorstands sind meine Kontakte in die Entwicklungsbüros nicht so eng. Das geht über die Abteilungsleiter, die dann wiederum mir berichten. Und auch über seine Finanzen weiß ich leider nichts.«

»Wie funktioniert das denn, wenn ein Mitarbeiter einen Kredit von der Firma möchte?«, wollte Auchter jetzt von Mäschle wissen. Wagenbach sah fragend in die Runde. Er schien nicht zu wissen, worum sich das Gespräch drehte.

»Ganz unkompliziert. Wir wollen den Leuten ja helfen. Sie sollen sehen, dass die Firma auch Heimat ist. In solchen Fällen hilft der Leiter unserer Personalabteilung. Erst ab einer bestimmten Größenordnung werde ich gefragt.«

»Dürften wir noch den Arbeitsplatz von Herrn Biehler sehen?«, fragte Auchter.

»Gerne, wir helfen, wo wir können. Schließlich ist es auch in unserem Interesse, dass Sie den Fall bald lösen. Die Geschichte sorgt schon für ziemliche Unruhe in der Firma. Herr Wagenbach wird sie begleiten.«

Auchter und Sänger erhoben sich. Dass Max von Steyn sitzen blieb, schien Wagenbach etwas zu irritieren. Er hatte ihn offenbar auch für einen Polizisten gehalten – aber dieses Metier hatte Max nie wirklich gereizt. So interessant die Fälle auch sein mochten, mit denen sich Auchter und seine Kollegen befassten, die strenge Hierarchie der Polizei und der Zwang zum Formalismus entsprachen nicht seiner Natur. Max brauchte die Freiheit, selbst entscheiden zu können, was er tat und wie er es tat. Immer wieder musste er an den Spruch seiner Oma denken, die früh zu ihm gesagt hatte: »So ein eigensinniger Kopf wie du kann nur Journalist oder Politiker werden.« Dass er die richtige Wahl getroffen hatte, bewiesen die vielen Skandale, in die Politiker immer wieder verwickelt waren. Gerade mal zwei Monate war es her, dass der Bundespräsident wegen seiner Neigung, sich immer wieder von reichen Freunden einladen zu lassen, zurücktreten musste. Max war sich sicher, dass dies nur die Spitze des Eisbergs war, und freute sich darüber, dass es ausgerechnet Journalisten gewesen waren, die immer wieder den Finger in die Wunde gelegt hatten.

Dass er am gleichen Abend, als er, wie fast jeden Montag, zum Lauftreff in seiner Heimatstadt ging, mit einem vielstimmigen »Der Kommissar geht um« begrüßt wurde, störte ihn allerdings nicht. Auch der Oberländer Anzeiger hatte groß über den Mord beim Ulmer Vorbereitungslauf geschrieben. Sein alter Kollege Dickie hatte es sich auch nicht verkneifen können, dabei auf Max' Erfahrungen als Detektiv hinzuweisen.

»Wenn heute auch einer umfällt, bekommst du lebenslanges Laufverbot hier im Zirbelwald«, drohte ihm sein alter Freund Georg Kramer, als er ihn begrüßte. »Was gibt es Neues, was nicht in der Zeitung steht?«

Max legte einen Finger an seine Lippen und flüsterte: »Dienstgeheimnis, mein Lieber, aber mach dich auf Enthüllungen gefasst, die tief in dein Privatleben hineinreichen.«

Georg ließ sich von dem kleinen Scherz nicht aus der Ruhe bringen. »Da bin ich ja mal gespannt auf meine dunkle Seite.«

»Deine Frau sicher auch«, gab Max zurück und war froh darüber, dass sich der Läuferpulk allmählich in Bewegung setzte.

Es dauerte keine zwei Minuten, da bemerkte er Angela an seiner Seite. Außer Georg schien im Lauftreff niemand etwas von ihrem Verhältnis zu wissen. Ihnen war es recht, nicht im Mittelpunkt des Tratsches zu stehen. Denn der blühte natürlich auch unter den Läufern, zumal es hier nicht um sportliche Höchstleistungen, sondern um Training in netter Gesellschaft ging. Unterwegs blieb genügend Luft, um nicht nur sportliche Dinge zu besprechen, sondern auch die persönliche Situation des einen oder anderen auszuloten. Da jeder Klatsch ja das Verborgene sucht, konnten Max und Angela beim Laufen ganz offen ihre Nähe pflegen. So gerieten sie auch bei den schärfsten Beobachterinnen nicht in Verdacht.

Entgegen seiner ursprünglichen Absicht war er am Nachmittag doch nicht mehr ins Büro von Luna-Events gefahren. Die paar Anrufe, die noch ausstanden, konnte er auch von zu Hause aus erledigen. Mäschles Angebot, ihn in die Stadt bringen zu lassen, hatte er abgelehnt. Keine zehn Minuten dauerte der Fußweg zur Bahnstation im Ulmer Donautal, von wo aus der Zug direkt in seine Heimatstadt fuhr. Am nächsten Tag würde er wieder das Fahrrad nehmen.

Max und Angela hatten sich ein wenig zurückfallen lassen, um ungestört reden zu können, als sie von hinten schnelle Schritte hörten, die, je näher sie ihnen kamen, immer langsamer wurden. Sie drehten sich um und erschraken, als sie das grell-grüne Laufshirt erblickten, das der Mann trug, der sich ihnen näherte. Sie kannten ihn flüchtig. Er hieß Hannes und gehörte schon lange zum Lauftreff.

»Hallo, ihr beiden«, sagte er, und Max staunte, wie wenig Hannes außer Atem zu sein schien. »Kann ich dich mal kurz sprechen, Max?« Mit einem Blick auf Angela setzte er hinzu: »Alleine, wenn es geht.«

»Kein Problem, ich wollte sowieso noch ein wenig mit Silvia ratschen«, sagte Angela, die ohnehin wusste, dass Max ihr von dem Gespräch berichten würde.

»Arbeitest du bei Mäschle?«, fragte Max und zeigte auf das grüne Hemd. »Das wusste ich noch gar nicht.«

»Doch, doch. Schon lange. Ich bin dort für die technischen Dokumentationen zuständig. Weil ich da arbeite, will ich ja mit dir reden.«

»Gern, worum geht's?« Max verlangsamte seine Schritte ein wenig, so dass der Abstand zur Gruppe wuchs. Sie waren erst eine Viertelstunde gelaufen, so dass bis zum Ende der gemeinsamen Runde, die eine Stunde dauerte, genügend Zeit für ein ausführliches Gespräch blieb.

»Ich war zwar gestern nicht beim Vorbereitungslauf, weil meine Tochter Geburtstag hatte. Aber in der Firma gab es heute ja kein anderes Thema. Und in der Zeitung habe ich es schon morgens im Zug gelesen. Ein Kollege aus meiner Abteilung lief nur ein paar Meter hinter Thomas Biehler, als es passierte. Der war ganz schön durch den Wind.«

»Kann ich mir vorstellen. Was hat der genau erzählt?«

»Im Prinzip das Gleiche, was auch in der Zeitung stand. Plötzlich hörten sie alle einen lauten Knall, dann fing Thomas an zu stolpern und stürzte. Mein Kollege wäre fast auf ihn draufgetreten, so schnell ging das. Die liefen ja ganz eng aufeinander.«

Das Phänomen, dass Läufer, sobald sie in Gruppen unterwegs waren, aneinander zu kleben schienen, hatte Max noch nicht entschlüsselt, obwohl er schon oft darüber nachgedacht hatte. Er blickte nach vorn zur restlichen Laufgruppe, die sich wie eine Traube durch den Wald bewegte. Häufig trennten nur ein paar Zentimeter die

Läufer, und immer wieder passierte es, dass jemand dem anderen von hinten in die Ferse oder, noch schlimmer, in die Achillessehne trat. So groß der Wald auch war, das Bedürfnis nach menschlicher Nähe schien zu überwiegen.

»Du sagst, im Prinzip hätten sie in der Firma das Gleiche erzählt. Also war es nicht ganz identisch?«

»Jeder fragt sich natürlich: Warum musste Thomas Biehler sterben? Warum gerade er?«

»Und welche Antworten gibt es darauf?«

»Manche glauben wirklich, da will uns jemand aus der Firmenwertung schmeißen. Und dieser jemand muss natürlich bei Schlau-Pharma sitzen, da wir denen letztes Jahr den Titel abgenommen haben.«

»Glaubst du das auch?«

»Na ja, das klingt doch sehr abenteuerlich. Oder nicht?«

»Was gibt es sonst für Theorien?« Noch am Nachmittag hatte Max fieberhaft überlegt, wie er an ein paar Insider-Informationen aus der Maschinenfabrik kommen könnte – und nun war Hannes sogar von alleine auf ihn zugekommen. Max wusste gar nicht, welcher höheren Macht er nun danken sollte.

»Manche glauben, dass da einfach ein Irrer im Wald unterwegs war. Es gibt doch immer wieder so Geschichten, wo jemand ausprobieren möchte, wie es ist, einen Menschen zu töten. Vielleicht war es so jemand. Dann hat es Thomas ganz zufällig getroffen.«

»Kannst du dir das wirklich vorstellen? Ich glaube, so etwas gibt es nur im Krimi. Das ist doch typischer Tatort-Stoff. Der Wahnsinnige, der sich in irgendetwas reinsteigert.«

»Sehe ich auch so. In der Zeitung stand ja, dass Thomas erst weiter hinten war und nur nach vorne kam, um irgendwas zu Franz Hunzinger zu sagen. Vielleicht wollte der Mörder ja jemand anders treffen. Vielleicht den Franz?«

»Wüsstest du, warum jemand das tun sollte?«

»Jetzt fragst du auch schon wie die im Tatort. Aber die Frage ist ja berechtigt. Ich kenne den Franz nicht so gut. Keine Ahnung. Aber vom Thomas Biehler wird gemunkelt, dass er finanzielle Probleme hatte.«

»Woher weißt du das?«

»Heute Mittag in der Kantine hat jemand erzählt, dass der Thomas sich von ihm Geld leihen wollte.«

Max blieb vor lauter Überraschung kurz stehen. »Was sagst du da? Der wollte sich Geld leihen? Von wem? Und wann war das?«

Auch Hannes war jetzt stehengeblieben. Er zog die Stirn in Falten und sagte: »Ich weiß nicht recht …«

»Hannes.« Max Stimme bekam jetzt einen entschiedenen Klang. »Hannes, vielleicht ist das wichtig. Wer war es?«

»Ein Kollege aus dem Betriebsrat. Jupp Seeburger.«

»Seeburger?« Max dachte nach. »So heißt doch die Sekretärin von eurem Chef.«

»Du kennst dich ja aus. Woher weißt du das?«

»Ich weiß nicht recht …« Max versuchte, die Stimmlage zu imitieren, in der Hannes die gleichen Worte kurz zuvor zu ihm gesagt hat. Dann lachte er. »Vertrauen gegen Vertrauen. Einverstanden?«, und hielt Hannes die Hand hin.

»Einverstanden. Du bist dran.«

»Gern«, sagte Max und verfiel wieder in einen leichten Laufschritt. »Ich war heute Mittag bei Mäschle. Er hat mich gebeten, ihn bei den Presseanfragen zu unterstützen. Und da habe ich Frau Seeburger kennengelernt. Eine nette Person.«

»Ja, das ist der Jupp auch. Er und seine Schwester sind seit Urzeiten in der Firma. Ich glaube, ihr Vater hat schon bei Mäschles Vater in der Schlosserei gearbeitet. Aber wie kam Mäschle auf dich?«

»Ich arbeite doch für den Einstein-Marathon. Und mit den Leuten hat Mäschle heute früh gesprochen, weil auch er den Unsinn gehört hatte, dass da jemand die Firmenwertung beeinflussen will. So kamen wir ins Gespräch.«

Sie liefen ein paar Meter schweigend nebeneinander her, dann sagte Max: »Hannes, wir sollten in Kontakt bleiben.«

»Heißt das, du spielst mal wieder Detektiv?«

»Was soll ich tun, wenn ich da so nah dran bin und auch noch so gute Informationen kriege? So tun, als ginge mich das nichts an? Schließlich arbeite ich für den Einstein-Marathon. Wie kann ich dich erreichen?«

»Am besten nicht in der Firma. Meine Privatnummer steht im Telefonbuch. Ich heiße Steinle mit Nachnamen. Hannes Steinle gibt's hier nur einmal.

»Dann stehen wir ja im gleichen Buch. Meine Mail-Adresse findest du auch im Internet.«

»Und in deinen Büchern steht sie auch. Ich habe beide.«

»Freut mich, das nächste schenke ich dir dann. Aber erst müssen wir rausfinden, was hier gespielt wird.«

Max zog das Tempo ein wenig an. »Lass uns sehen, dass wir die anderen wieder einholen.«

Die restliche Strecke lief er wieder neben Angela, die ihm anbot, ihn im Auto nach Hause zu fahren. »Danke«, sagte Max, »ich bin mit dem Fahrrad da. Aber wenn du magst, ruf später nochmal an.« Irgendwie hatte er das Gefühl, Angela wolle ihm etwas sagen, doch schien ihr die Gelegenheit nicht passend.

Max kramte aus der Packtasche seines Fahrrads ein Handtuch und ein trockenes Radtrikot und zog schließlich noch eine leichte Jacke über. Obwohl es für Ende April recht warm war, wusste er, dass er den Fahrtwind nicht unterschätzen durfte. Jetzt krank zu werden, hätte gar nicht in seine Pläne gepasst.

Die Maxau lag ruhig und verlassen da, als er auf der schmalen asphaltierten Straße die letzten Meter auf sein Haus zurollte. Von dort führte ein gekiester Weg weiter in den Wald hinein. Da schon vorne an der Straße, die in die Stadt hinunterführte, ein Schild die Durchfahrt verbot, waren die einzigen Verkehrsteilnehmer, die normalerweise an seinem Haus vorbeikamen, Radfahrer und Spaziergänger. Umso überraschter war Max, als er das Motorrad sah, dessen Fahrer im T-Shirt an seinem Geräteschuppen lehnte. Lederjacke und Helm hatte er über die Spiegel der Maschine gehängt, die wie dürre Flügel von dem geschwungenen Lenker abstanden. Dem Design nach war das Motorrad nicht mehr das jüngste.

Im Näherkommen erkannte Max den Besucher: Es war Schlensky, dem er gar nicht zugetraut hätte, ein so großes Motorrad zu stemmen.

»Was machst du denn hier?«, fragte er überrascht.

»Guten Abend, Kollege! Ich muss doch mal sehen, wie man als Pressesprecher eines Weltereignisses so lebt. Und als erfolgreicher Buchautor. Abends drehe ich gerne noch mal eine Runde auf meinem Moped.« Er sah die Honda mit verliebten Augen an. »Mein Baby, eine der ersten Gold Wings, die es überhaupt gab. Interessierst du dich für Mopeds?«, fragte er und sah Max erwartungsvoll an.

Dessen Karriere als Fahrer motorisierter Zweiräder hatte bereits mit sechzehn geendet, als er seine schon damals uralte Quickly auf dem Heimweg von einer Party in den Straßengraben setzte. Erst kürzlich war er, als er eine Kiste mit alten Fotos durchstöberte, auf ein Bild dieses legendären Mopeds gestoßen, dessen pastellgrüne Lackierung heute wieder als schick galt. Außer einer Handvoll Schrammen und blauen Flecken war ihm damals nichts passiert, was auch besser war, da er noch keinen Führerschein besaß. Die Prüfung fand erst zwei Wochen später statt, doch da lag das Moped schon auf dem Schrottplatz.

Dass Schlensky die Gold Wing, schon bei ihrer Markteinführung Mitte der 70er-Jahre ein aufsehenerregendes Kraftpaket, als Moped bezeichnete, passte zu ihm und seiner Generation. Nach außen ein bisschen Understatement zeigen, und es dann krachen lassen. Genau so schätzte er Schlensky ein.

»Lange her, dass ich auf so einem Bock gesessen bin«, gab Max vorsichtig zurück. Er betrachtete die rotlackierte Honda genau. »Da fühl ich mich doch glatt wieder jung. Ich war dreizehn, als die erste Gold Wing auf den Markt kam. Mein Cousin hatte damals eine. Doch schon im ersten Sommer hat er sie zerlegt.«

»Ja, ja, so ein Gerät musst du fahren können. Das ist nicht so ein rollendes Wohnzimmer, wie die neuen Gold Wings heutzutage. Die will noch geritten werden.«

Max wurde wieder einmal bewusst, warum er sich nie so richtig für Motorräder erwärmt hatte. Die Absolutheit, mit der ein richtiger Biker seine Maschine liebte – und sie dann auch noch Moped nannte –, hatte er nicht einmal Frauen gegenüber aufgebracht. Aber vielleicht ging das bei technischen Geräten ja leichter.

»Ich hoffe, du hattest einen angenehmen Ritt zu meiner Ranch«, sagte Max. »Komm rein, da gibt es ein kühles Bier.«

»Mein Baby mag es nicht, wenn ich trinke«, sagte Schlensky und blickte nochmal auf das Motorrad. »Das will meine ganze Aufmerksamkeit.«

»Also Salbeitee. Habe ich auch. Aber jetzt sag mir erst mal, was dich zu mir treibt. Bei einer Fahrt ins Blaue ist hier noch niemand vorbeigekommen. Außer vielleicht mit dem Fahrrad. Und woher hast du meine Adresse?«

»Du hast ja recht, Kollege. Alles Absicht. Deine Adresse? Hör mal, wenn ich so etwas nicht rauskriege, bin ich in meinem Job fehl am Platze.«

Als sie dann, jeder mit einem großen Glas Apfelschorle vor sich, auf der Holzterrasse hinterm Haus saßen, sagte Schlensky: »Du hast gute Kontakte, auch in Ulm. Woher kanntest du das Obduktionsergebnis?«

»Keine Chance.«

»Also gut. Dann erzähl ich dir was. Quasi als vertrauensbildende Maßnahme.«

Max nickte.

»Der Tote war ziemlich klamm, finanziell meine ich.«

»Du meinst den 20 000-Euro-Kredit bei der Sparkasse, den er nicht zurückzahlen konnte«, entgegnete Max trocken.

Schlensky stellte sein Glas ab, bevor es ihm aus der Hand fiel. »Kann es sein, dass ich dich unterschätzt habe?«

»Mit Sicherheit, aber das macht nichts. Ich dich ja auch. Woher weißt du, dass Biehler finanzielle Probleme hatte?«

»Keine Chance, mein Lieber. Lass uns die Informationen austauschen, und jeder behält seine Quellen für sich.«

»Und was habe ich davon? Bislang hast du mir nichts Neues erzählt, wenn ich mich recht erinnere?«

»Dickie hatte schon recht, als er dich einen Sturkopf nannte«, entfuhr es Schlensky, der erschrocken die Hand vor seinen Mund hielt. »Scheiße.«

»So, so, der liebe Dickie hat dir also erzählt, wo ich zu finden bin. Denk dir nichts. Es hätte mich enttäuscht, wenn du dich nicht nach mir erkundigt hättest. Und Dickie hat ja schließlich mal bei euch ein Praktikum gemacht, bevor er damals zu uns kam.«

»Was du davon hast, wenn wir zusammenarbeiten?« Schlensky wiederholte Max' Worte ganz langsam. »Vielleicht ein bisschen Einfluss darauf, was bei uns im Blatt steht. Solange ich bessere Spuren habe als die alberne Geschichte mit der Firmenwertung, muss ich darauf nicht rumhacken. Und irgendwann bin ich dir auch einen Schritt voraus.«

»Einverstanden«, antwortete Max. »Als Zeichen meines guten Willens erzähle ich dir noch was: Biehler hat in der Firma versucht, mindestens einen Kollegen anzupumpen. Was ihm nicht gelang.« Von der Gehaltspfändung wollte er zumindest im Moment noch nichts erzählen.

»Weiß die Polizei davon?«

Max zuckte mit den Schultern. Schlenskys Quelle schien also dort zu sitzen. »Hat dir dein Mäuschen davon nichts geflüstert?« Er hob sein Glas: »Auf gute Zusammenarbeit, Gregor.«

»Sag Schlensky zu mir. Gregor nennt mich nur meine Mutter.«

Max sah dem ›Moped‹ noch eine Weile hinterher, als sich Schlensky auf den Heimritt machte. Er grinste in den mittlerweile dunklen Himmel. Gerade als das letzte Brummen des Vierzylinders verklungen war, meldete sich sein Handy, genau mit dem Ton, in dem in seiner Kindheit das schwarze Wählscheibentelefon der Großmutter geläutet hatte. Noch vor ein paar Jahren hatte er immer erstaunte Blicke geerntet, wenn sein Telefon klingelte, doch mittlerweile hatten so viele Leute diesen Retro-Sound installiert, dass er schon auf der Suche nach etwas Neuem war.

»Angela«, sagte er nach einem Blick auf die Nummer, »das ist wirklich gutes Timing. Im Moment will ich unter die Dusche gehen. Ich hatte gerade noch Besuch.«

»War sie wenigstens hübsch?«

»Für ihr Alter sah sie gut aus.«

Jetzt stutzte Angela. »Ich weiß ja, dass du mir nicht gehörst. Aber gibt es da vielleicht etwas, was ich wissen sollte? Und was meinen geplanten Besuch bei dir verhindert?«

»Falls du auf ein fast vierzig Jahre altes Motorrad eifersüchtig bist, dann schon«, erwiderte Max und erzählte ihr kurz von Schlenskys Besuch. »Wenn du magst, warte ich mit dem Duschen, bis du da bist.« Obwohl Angela selbst schon frisch gewaschen war und in der Zwischenzeit auch ihre Kinder ins Bett gebracht hatte, sagte sie ja und legte auf. Auf Max' Frage, wie es denn käme, dass sie trotz Mann und Kindern nochmal weg konnte, antwortete sie schon gar nicht mehr.

Als Max damals das Badezimmer umgebaut hatte, hatte er eine extra große Dusche einbauen lassen, bei der das Wasser nicht nur aus einem riesigen Duschkopf an der Decke kam, sondern auch aus in die Wand eingelassenen Düsen. Die Dusche war seine Denkfabrik. Wenn das warme Wasser auf ihn herunterprasselte, konnte er seinen Ideen freien Lauf lassen. Viele seiner Artikel und auch etliche Kapitel seiner Bücher waren hier entstanden. Und außerdem eignete sich die Dusche wunderbar als Liebesnest, was auch Angela zu schätzen wusste.

Max liebte ihre Wildheit. Anfangs hatte er gedacht, das liege daran, dass mit ihrem Mann schon länger nichts mehr gelaufen war, doch dieser Zustand war geblieben. Und an diesem Tag schien ihre Begierde noch größer zu sein als sonst. Auf dem Weg vom Bad ins Bett besah Max im Spiegel die tiefen roten Striemen, die Angelas Fingernägel auf seinem Rücken und seinen Schultern hinterlassen hatten. »Gut, dass noch nicht Sommer ist«, dachte er, »so könnte ich mich kaum an den Baggersee wagen.«

Angela spielte wortlos mit den Haaren, die auf Max' Brust wucherten. Die meisten waren tief dunkel, doch hin und wieder leuchtete ein deutlich graues hervor.

Mit einem Ruck setzte sie sich auf und zog die Decke bis über ihre Brust, so dass Max nackt auf dem Bett lag. Irritiert blickte er sie an. Sie sagte nichts, doch wurden ihre noch vor kurzem so entspannten Gesichtszüge plötzlich hart und ihre Augen leuchteten feucht.

»Max, ich weiß nicht, wie es weitergehen soll.«

Da ihm nicht klar war, ob sie eine Antwort erwartete oder weiterreden wollte, griff er erst mal nach dem Rotweinglas, das auf dem Nachttisch stand, und trank zwei, drei Schlucke. Angela schwieg noch immer.

»Weitergehen womit?«, fragte er sanft, obwohl er durchaus ahnte, was sie meinte. Irgendwann musste das ja mal kommen.

»Mit uns, mit Hans-Jörg, mit den Kindern. Ich kann das nicht mehr, dieses Versteckspiel.« Sie zog die Decke noch ein Stück höher, so dass ihr Gesicht nur noch oberhalb des Kinns zu sehen war.

Max versuchte, seinen Arm um sie zu legen, doch sie wich ihm aus. »Das ist mir wirklich ernst, Max.«

Der nickte. Sie hatten damals, als ihre Affäre begann, besprochen, dass es genau das sein sollte: eine Affäre. Sie genossen das Laufen miteinander, den Sex, der im Lauf der Zeit immer tiefer wurde, aber auch ihre getrennten Leben. Die Frage einer gemeinsamen Zukunft hatten sie sich nie gestellt. Angela wusste, dass Veronika immer noch eine wichtige Rolle in Max' Gedanken spielte, und sie wollte die Hoffnung auf ein glückliches Familienleben nicht aufgeben. So glichen sie gegenseitig ihre Defizite aus, ohne Ansprüche aneinander zu stellen, was Max nur recht war. Sollte sich das jetzt ändern?

»Ich lege mich jeden Abend zu Hause neben einen

Mann, den ich zwar gerne mag, aber nicht mehr liebe. Und vor allem nicht begehre. Aber er ist der Vater meiner Kinder, ein guter Vater, und außerdem mein Geschäftspartner. Das geht nicht mehr. Ich schlafe keine Nacht mehr durch.«

»Angela, du weißt, dass ich dich sehr gerne mag …«

»… aber mich nicht liebst«, fiel sie ihm ins Wort. »Das ist es ja. Würdest du mich lieben, wäre das ganz einfach.«

»Was wäre dann ganz einfach?«

»Dann würde ich zu dir kommen. Für immer. Denn …« Sie zögerte. »… denn ich liebe dich. Das weiß ich inzwischen. Und es tut weh, so wie es ist. Dich zu lieben, mit dem Körper und der Seele, und gleichzeitig zu wissen, dass das nur gestohlene Stunden sind.«

»Gestohlene Stunden? Wem genau gestohlen?«

»Den Kindern. Dem Mann, dem ich versprochen habe, ihm treu zu sein, mir. Und vielleicht auch dir.«

»Dir und mir?« Jetzt kam Max nicht mehr mit.

»Was wir hier machen, ist zwar wunderschön, aber es führt zu nichts. Wir betäuben unsere Sehnsüchte, haben aber kein gemeinsames Ziel.«

»Und was bedeutet das für dich?«

»Dass wir aufhören müssen. Um unser Ziel zu finden.« So ernst hatte Max sie selten sprechen gehört. Angela blickte hinaus in den dunklen Wald, der nur ein paar Meter hinter der Maxau begann. Dann drehte sie ihren Kopf zu ihm und sagte: »Ich muss wissen, wo ich hingehöre.« Sie strich mit der Hand durch seine wuscheligen Haare. »So gerne ich bei dir wäre, meine drei Kinder brauchen einen Vater. Und ich einen Mann, der wirklich zu mir gehört. Oder keinen. Dann bin ich lieber mit meinen Kindern alleine und suche mir ab und zu einen fürs Bett.«

»Aber den hast du doch schon? Das ist doch genau unsere Konstruktion.«

»Konstruktion.« Angela schüttelte den Kopf. »Als wäre Liebe etwas Technisches.«

Sie stand auf und ging ins Bad, wo ihre Kleidungsstücke auf dem Boden verstreut lagen. Zwei Minuten später stand sie in Jeans und Sweatshirt neben Max' Bett, drückte ihm einen Kuss auf den Mund, der sehr nach Tränen schmeckte, und hauchte: »Au revoir, mon cher.« So etwas hatte sie noch nie zu ihm gesagt.

Die frische Luft, die Max entgegenblies, als er am nächsten Morgen mit dem Fahrrad den Berg in die Stadt hinunterrollte, vertrieb für einen Moment die Erinnerungen an den vergangenen Abend. Nachdem Angela gegangen war, hatte er die Flasche Rotwein noch leergetrunken und war schnell in einen tiefen, traumlosen Schlaf gefallen. Morgens um sechs war er aufgewacht und hatte instinktiv neben sich gegriffen, genau an die Stelle, an der ein paar Stunden zuvor noch Angela gelegen hatte. Würde sie wirklich nie wieder zu ihm kommen, würden sie sich nie wieder lieben? Er war aus dem Bett gesprungen und hatte das Fenster aufgerissen. Draußen war es schon fast ganz hell gewesen. Die dunkle Jahreszeit schien nun wirklich vorüber zu sein. Die Sonne ging wieder zur gleichen Uhrzeit auf wie vor vier Wochen, als die Uhren auf Sommerzeit gestellt worden waren.

Oft ging er direkt morgens im ersten Dämmerlicht zum Laufen und genoss die unendliche Ruhe des Waldes. Nirgendwo sonst spürte er sich der Natur so verbunden, konnte er die Gerüche des wachsenden Tages so intensiv in sich aufnehmen, dass sie ihm Kraft gaben für alles, was da kommen sollte.

In eine ähnliche Stimmung verfiel er, als er eine halbe Stunde später Biberach, die nächste etwas größere Stadt, hinter sich gelassen hatte und durch das Rißtal fuhr. Der

Frühnebel ließ gerade so viel Sonnenlicht durch, dass die Landschaft wie in weiche Watte gebettet vor ihm lag.

Noch wuchs auf den Äckern links und rechts des Weges nichts, es würde aber nur noch ein paar Monate dauern, bis überall riesige Maispflanzen wie grüner Beton die Wege säumen würden, so dass man kilometerweit das Gefühl bekam, in einem nach oben offenen Tunnel zu fahren. Durch den Nebel konnte Max die Weite der Landschaft nur erahnen. Trotz der Kühle, die der Morgen noch in sich trug, wurde ihm ganz warm, als plötzlich die Sonne durch den Nebel brach und einem Scheinwerfer gleich die Szene erhellte. Selbst der Hase, der aus dem hohen Gras herausgesprungen war, schien kurz innezuhalten. »Wenn das Kitsch ist, dann liebe ich Kitsch«, dachte Max und atmete tief durch.

Er hatte die Strecke so gewählt, dass er, bis er an die Außenbezirke von Ulm kam, nur wenige Dörfer passieren musste und weitestgehend auf Feldwegen fuhr. Da kam er zwar mit seinem Trekkingrad langsamer voran als die Rennradler, die die asphaltierten Straßen benutzten, doch die Langsamkeit und Eindringlichkeit der Landschaft war genau das, was er wollte und jeden Tag aufs Neue genoss.

So ließ er seinen Gedanken freien Lauf, als er, nur durch ein paar querende Straßen gebremst, Richtung Norden rollte und schließlich auf die Donau stieß. Angela ging ihm nicht aus dem Kopf. Zwar hatte er schon immer damit gerechnet, dass sie ihn eines Tages mit einer Entscheidung für oder gegen sie konfrontieren würde. Doch warum ausgerechnet jetzt?

Sie hatten immer mit offenen Karten gespielt. So wie Max von ihrer Familie wusste, so wusste sie von Veronika. Er mochte Angela, sehr sogar, und genoss jede Sekunde mit ihr. Doch Liebe? Dieses große Wort hatte er zu lange für Veronika reserviert gehabt. Und er fragte sich, ob es nicht noch immer so war. Vielleicht hatte Angela das gespürt? Max wusste es nicht.

Er trat heftiger in die Pedale, um seine Gedanken zu verscheuchen. Sicher stand ihm bei Luna-Events ein arbeitsreicher Tag bevor. Auch Mäschle würde sich wohl wieder melden. Ihm sollte es recht sein.

Kurz überlegte er, Mäschle gleich einen Besuch abzustatten; schließlich lag die Firma fast auf seinem Weg. Doch er verwarf den Gedanken. Schließlich wollte er erst mal in Ruhe die Lage checken. Bei seinem neuen Auftraggeber konnte er auch auf der Rückfahrt vorbeischauen. Dann wäre er auch nicht so verschwitzt wie jetzt. Obwohl das Mäschle als alten Ausdauersportler sicher kaum gestört hätte.

Bis nördlich von Wiblingen folgte er dem Donau-Bodensee-Radweg, dann schlug er sich, zunächst auf Waldwegen, dann durch Wohn- und Industriegebiete bis nach Schwaighofen durch. Seitdem er wusste, dass er sich von der Webseite, die Burkhard für seine Routenplanung nutzte, auch GPS-Daten fürs Fahrrad herunterladen konnte, hatte er sich nie wieder verfahren. Die dünne Spur auf dem Minibildschirm an seinem Lenker wies ihm den Weg. Hätte er das früher gewusst, wären ihm viele Umwege oder Stopps zum Kartenlesen erspart geblieben. Inzwischen setzte er sich vor einer Radtour eine halbe Stunde an den Computer, markierte bei gpsies die Strecke, lud die Daten auf sein Navigationsgerät und konnte unbesorgt losfahren. Schöne, neue Technikwelt.

Knappe zweieinhalb Stunden dauerte die Fahrt von der Maxau bis ins »Freudenhaus« von Luna-Events. Als Max angehalten hatte, begann sein Schweiß so richtig zu fließen. So war das meistens. Während der Fahrt kühlte ihn der Wind etwas ab, selbst im Hochsommer. Doch sobald er stehen blieb, öffneten sich alle Poren.

Matthias Flachner grinste ihn an, als er eintrat. »Besser schweißgebadet als gar nicht gewaschen, gell?«, rief er ihm entgegen und reichte ihm eine Flasche Mineralwasser. »Nachschub.«

Max lachte. Diesen Spruch kannte er noch nicht. »Woher nimmst du diesen Unsinn eigentlich immer?«, fragte er, und Flachner tippte sich ans Hirn. »Köpfchen, mein Lieber. Aber das lernst du auch noch. Wenn du soweit bist, dann schau mal in die Zeitung. Schlensky hat wieder zugeschlagen.«

Das wollte Max noch sehen, bevor er ins Bad ging. Er nahm die Donau-Nachrichten in die Hand und zog sofort den Lokalteil raus. Schlensky hatte doch tatsächlich nach ihrem Gespräch noch das Detail mit dem 20 000-Euro-Kredit eingefügt. Oder hatte er das schon vorher gewusst und nur geblufft? Beim Lesen schüttelte Max den Kopf. Nein, das würde keinen Sinn ergeben. Schlensky arbeitete wirklich professionell.

Max stellte sich unter die Dusche und drehte das kalte Wasser auf. Obwohl es im ersten Moment alle Fasern seines Körpers zusammenzog, genoss er das erfrischende Gefühl. Zudem hatte er festgestellt, dass das lästige Nachschwitzen fast völlig ausblieb, wenn er kalt geduscht hatte. Wie oft war es ihm früher passiert, dass ihm, wenn er gleich nach dem Sport duschte, bei der geringsten Anstrengung wieder der Schweiß ausbrach und er mit feuchter Stirn und nassem Hemd in irgendwelchen Besprechungen saß?

Er trocknete sich ab und zog ein T-Shirt mit dem Logo des Einstein-Marathons an, Dienstkleidung sozusagen.

Sabrina hatte schon eine Tasse heißen Kaffee auf seinen Schreibtisch gestellt, daneben lag wieder eine Liste mit Namen und Telefonnummern der Journalisten, die schon am frühen Morgen angerufen hatten. Ein Name war mit gelbem Leuchtstift markiert: Schlensky.

»Was will der schon wieder?«, murmelte Max und bemerkte den fragenden Blick von Matthias Flachner, der neben ihn getreten war. Er berichtete kurz von Schlenskys Besuch in der Maxau am Vorabend und sagte: »Ich hoffe mal, dass er diese blöde Diskussion um die Firmenwertung wirklich draußen lässt.«

Genau das wollte Schlensky nämlich nicht mehr tun. Oder er konnte es nicht mehr, wie er Max am Telefon erklärte. Denn inzwischen hatte auch eine große Boulevard-Zeitung, die bei Luna-Events nicht routinemäßig gelesen wurde, das Thema aufgegriffen. »Ich muss mich aber nochmal bei dir bedanken«, sagte der Redakteur.

»Weshalb?«, fragte Max, überrascht von so viel Dankbarkeit.

»Für den Tipp mit dem Kredit. Das habe ich ja gestern Abend noch reingefummelt. In der Zeitung mit den großen Buchstaben steht das übrigens auch. Hast du eine Idee, wo die das herhaben?«

»Von mir sicher nicht. Kannst du mir den Artikel rüberschicken oder muss ich selbst zur Tanke gehen und sechzig Cent investieren?«

»Schau mal in deine Mails. Der müsste schon da sein. Lies dir das mal durch und melde dich wieder.«

Max druckte den Text vier Mal aus und setzte sich mit Matthias Flachner, Burkhard Haller und Wilfried Mühl an den Besprechungstisch.

Fast gleichzeitig sagten die vier: »So ein Mist.«

In der Bundesausgabe titelte das Blatt: »Irrer Schütze auf Läuferjagd« und fragte: »Wer ist das nächste Opfer?« In dem Text wurde ein gewisser Andi A., der angeblich bei Mäschle arbeitet, zitiert: »Ich laufe da nicht mehr mit. Ich bin doch nicht lebensmüde.« Und der Firmensprecher von Schlau-Pharma sprach von einem Wahnsinnigen, »der aber sicher nichts mit unserem Unternehmen zu tun hat.«

»Bloß gut, dass der noch nicht auf unsere Facebook-Seite geschaut hatte, bevor ich die Kommentare rausgenommen habe«, sagte Flachner. »Da haben wirklich welche dazu aufgerufen, bei uns nicht mehr mitzulaufen, weil das lebensgefährlich wäre.«

Max lehnte sich zurück und dachte nach. »Ist es wirklich sinnvoll, die Diskussion zu unterbinden? Wenn die Leute darüber reden wollen, tun sie das – bei uns oder auf einer anderen Seite. Der Gedanke, dass wir als Zensoren gebrandmarkt werden, gefällt mir ehrlich gesagt nicht so gut.«

»Immer noch besser, als irgendwelchen anonymen Wahnsinnigen ein Forum zu bieten«, warf Wilfried Mühl ein.

»Da hast du natürlich auch recht. Aber wir sollten das auf der Seite erklären.«

»Einverstanden, das ist ein Job für unseren Pressesprecher«, sagte Matthias Flachner. »An die Arbeit. Und vergiss Schlensky nicht.«

Der meldete sich zwei Minuten später von alleine. »Ich will dir nur einen Stein in den Garten schmeißen. Das Privatfernsehen ist mit einem Aufnahmeteam im Anmarsch auf euer Freudenhaus. Die haben gerade angerufen und um Infos gebeten.«

»Danke für den Hinweis«, sagte Max, und fügte, als er aus dem Fenster schaute, hinzu: »Im Moment fahren die bei uns vor.«

»Eins noch«, rief Schlensky, um zu verhindern, dass Max sofort auflegte. »Hast du eine Handy-Nummer von Mäschle? In der Firma heißt es, er sei nicht zu sprechen. Ich muss ihn aber sprechen.«

»Sorry, Kollege. Die hab ich auch nicht. Vielleicht meldet er sich bei mir. Dann sag ich ihm, dass du ihn sprechen musst.« Das letzte Wort betonte Max besonders.

Als er auflegte, klingelte das Telefon sofort wieder, zeitgleich mit der Türglocke. Während Sabrina zur Tür ging, hob Max ab. Friedrich Mäschle meldete sich. »Herr von Steyn, ich brauche Sie wieder. Bei mir hat sich das Fernsehen angekündigt. Die wollen eine Stellungnahme. Können Sie das für mich machen?«

»So leid es mir tut, da müssen Sie selber durch«, sagte Max. »Bei uns stehen die auch schon in der Tür. Und ich kann schlecht zuerst für Luna-Events auftreten und dann für Sie. Aber ich mache Ihnen einen Vorschlag. Ich melde mich nachher wieder bei Ihnen, dann besprechen wir das.«

»Einverstanden. Rufen Sie mich auf dem Handy an.« Mäschle diktierte seine Nummer. Max beschloss, sie nicht an Schlensky weiterzugeben.

Die Fernsehleute machten sich dankbar über den Kaffee her, den Sabrina auf den Besprechungstisch gestellt hatte, auch von den Süßigkeiten, die dort standen, war nach zehn Minuten nichts mehr zu sehen. »Ihr Sportler wisst, wie man zu Kalorien kommt«, sagte der Redakteur und klopfte sich auf den runden Bauch.

»Aber wir wissen auch, wie man sie wieder runterkriegt«, warf Burkhard ein.

Der andere wechselte schnell das Thema: »Wir brauchen noch ein paar O-Töne und gute Bilder. Wie wäre es, wenn jemand von euch mit uns zum Tatort fährt und dort die ganze Story erzählt. Wir kriegen heute Abend 2:30 in den Hauptnachrichten.«

Max übersetzte kurz für seine Kollegen: O-Töne waren Originaltöne, also Zitate, 2:30 bedeutete einen Beitrag mit einer Länge von zwei Minuten und dreißig Sekunden, für den Häppchen-Journalismus des Privatfernsehens schon richtig viel.

Matthias Flachner zeigte auf Max: »Herr von Steyn wird Sie begleiten, der trägt auch schon das T-Shirt mit dem Logo des Einstein-Marathons.«

»Haben Sie nicht auch so ein grünes, wie es das Opfer trug?«

Max schüttelte den Kopf: »Die gibt es nur bei MashPower.« Er hoffte, dass die Besucher den T-Shirt-Stapel in dem großen Regal neben Flachners Schreibtisch nicht zu genau anschauen würden.

Der Fernseh-Redakteur sah seine Assistentin an: »Denk dran, dass wir nachher bei Mäschle so eins mitnehmen.«

Das Angebot der Fernsehleute, mit ihnen zu fahren, lehnte Max ab. Er wollte unterwegs noch kurz mit Mäschle telefonieren. »Fahren Sie einfach hinter mir her.«

Max schnappte sich den Schlüssel des Mercedes-Busses, in dem noch immer die Getränkekisten vom vergangenen Sonntag standen. Bislang hatte niemand die Zeit gefunden, sie rauszuräumen.

Er musste den Kopfhörer seines Handys fest ans Ohr drücken, um Mäschle trotz des Brummens des alten Diesels zu hören. »Die Fernsehleute sind ganz harmlos«, sagte er zu dem Unternehmer. »Aber lassen Sie sie trotzdem nicht aufs Firmengelände. Denen können Sie ja was von Sicherheitsvorschriften erzählen. Ein Interview vor dem Haupttor reicht sicher.«

»Und was soll ich denen sagen?«, fragte Mäschle.

»Nur das, was auch in der Pressemitteilung steht. Vielleicht noch ein paar Sätze darüber, dass der Vorfall Sie nicht nur als Firmenchef sondern auch als alten – äh, ich meine erfahrenen – Marathonläufer sehr trifft.«

»Herr von Steyn, ich weiß, dass ich alt bin, und habe damit keine Probleme.«

»War nicht so gemeint, Herr Mäschle, wenn ich in Ihrem Alter nur halb so fit bin wie Sie, kann ich schon dankbar sein.«

»Sie müssen mir keinen Honig ums Maul schmieren. Dafür bin ich zu alt. Gibt es sonst noch was?«

Max bereitete Mäschle darauf vor, dass die Fernsehleute ihn um eins der grünen T-Shirts bitten wollten, und riet ihm, eins holen zu lassen. »Nur überziehen sollten Sie es nicht vor der Kamera. Noch was anderes, Herr Mäschle«, sagte Max, während er von der B 10 auf den Berliner Ring abbog. »Sie kennen doch sicher Herrn Schlensky von den Donau-Nachrichten.«

Mäschle bejahte. »Der ist doch sonst für die Wirtschaft zuständig. Ich wundere mich, dass der über den Mord an Biehler schreibt.«

Max erklärte es ihm und bat ihn, Schlensky anzurufen: »Der ist in Ordnung. Und wir brauchen ihn. Aber sagen Sie ihm bitte auch nicht mehr als den anderen. Wir können ja später überlegen, ob wir ihm ein paar Hintergrundinformationen stecken.«

Der Konvoi aus dem Einstein-Bus und zwei Fahrzeugen der Fernsehleute bog rechts nach Mähringen ab, wenig später näherten sie sich auf der für Autos gesperrten Ulmer Steige dem Tatort. Die wütenden Gesten eines alten Mannes, der dort seinen Hund ausführte und auf das Durchfahrt-verboten-Schild wies, beantwortete Max mit einem freundlichen Winken. Höhere Gewalt.

Die Fernsehleute arbeiteten schnell und konzentriert. An der Stelle, an der Biehler tot zusammengebrochen war und an der immer noch Blutspuren auf das Geschehen hinwiesen, erzählte Max, was passiert war. Mit der linken Hand wies er in die Richtung, aus der der Mörder geschossen hatte. »Da hinten im Graben hat die Polizei eine Patronenhülse gefunden.«

Das interessierte den Reporter: »Zeigen Sie bitte unserem Kameramann die Stelle und kommen Sie wieder her. Der soll uns aus der Perspektive aufnehmen, die der Mörder hatte.« Plötzlich hellte sich sein Gesicht auf. »Oder noch besser: Sie joggen langsam den Weg herunter, während der Kameramann auf der Position des Mörders ist und ich spreche dazu den Kommentar.« Der Mann schien so begeistert von seiner Idee, dass Max den Gedanken, nein zu sagen, gleich wieder verscheuchte. Es gehörte zu seinem Job als Pressesprecher, bei so etwas mitzuspielen.

Da es in der Maxau keinen Fernseher gab, machte Max auf dem Heimweg in seinem Stammcafé in einer kleinen Seitenstraße hinter dem Marktplatz Station. Dort hing ein großer Bildschirm, vor dem sich seit Jahren regelmäßig die Champions-League-Gemeinde versammelte. Seit Kurzem lud der Wirt, ein alter Freund von Max, auch zum gemeinsamen Tatort-Schauen ein. Seitdem war der Laden am Sonntagabend voll. Wenn es nichts Besonderes im Fernsehen gab, schloss das »Hansi«, wie das Café nach seinem Besitzer hieß, allerdings schon abends um sieben. Hansi, der viele Jahre lang auch die größte Disko in der Stadt betrieben hatte, war mit Mitte fünfzig auch nicht mehr der Jüngste und hatte irgendwann einmal keine Lust mehr darauf gehabt, sich die Nächte um die Ohren zu schlagen und sich regelmäßig mit irgendwelchen Besoffenen zu prügeln.

Er räumte gerade die Spülmaschine aus, als Max an die Tür klopfte. »Die Kaffeemaschine habe ich schon geputzt«, sagte er bedauernd. »Da musst du dir deinen Espresso zu Hause machen.« Auch Hansis Kaffeemaschine war eine original italienische Gaggia, allerdings ein paar Nummern größer als die in Max' Küche.

»Mir reicht ein Glas Leitungswasser, wenn ich um acht die Nachrichten bei dir gucken darf«, sagte Max und erklärte seinem Freund, worum es ging.

Sekunden nach der Ausstrahlung des Berichts klingelte schon sein Handy. Matthias Flachner lobte ihn: »Du hast ja richtig schauspielerisches Talent.« Die Szene, in der

Max den Waldweg zum Tatort hinunterlief, war so geschnitten worden, dass der Film genau an der Stelle anhielt, an der Biehler tot umgefallen war. Und durch den abrupten Schnitt sah es im Fernsehen so aus, als würde auch Max stürzen. Direkt im Anschluss daran sah man den Reporter, wie er ein grünes Hemd mit der Aufschrift Mash-Power in die Höhe hielt und die Frage stellte: »Wurde dieses T-Shirt Thomas Biehler zum Verhängnis?« Ähnlich wie das Boulevard-Blatt wies der Reporter auf die Gerüchte mit der Firmenwertung hin, konnte allerdings niemanden präsentieren, der dies bestätigte. In Max wuchs der Verdacht, dass der von der Zeitung zitierte Andi A. nur in der Phantasie des Verfassers existierte.

Der Schlaf, in den Max schon eine gute Stunde später verfiel, so früh wie selten, brachte ihm nicht die ersehnte Ruhe. Zu sehr kreisten seine Gedanken um den Mord an Thomas Biehler – und um Angela, von der er den ganzen Tag nichts gehört hatte. Er beschloss, zunächst einmal abzuwarten. Schließlich war sie diejenige, die gegangen war. Hinterherlaufen wollte er ihr auf keinen Fall.

Zumindest um kurz nach elf musste sein Schlaf durchaus sehr tief gewesen sein. Wie sonst hätte er den Anruf von Gregor Schlensky verpassen können? So hörte er am nächsten Morgen nur dessen Nachricht auf der Mailbox: »Es wird spannend. Schau mal in deine E-Mails.«

Schlensky hatte ihm einen Artikel geschickt, den er offenbar noch am Abend recherchiert hatte: Die Polizei war in Thomas Biehlers Wohnung auf Spuren gestoßen, die zumindest zu einem Motiv für den Mord weisen könnten. Biehler war ein Zocker, der wegen seiner Spielschulden offenbar in Schwierigkeiten steckte. Die Polizei hatte bei ihm Drohbriefe gefunden.

Nach einem Blick auf die Uhr widerstand Max dem Drang, sofort bei dem Journalisten anzurufen: Es war viertel vor sechs. Er begnügte sich damit, ihm eine SMS mit einer Rückrufbitte zu schicken, und setzte sich mit einer Tasse Kaffee an den Küchentisch. Von dort aus blickte er in seinen Garten hinaus und dachte: »Toll, jetzt bin ich wieder in einen Mordfall hineingeschlittert und habe zu allem Überfluss auch noch Stress mit Angela.«

Er beschloss, sich gleich aufs Rad zu setzen und nach Ulm zu fahren. Allerdings auf der hügligen Strecke, die rüber ins Illertal führte. Da blieb weniger Gelegenheit zum Nachdenken.

* * *

Montag, 21. Mai 2012

»Gefällt es dir bei uns nicht mehr?«, fragte Burkhard Haller, als er auf Max' Bildschirm blickte. Dort sah er eine Landkarte, ähnlich wie die mit seinen Laufstrecken, allerdings nicht aus der Nähe von Ulm, sondern östlich von Düsseldorf.

»Nein danke, viel zu dicht besiedelt da oben«, sagte Max. »Ich habe nur mal nachgeschaut, ob du die Strecke für den Vorbereitungslauf am nächsten Sonntag schon hochgeladen hast. Das einzige, was unter VL3, ganz egal in welcher Schreibweise, zu finden ist, ist diese Radtour rund um die Autobahn. Da bleib ich doch lieber hier.«

»Die neue Strecke kannst du so auch nicht finden«, sagte Burkhard. »So öffentlich wie bisher stelle ich vorerst nichts mehr ins Internet. Obwohl ich bislang ja auch dachte, dass das so gut wie niemand weiß. Und jetzt frage ich mich immer wieder, ob Thomas Biehler noch leben könnte, wenn ich etwas vorsichtiger gewesen wäre.« Seine Stimme hatte einen matten Klang bekommen.

»Ist doch klar, dass du dir diese Frage stellst. Aber die Antwort heißt mit Sicherheit nein. So wie es aussieht, hatte Biehler Ärger mit irgendwelchen zwielichtigen Typen, denen er eine Menge Geld schuldete. Und die Zockermafia ist da bekanntlich nicht zimperlich.«

Vier Wochen lag der Mord beim Vorbereitungslauf inzwischen zurück, und die Hoffnung der Polizei, den Fall schnell aufzuklären, hatte sich nicht erfüllt. Zwar wiesen die Spuren deutlich ins Spielermilieu, doch Auchter und seine Kollegen waren noch keinen entscheidenden Schritt weitergekommen. Thomas Biehler hatte ein Doppelleben geführt. Im Betrieb arbeitete er zur Zufriedenheit seiner Vorgesetzten und galt auch im Betriebsrat als zuverlässiger Kollege. Dass er auch ein besessener Glückspieler war, wusste offenbar niemand. Die Scheidung von seiner Frau lag zehn Jahre zurück, Kinder hatte er keine. Auch andere Verwandte hatte die Polizei nicht ausfindig gemacht. Nach der Scheidung hatte er mit seinem alten Leben gebrochen und war für Mash-Power nach Brasilien gegangen. Zwar konnte die Polizei noch zwei frühere Freundinnen ausmachen, doch die hatten schon seit längerem keinen Kontakt mehr zu ihm.

Sechs Tage waren es noch bis zum nächsten Vorbereitungslauf am Pfingstsonntag – für Gregor Schlensky genau der richtige Zeitpunkt, um die ganze Geschichte in einem großen Artikel aufzurollen. Der Ausschnitt lag neben Max' Computertastatur. Natürlich hatte Schlensky nicht darauf verzichtet, den Tatort noch einmal groß ins Blatt zu rücken, diesmal allerdings so, dass man die Leiche zumindest nicht auf den ersten Blick sah.

»Zum Glück hat er die Geschichte mit der Firmenwertung nicht so groß aufgezogen«, sagte Max. »Sonst hätte ich ihm den Kopf abgerissen.«

Schlensky hatte auf die altbewährte Methode zurückgegriffen, alles in Frageform zu packen. So konnte er immer noch sagen, ihm gehe es in Wirklichkeit darum, diese Vorwürfe auszuräumen. Max wäre es das Liebste gewesen, Schlensky hätte das Thema gar nicht mehr berührt. Aber er wusste, dass das für einen echten Journalisten unmöglich war.

Die Aussage, mit der Auchter zitiert wurde, klang allerdings beruhigend. Es gebe keinerlei Anhaltspunkte dafür, dass der Mord etwas mit dem Lauf zu tun haben könnte. Von daher könne jeder beim nächsten Mal unbesorgt mitmachen.

* * *

Sonntag, 27. Mai 2012

Diese Einschätzung zitierte Burkhard Haller auch, als er am Pfingstsonntag pünktlich um acht Uhr wieder auf dem Mäuerchen stand und die mittlerweile auf über 500 Teilnehmer angewachsene Läuferschar begrüßte. Es überraschte ihn nicht, dass diesmal niemand das grüne Mash-Power-Shirt trug. Auch die orangenen Hemden von Schlau-Pharma sah er nirgends.

»Auf ein Neues«, sagte er aufmunternd in die große Runde. »Ich bin euch allen dankbar, dass ihr euch von den Vorfällen der letzten Wochen nicht habt verrückt machen lassen und alle gekommen seid.«

»Was heißt hier verrückt machen?«, schrie ein Mann, der ganz weit hinten stand. »Könnt ihr denn für unsere Sicherheit garantieren? Warum wimmelt es hier nicht vor Polizei?«

Max glaubte, die Stimme zu kennen. Doch von seiner Position aus konnte er nicht sehen, wer es war. Um einen besseren Überblick zu bekommen, stellte er sich ein Stück entfernt von Burkhard auf die Mauer und blickte in die

Menge. Burkhard hob nun beschwichtigend die Hände: »Garantieren können wir für gar nichts. Ich kann nur wiederholen, was die Polizei uns gesagt hat: Es gibt keine Anhaltspunkte für eine Gefährdung. So schlimm das alles ist, mit unseren Läufen hat der Mord nichts zu tun. Und wie sollten wir so viele Leute auf einer so langen Strecke, wie wir sie heute vorhaben, wirklich schützen?«

»Absagen! Ihr könnt doch nicht einfach so weitermachen«, brüllte der Mann. Jetzt konnte Max ihn sehen. Bei ihrem bisher einzigen Treffen, das inzwischen auch schon ein paar Wochen zurücklag, hatte er einen grauen Anzug getragen, dazu ein rosa Hemd und eine Krawatte, auf der die Flagge Brasiliens abgebildet war. Es war Wagenbach, der bei Mäschle der Vorgesetzte von Thomas Biehler gewesen war. Offenbar hatte ihn der Vorfall doch mehr mitgenommen, als Max damals angenommen hatte.

»Dann geh doch nach Hause«, rief einer aus der Menge, worauf ein anderer erwiderte: »Daheim sterben die Leut.« In das laute Gelächter mischte sich eine weitere Stimme, deren Ursprung Max nicht ergründen konnte: »Was ist, wenn da wieder ein Wahnsinniger im Wald lauert? Ich geh da nicht mit.«

Die Diskussion wurde immer lauter. Max stellte sich jetzt direkt neben Burkhard, der erstaunlich gelassen in die Menge blickte, und rief: »Leute, das kann doch jeder machen, wie er will. Wer mitlaufen möchte, soll das tun, wer Angst hat, soll wegbleiben. Wir zwingen doch niemanden. Hätte uns die Polizei dazu geraten, den Lauf abzusagen, hätten wir das gemacht. Es wird doch auch kein Fußballspiel abgeblasen, weil beim letzten Heimspiel etwas passiert ist.«

»Recht hat er«, ertönte eine andere Stimme. »Lasst uns endlich loslaufen. Das hätte sich ja jeder schon zu Hause überlegen können, ob er mitmachen will oder nicht.«

»Dann erkläre ich mal die Strecke«, sagte Burkhard, während Max seinen Blick über die Läuferschar schweifen ließ. »Heute wird es noch anspruchsvoller als beim letzten Mal, zumindest für die, die das mögen. Wir laufen erst rüber nach Herrlingen, dann vorbei an der alten Rommel-Villa ins Kleine Lautertal und schließlich hoch nach Weidach.« Er grinste ein bisschen. »Der Buckel hat's in sich. Doch oben gibt es dann nach siebeneinhalb Kilometern was zu trinken. Für die, die die längste Strecke laufen wollen – das sind heute 25,5 Kilometer – geht es dann Richtung Bermaringen und dann wieder runter ins Lautertal. Aber passt auf, die Strecke ist wirklich steil. Nach ein paar Kilometern durchs Tal dürft ihr dann wieder hier hochschnaufen, bevor es in einem Bogen um Weidach rum zurück nach Herrlingen geht. Für alle, die sich hier nicht so gut auskennen: Wir laufen heute am Zuckerhut vorbei. Allerdings nicht an dem in Rio, wir haben unseren eigenen oberhalb des Kiesentals.«

Max hatte versprochen, beim Aufbau des Getränkestands zu helfen. Der Mercedes-Bus sollte auf einem Parkplatz zwischen Weidach und Bermaringen stehen. So konnte er sich zumindest den ersten steilen Berg sparen. Von hier aus wollte er die Runde durchs Kleine Lautertal mitlaufen, die ihm Burkhard als den schönsten Teil empfohlen hatte.

Max ließ die schnellste Gruppe vorbeilaufen, dann schloss er sich Jutta an. Sie hatte eigentlich die Gruppenleitung nach dem Mord an Thomas Biehler abgeben wollen, doch Burkhard hatte sie überredet weiterzumachen.

»Hi Jutta«, rief Max so fröhlich es ging, als er ihr einen Becher Wasser reichte. »Alles klar bei dir? Ich laufe das nächste Stück als Bodyguard mit euch mit.« Auf der Ebene und hinunter ins Tal würde Max das Tempo von

Juttas Gruppe sicher halten können, wie es auf dem letzten Stück bergauf sein würde, müsste sich zeigen. Wie hatte Burkhard doch gesagt, als Max das steile Stück auf der Karte erspäht hatte? »Behauptest du nicht immer, der Berg ist dein Freund und gibt dir Kraft? Da liegt deine Kraft. Hol sie dir.«

Genau das wollte Max jetzt tun. Der feuchte Geruch der Wiesen, auf denen noch der Tau der Nacht schimmerte, zog ihn in seinen Bann. Er genoss die angenehme Kühle des Morgens, die dank der dünnen Wolken noch ein wenig anhalten dürfte.

Nach etwa einem Kilometer stauten sich plötzlich die Läufer vor ihm, als ein Drehkreuz den Weg versperrte. Jutta rief: »Passt auf Leute, der Bereich ist eingezäunt, damit die Schafe, die hier Rasenmäher spielen, nicht abhauen. Weiter unten kommt noch so ein Drehkreuz. Und lauft vorsichtig: Das hier ist schon fast hochalpin.«

Als Max den schmalen Pfad hinunterlief, verstand er diese Bemerkung. Links von ihm ging es steil nach oben, rechts nach unten. Und hinter ihm drängten die Läufer, die schon so viele Cross-Strecken gelaufen waren, dass sie sich von so etwas nicht schrecken ließen.

Sie waren vom Verpflegungsstand aus eine gute halbe Stunde gelaufen, als vor ihnen das Gasthaus Lamm auftauchte. Jutta blieb stehen: »Wer Lust hat, kann hier noch eine kleine Pause einlegen, bevor es wieder bergauf geht. Allerdings nicht in der Wirtschaft – die hat noch zu -, sondern am Lautertopf. Das ist die Quellfassung des Bachs, der diesem hübschen Tal den Namen gegeben hat.«

Fast alle folgten ihr durch den Biergarten des Gasthauses zu einem eingefassten Becken, das am Fuß eines mindestens zwanzig Meter hohen Felsens lag. Auf dem Boden wucherten großblättrige grüne Pflanzen, die den Felsspalt, aus dem das Wasser hineinfloss, fast verdeckten.

Max zog seine Schuhe aus, um die Füße ins kalte Wasser zu hängen, als ein etwa 40-Jähriger, der barfuß auf der Umrandung des Beckens stand, seine Aufmerksamkeit erregte. Er hatte gerade einen Schluck aus seiner Plastikflasche getrunken, als seine Knie plötzlich einknickten. Sein Oberkörper beugte sich nach vorne und zuckte wieder zurück, während er sich erbrach.

Mit einem Schlag hatte Max die Bilder des Berlin-Marathons vor Augen, als der vergiftete Walter Wilhelm Wachter genau vor ihm zusammengebrochen war und ihn umgerissen hatte. Er rief: »Nein, nicht schon wieder«, und versuchte, den Mann zu stützen. Doch es war zu spät. Der andere stürzte kopfüber in das vielleicht einen Meter tiefe Wasser, wo er mit dem Gesicht nach unten liegen blieb. Geistesgegenwärtig sprangen zwei Männer in das Becken und zogen ihn heraus.

»Lasst mich mal sehen, ich bin Ärztin«, rief eine blonde Frau, die Max noch nie gesehen hatte. »Und ruft einen Rettungswagen.«

Max hatte sein Handy schon in der Hand, als er neben sich jemanden sagen hörte: »Hier hinten im Tal hast du mit keinem Netz Empfang. Im Gasthaus gibt es sicher ein Telefon, doch um diese Zeit ist noch niemand da.« Er zeigte mit der Hand auf das Haus nebenan. »Ich versuche es mal da drüben.«

Die Ärztin fühlte derweil den Puls des am Boden liegenden Mannes. Irgendjemand hatte ihm eine Jacke unter den Kopf geschoben. Mit Daumen und Zeigefinger ihrer rechten Hand öffnete sie ein Auge des Verunglückten, aus dessen Mund Speichel floss. Sie rief: »Sagt in der Rettungsleitstelle, sie sollen auf jeden Fall Atropin mitbringen. Verdacht auf Vergiftung mit E 605.«

Immer mehr Läufer beobachteten die Szene. Max versuchte, die Neuankömmlinge, die nach und nach den Berg herunterkamen, gleich weiterzuschicken – allerdings vergeblich.

»Ist da schon wieder was passiert?«, fragte eine Frau. »Über diesen Läufen liegt doch ein Fluch.«

»Wir wissen nicht, was passiert ist«, versuchte Max sie zu beruhigen. »Aber der Notarzt ist schon alarmiert.«

Keine Viertelstunde später hörte er gleich mehrere Martinshörner, kurz darauf bog ein Notarztwagen, gefolgt von einem Rettungswagen und einer Polizeistreife in den Hof des Gasthauses ein. Max hatte mit ein paar anderen Tische und Stühle auf die Seite geräumt, so dass eine Gasse direkt zum Lautertopf führte, und gleich darauf rannte der Notarzt, gefolgt von zwei Sanitätern auf die Menschenmenge zu, die wie ferngesteuert zurückwich. Als der Notarzt seine Kollegin neben dem zusammengebrochenen Läufer erblickte, sagte er nur: »Hallo Kerstin, wie sieht es aus?«

»Alkylphosphatvergiftung. Die Symptome sind eindeutig. Habt ihr Atropin dabei? Lass uns gleich mit fünf Milligramm anfangen, der hat eine harte Dosis erwischt.« Zwei Minuten später raste der Rettungswagen mit dem Vergifteten in Richtung der Ulmer Uni-Klinik.

Max spürte, wie sich eine Hand auf seine Schulter legte. Er drehte sich um und erkannte den Polizeibeamten, der schon beim Mord an Thomas Biehler als erster am Tatort gewesen war. »Was ist passiert?«

Max fasste zusammen, was er wusste, woraufhin der Beamte sein Funkgerät nahm und vor sich hinmurmelte: »Da wird sich Auchter freuen. Der ist sowieso schon unterwegs.«

Wieder nahmen die Polizisten die Personalien aller Anwesenden auf und fragten, ob jemand etwas gesehen hatte. Doch ihre Ausbeute war, soweit Max von Steyn es mitbekam, dürftig. Ein paar hatten, wie auch er, gesehen, wie der

Mann aus seiner Flasche getrunken hatte und dann ins Straucheln geraten war.

Ein Arbeitskollege hatte ihn inzwischen als Manfred Gabler identifiziert. Max ging auf ihn zu und fragte: »Wo arbeitet ihr denn?«

Die Antwort ließ ihn zusammenzucken: »Bei Mäschle. Manfred ist in meiner Abteilung.« Erst jetzt nahm Max die Trinkflasche wahr, die immer noch im Gras lag. Die dunkle Flasche trug einen grell-grünen Aufkleber mit dem Mash-Power-Logo. Als er sah, dass der Mann, mit dem er soeben gesprochen hatte, exakt die gleiche Flasche besaß und sie gerade an seinen Mund setzen wollte, schlug er sie ihm aus der Hand und schrie: »Das würde ich nicht tun!«

Die Stimme, die nun fragte: »Was ist denn jetzt schon wieder los?«, kannte er nur zu gut. Sie gehörte Kriminalrat Auchter, der wieder mal seufzte: »Warum, Herr von Steyn?«

Max ging auf diese Frage gar nicht ein, sondern berichtete Auchter von seiner Beobachtung, woraufhin der Kriminalrat einen Streifenbeamten anwies, alle gleichartigen Flaschen zu beschlagnahmen.

Erst jetzt fiel Max ein, dass er in der Aufregung seine Kollegen von Luna-Events noch gar nicht benachrichtig hatte. Er musste dringend eine Stelle finden, an der sein Handy funktionierte. Direkt hinter dem Gasthaus führte ein Pfad steil nach oben. Während er keuchend bergauf lief, klebte sein Blick an dem Display. In dem Moment, in dem links oben ein kurzer Balken zumindest minimalen Empfang signalisierte, klingelte das Telefon schon. Max war nicht wirklich überrascht, als sich Schlensky meldete.

»Max, was ist los bei euch? Mir hat eben ein Vögelchen gezwitschert, dass wieder jemand umgefallen ist.«

»Ich wundere mich schon, dass du nicht hier bist. Wie kommt's?«

»Im Gegensatz zu dir gehöre ich zum hart arbeitenden Teil der Bevölkerung und habe Sonntagsdienst in der Redaktion. Ein Kollege ist krank geworden. Aber jetzt spuck endlich aus, was passiert ist.«

»Was hat denn dein Vögelchen gezwitschert?«

Schlensky schien keinen Nerv mehr für das Geplänkel zu haben. »Max, schieß endlich los!«

Als er grob im Bilde war, fragte er nur: »Bist du noch da, wenn ich in zwanzig Minuten komme?«, und Max antwortete: »Das gehört zu meinen Aufgaben als Pressesprecher, Herr Kollege.«

Max nutzte die Zeit, um endlich seine Kollegen zu informieren, bis Schlensky exakt achtzehn Minuten später anrauschte. Er steuerte sofort auf Auchter zu. Doch der wimmelte ihn ab. »Um 15 Uhr machen wir eine Pressekonferenz, da erfahren Sie alles. Oder fragen Sie Herrn von Steyn, der ist doch immer dabei, wenn etwas schiefgeht.«

»Hast du wenigstens ein paar Bilder für mich?«, wollte Schlensky als erstes von Max wissen. Der holte sein Handy hervor, hielt es dem anderen vor die Augen und fragte nur: »Damit?«

»Aber du weißt, wer fotografiert hat. Das gibt es doch nicht, dass so etwas passiert und niemand macht ein Foto.«

Max zuckte nur mit den Schultern. Er war sich nicht einmal sicher, ob er es Schlensky sagen würde, wenn er jemanden beim Fotografieren gesehen hätte. Natürlich kannte er die Sucht der Journalisten, alles bebildern zu müssen. Doch für ihn war das Vergangenheit.

Für Max von Steyn war es ein ganz neues Gefühl, bei einer Pressekonferenz der Polizei auf dem Podium zu sitzen. Zu seiner großen Überraschung hatte ihn Auchter dazu eingeladen: »Was nützt es, wenn die ganze Meute hinterher noch zu Ihnen muss?«, hatte er gefragt und offengelassen, woher dieser plötzliche Entschluss zur Zusammenarbeit rührte.

Max kreuzte wie verabredet um kurz vor halb drei im Neuen Bau auf, dem mitten in der Stadt gelegenen Sitz der Ulmer Polizei. Vor Jahren war er, damals noch selbst Zeitungsredakteur, einmal hiergewesen, nachdem die Ulmer Polizei einen Bankräuber verhaftet hatte, der in seiner Heimatstadt an einem Tag gleich zweimal zugeschlagen hatte: Morgens um kurz nach acht in einer Filiale der Sparkasse, zwei Stunden später, während die Fahndung auf vollen Touren lief, bei der Volksbank. Im Hauptberuf war der Täter Anlageberater für eine Firma gewesen, die vor allem Selbstständigen mit hohen Renditeversprechen das Geld aus der Tasche zog. Zwischen den beiden Überfällen hatte er noch in aller Seelenruhe einen Kunden besucht.

Schon damals hatten die dicken Mauern des im Kern über 400 Jahre alten Gebäudes Max schaudern lassen. Durch das mächtige Treppenhaus ging er in den zweiten Stock, in dem Auchter residierte. Als der ihm die Tür öffnete, blickte Max auf einen alten Freund: Eberhard Walter, der pensionierte Pressesprecher der Polizei seiner Heimatstadt, strahlte ihn braungebrannt an. »Was machst du denn hier, Ebe?«, rief Max überrascht. »Seit wann bist du wieder da?« Ohne nachzudenken, ob dies der passende Ort sei, nahm er den Freund in den Arm und drückte ihn fest. »Ob du es glaubst oder nicht, ich habe dich vermisst.«

»So sentimental kenne ich dich ja gar nicht«, sagte Walter, »aber ich freue mich auch sehr, dich wiederzusehen. Eigentlich wollte ich dich heute Abend anrufen und dir sagen, dass wir zurück sind. Gestern am späten Nachmittag sind wir in Frankfurt gelandet.«

»Und was machst du jetzt, keine 24 Stunden später, hier?«

»Norbert, ich meine Kriminalrat Auchter, hat mich vorhin angerufen. Sein Pressemensch ist krank und der Vertreter auf einem Lehrgang in Norddeutschland. Da der Buschfunk meine Rückkehr schon bis nach Ulm getrommelt hatte, fragte er mich, ob ich die Pressekonferenz organisieren könnte. Ganz inoffiziell natürlich.«

»Sie konnte ich ja schlecht um Hilfe bitten«, brummte Auchter, der sich hinter seinen Schreibtisch gesetzt hatte, in Max' Richtung. »Sie arbeiten ja für die Gegenseite.«

»Die Gegenseite?«, fragte Max überrascht.

»Für einen Polizisten gehört jeder Journalist zur Gegenseite«, erklärte Ebe schnell. »Hast du das noch nicht gemerkt?«

»War nicht so gemeint«, lenkte Auchter ein. »Aber nur unsere eigenen Leute haben das richtige Gespür dafür, was bekanntgegeben werden darf und was nicht.«

»Interessante Theorie. Wenn Sie möchten, können wir das gerne ein anderes Mal vertiefen. Vielleicht bei einem Symposion zum Thema Demokratie und Öffentlichkeit. Aber jetzt sollten wir loslegen. Die Kollegen kommen sicher gleich.«

»Sehen Sie, für Sie sind das immer noch Kollegen, und für mich … Aber lassen wir das.«

Max verkniff sich eine Antwort. Denn auch Eberhard Walter hatte er immer als Kollegen gesehen. Oder fast immer.

Später wollte er ihn mal fragen, wie schwer es gewesen war, Auchter dazu zu bringen, ihn mit aufs Podium zu nehmen.

»Ich werde unseren Ermittlungsstand verkünden, dazu gibt es eine schriftliche Pressemitteilung«, erklärte Auchter nun in äußerst sachlichem Ton. »Dann können Sie ein paar Worte aus Sicht des Veranstalters sagen. Ich denke mal, die Fragen werden sich dann mehr an mich richten.«

Max nickte mal wieder ergeben, so wie er es immer tat, wenn er Diskussionen für zwecklos hielt. Man würde ja sehen.

Ein gutes Dutzend Journalisten hatte sich im großen Besprechungszimmer der Polizeidirektion versammelt, als die drei eintraten. Die alten Holztische, an denen auffallend moderne Stühle standen, waren in einem großen Rechteck angeordnet, an dessen Stirnseite zwei Namensschilder für Auchter und Max von Steyn standen. Hinten im Raum erkannte Max seine Kollegen von Luna-Events, die ihm aufmunternd zunickten. Direkt neben ihnen saß Schlensky.

Auchter kam gleich zur Sache und verkündete den Stand der Dinge: Der zusammengebrochene Mann, ein alleinstehender, 38-jähriger Ingenieur, lag im Koma auf der Intensivstation der Uni-Klinik. Ob er daraus jemals wieder aufwachen würde, konnten die Ärzte noch nicht sagen. Als gesichert gelte aber, dass sich in seiner Trinkflasche ein sogenannter Energy-Drink, der mit dem Pflanzenschutzmittel E 605 vergiftet war, befunden hatte. E 605, führte Auchter aus, sei seit vielen Jahren nicht nur in Deutschland, sondern in der gesamten EU verboten. Da die analysierte Substanz allerdings nicht vergällt gewesen sei, müsse das Gift schon vor langer Zeit hergestellt worden sein.

»Ich verstehe gar nichts«, sagte eine junge Frau, die ganz vorne saß und angestrengt ein Mikrofon in Auchters Richtung hielt. »E-Nummern gibt es doch bei Lebensmitteln. Seit wann sind die giftig? Die haben doch was mit Europa zu tun.«

»Das Zeug ist doch alles giftig, Kindchen«, sagte eine ältere Journalistin, die neben ihr saß, mit gütiger Stimme. »Und wie giftig Europa sein kann, sehen wir ja an Griechenland.«

Selbst Auchter konnte sich ein Lächeln nicht verkneifen. Die junge Frau war sicher Praktikantin und wollte bei ihrem ersten großen Auftrag bloß nichts falsch machen. Die ältere Frau fuhr mit ihrer Erklärung fort. Dass Auchter sie nicht unterbrach, ließ Max ahnen, dass der Kriminalrat die Geschichte von E 605 selbst nicht so genau kannte.

»E 605 war offenbar vor Ihrer Zeit. Aber wir waren ja alle mal jung. Das Zeug wurde 1944 entwickelt, da war Hitler noch an der Macht, und der hatte ganz andere Vorstellungen von Europa. Aber im Ernst: Das Zeug hieß früher Schwiegermuttergift, weil es geruch- und geschmacklos war und sich dazu eignete, giftige Schwiegermütter zu entsorgen. Deshalb wurde später eine Substanz reingemischt, die so arg stank, dass niemand mehr das Zeug freiwillig trank. Und seit zehn Jahren ist es ganz verboten, zumindest im Land der E-Nummern.«

»Nachdem das geklärt ist, darf ich Ihnen kurz den Herrn neben mir vorstellen«, sagte Auchter in die Runde. »Herr von Steyn ist Pressesprecher der Firma Luna-Events, die den Einstein-Marathon und auch die Vorbereitungsläufe organisiert.«

Max versuchte, sich kurz zu fassen. »Das Wichtigste finden Sie in unserer Pressemitteilung, die Sie auch von unserer Webseite herunterladen können. Wir als Veranstalter bedauern den Vorfall sehr und werden die Polizei, wo immer es geht, bei ihren Ermittlungen unterstützen. Es ist natürlich von besonderer Tragik, dass dies der dritte Zwischenfall im Rahmen unserer Vorbereitungsläufe ist. Wie Sie wissen, erlag am 25. März ein Teilnehmer einem

Herzinfarkt. Die ärztliche Untersuchung ergab, dass er an einer nicht erkannten Herzschwäche gelitten hatte. Deshalb fordern wir, wie auch die meisten anderen Marathon-Veranstalter in Deutschland, alle Läufer immer wieder auf, sich untersuchen zu lassen. Am 22. April, Sie erinnern sich, wurde ein Teilnehmer des Laufs aus einem Hinterhalt heraus erschossen. Die Kriminalpolizei geht davon aus, dass es sich um einen Mord im Spielermilieu handelt. Was hinter dem heutigen Zusammenbruch steckt, wissen wir noch nicht. Bislang gibt es allerdings keine Anhaltspunkte dafür, dass das irgendwie mit unserem Lauf zusammenhängt.«

»Machen Sie es sich da nicht ein wenig leicht?«, wollte ein Agenturjournalist wissen, den Max vom Sehen her kannte.

»Ich verstehe Ihre Frage nur zu gut«, sagte Max, »und kann mich doch nur wiederholen: Der erste Tote hätte den Herzinfarkt auch auf dem Weg ins Büro bekommen können. Auch für den Mord hätte es andere Gelegenheiten gegeben. Ob es sich bei dem heutigen Vorfall um eine Straftat, einen Unfall oder etwas anderes handelt, weiß noch niemand. Zumindest hier im Raum nicht. Sagen Sie mir doch bitte, wie wir diese tragischen Dinge hätten verhindern können.«

Der andere schwieg. Die Pause, die jetzt entstanden war, nutzte Auchter, um selbst wieder ins Gespräch zu kommen.

»Wenn Sie noch Fragen zu unserer Ermittlungsarbeit haben, bitte sehr.«

»Können Sie uns den Namen des Opfers nennen?«

»Tut mir leid, Sie kennen unsere Regeln. Wir wissen ja noch nicht einmal, ob es sich um ein Verbrechen handelt.«

»Werden Sie weitere Vorbereitungsläufe verbieten?«

Auchter blickte erst Max an, bevor er antwortete. »Das liegt nicht in unserem Ermessen. Sie haben ja gehört, was Herr von Steyn soeben gesagt hat. Dem kann ich nicht widersprechen.«

»Dann frage ich eben Herrn von Steyn, ob es nach dieser Todesserie noch weitere Läufe geben wird?«

»Lieber Kollege, selbst wenn ich – absolut hypothetisch – unterstelle, dass es sich bei der Vergiftung um einen Mordanschlag handelt, hätte der doch auch bei anderer Gelegenheit verübt werden können. Wenn so etwas zum Beispiel in einem Café passiert, schließt man es doch auch nicht, wenn klar ist, dass ein Gast die Tat verübt hat.«

»Aber in ein Café, in dem es innerhalb von kurzer Zeit drei Tote gab, geht doch keiner mehr.« Der Fragesteller ließ nicht locker.

»Ich bin überzeugt davon, dass die Fans des Einstein-Marathons wissen, dass das alles nichts mit uns zu tun hat.«

»Das werden wir ja sehen. Wann planen Sie denn den nächsten Lauf?«

»Am 1. Juli. Sie sind herzlich eingeladen mitzulaufen.«

»Da können Sie sich drauf verlassen, dass ich da eine Reportage drüber schreib. Aber jetzt möchte ich doch noch von der Polizei wissen, ob es wirklich keinen Zusammenhang zwischen den Fällen gibt.«

Auchter räusperte sich: »Ich kann Ihnen nicht mehr sagen, als dass es bislang keine Anhaltspunkte für einen Zusammenhang gibt. Wie soll ich etwas ausschließen, was ich selbst nicht weiß? Ich kann Ihnen ja auch nicht garantieren, dass die Decke unseres schönen Besprechungsraumes nicht in den nächsten fünf Minuten einstürzt.« Der Agentur-Mann blickte erschrocken nach oben, während die um ihn sitzenden Kollegen lachten.

»Mit Sicherheit kann ich Ihnen allerdings sagen, dass seit 1593, also seit Fertigstellung des Neuen Baus als Lagerhaus, noch keine Decke von alleine eingestürzt ist. Dazu brauchte es Feuer und Bomben. Und damit wollen wir ja heute nicht rechnen.«

Max warf Auchter einen anerkennenden Blick zu. So eloquent kannte er ihn gar nicht.

In dem Moment, in dem Auchter die Journalisten nochmals zu Fragen aufforderte, betrat ein uniformierter Beamter den Besprechungsraum und reichte dem Kriminalrat einen Zettel. Auchters Gesicht, das gerade noch ein Lächeln umspielt hatte, verlor alles Leichte, als er Eberhard Walter zu sich herwinkte. Er sprach so leise mit ihm, dass nicht einmal Max verstand, was er sagte. Dann nickte Walter mit dem Kopf, und Auchter sagte: »Meine Damen und Herren, ich bekomme gerade die Mitteilung, dass der heute früh beim Lauf zusammengebrochene Mann im Krankenhaus verstorben ist.«

»Dann können Sie uns ja jetzt den Namen nennen«, entfuhr es dem Agenturjournalisten.

Auchter wirkte überrascht. »Belassen wir es bei einer Abkürzung: Manfred G.«

Mehrere der anwesenden Journalisten griffen zu ihren Handys, um die Neuigkeit gleich ihren Redaktionen zu melden.

»Moment mal, Kollege.« Die Stimme, die Max hinter sich hörte, als er in den auf dem Münster-Platz abgestellten Mercedes-Bus steigen wollte, war ihm mittlerweile mehr als vertraut.

»Hallo Gregor«, rief er und versuchte, seiner Stimme einen überraschten Klang zu geben.

»Du brauchst mich gar nicht zu ärgern, mit deinem ewigen ›Gregor‹. Das prallt an mir ab.«

»Von mir aus: Schlensky. Aber dann sag du Max zu mir. Ich heiße nicht Kollege.«

»Hast du noch Zeit für einen Kaffee, Max?«, fragte Schlensky, doch der schüttelte den Kopf. »Wir haben im Büro noch einiges zu besprechen. Die anderen sind schon vorgefahren. Ich habe mich gewundert, dass du eben nichts gefragt hast.«

»Das meiste weiß ich doch schon. Und was ich in der Pressekonferenz frage, habe ich nicht exklusiv.« Er blinzelte Max an. »Schließlich kenne ich jemanden, der verdammt gut informiert ist. Stimmt's?«

»Woher weiß ich, wen du so alles kennst?«, fragte Max ganz unschuldig. »Was willst du wissen?«

»Alles.«

»Da haben wir was gemeinsam. Lass das Rumgeplänkel. Ich habe wenig Zeit. Also …«

»Was weißt du über den Toten?«

»Dass er dreimal beim Marathon mitgelaufen ist, dass er bei Mäschle in der gleichen Abteilung arbeitete wie Thomas Biehler«

»Was sagst du da? Der arbeitete mit Biehler zusammen? Ich glaub, mich tritt ein Pferd. Das gibt eine Story.«

»Von mir weißt du das aber nicht. Ist das klar?«

»Ich kenn dich doch gar nicht«, sagte Schlensky grinsend. »Höchstens aus dem Fernsehen, weil du ja so berühmt bist.«

»Verarschen kann ich mich selber. Noch was?«

»Klar, Marathonzeiten, Startnummern, Fotos. Du bist doch selbst Profi.«

»Aber, aber! Wie heißt das so schön: Ich sitze jetzt auf der anderen Seite des Schreibtischs.«

»Einmal Journalist, immer Journalist. Dem Schlensky machst du nichts vor.«

»Trotzdem musst du deinen Job selber machen. Schau doch mal ins Internet. Da gibt es Ergebnislisten mit Namen und Startnummern – und jede Menge Fotos.«

»Hältst du mich für einen Anfänger? Da sitzt meine Praktikantin gerade dran. Bei uns ist es noch nicht so wie beim Radio, dass der Nachwuchs die geilen Storys macht, während wir gegen die Technik kämpfen.«

»Wie groß bringst du das mit Mäschle?«, wollte Max wissen.

»Du kennst ja unsere Linie. Seriöse Berichterstattung. Zumal Mäschle hier in Ulm ja durchaus eine große Nummer ist. Aber weglassen kann ich das beim besten Willen nicht.«

»Blas es aber bitte nicht zu sehr auf. Ich hoffe, die Kollegen vom Boulevard haben das noch nicht mitgekriegt.«

»Von mir sicher nicht«, sagte Schlensky. »Obwohl die das letzte Mal schon mit ein paar Hundertern gewunken haben, um Infos zu kriegen.«

»Hast du inzwischen ein Foto, das Gabler im Lautertopf zeigt?«

»Unterschätz den Schlensky nicht. Der kriegt, was er will.«

»Wenn du magst, schau mal wieder mit deinem Baby auf einen Salbeitee bei mir rein«, sagte Max und reichte dem Journalisten zum Abschied die Hand.

»Oder du auf ein Bier bei mir«, antwortete der, »auf deinem Drahtesel kannst du ja auch besoffen heimreiten. Du wirst schon nicht in die Donau fallen.«

Vor dem Heimritt blieb Max noch einiges zu tun. Im Luna-Büro hielt er mit den drei Einsteinen Kriegsrat, doch letztlich wusste keiner, was auf sie zukommen würde.

»Ich bin mal gespannt, ob zum nächsten Vorbereitungslauf überhaupt noch jemand kommt«, orakelte Wilfried Mühl.

Matthias Flachner versuchte, ihn und wohl auch ein bisschen sich selbst zu beruhigen: »Warten wir mal ab, was die Polizei rauskriegt. Wenn wir Glück haben, schnappen die den Wahnsinnigen vor dem nächsten Lauf. Bis dahin dauert es ja immerhin wieder fünf Wochen.«

»Bei dem, was Auchter bisher rausgefunden hat, glaube ich da eher nicht dran.« Burkhard Haller schüttelte den Kopf. »Diese Zockerspur klingt zwar gut, aber bislang gibt es doch überhaupt nichts Neues.« Er drehte sich zu Max: »Was sagt eigentlich unser Superdetektiv, der Auchter früher immer einen Schritt voraus war?«

»Euer Superdetektiv kann jedem von euch dreien zustimmen. Und ganz ehrlich: Ich habe auch keine Ahnung – und wenig Lust, mich im Zockermilieu rumzutreiben. Das überlasse ich gerne Auchter und seinen Leuten. Klar ist aber, dass wir uns auf einen gewaltigen Sturm einstellen müssen. Das gibt einen deutschlandweiten Medien-Hype: Drei Tote bei drei Läufen. Klingt ja auch gruselig. Ich denke, wir sollten morgen alle etwas früher kommen. Ich werde um acht hier sein. Auch ums Internet müssen wir uns kümmern. Ich schlage vor, wir eröffnen auf unserer Seite ein Diskussionsforum, das einer von uns moderiert.«

»Ich kann dir schon sagen, wer von uns das machen wird«, antwortete Matthias.

»Du kannst es aber auch bleiben lassen, ich habe auch so verstanden«, gab Max zurück. »Okay, als erstes stellen wir selbst ein paar Infos auf unsere Seite, einschließlich der Pressemitteilung. Dann schauen wir mal, was passiert.«

Bevor er loslegte, rief er Friedrich Mäschle an, der hörbar schockiert war. »Manfred Gabler? Das war ein Freund meines Sohnes. Die armen Eltern. Da muss ich gleich hin. Die kenne ich seit Jahren.«

Sie verabredeten, dass sich Mäschle nach dem Gespräch nochmals melden würde, dann könnte Max auf dem Heimweg noch bei ihm vorbeifahren. Er freute sich schon darauf, durch die sanfte Landschaft zu rollen und alles, was heute passiert war, hinter sich zu lassen. Zum Glück war er am Morgen seinem Impuls gefolgt und hatte das Fahrrad mitgenommen, als er mit dem Zug nach Blaustein fuhr. Er musste sich heute unbedingt noch etwas verausgaben, nachdem der Lauf für ihn schon nach der Hälfte vorbei gewesen war.

Als Mäschle dann anrief, hatte Max schon fast die Stelle erreicht, an der sich der Donauradweg und der zum Bodensee trennten. Er hielt an und setzte sich auf eine Bank, von der aus er über den Fluss blicken konnte. Mäschle berichtete kurz über das Gespräch mit den Eltern und fragte dann: »Was bedeutet das für mich, Herr von Steyn?«

»Das Gleiche wie für uns. Jede Menge Presseanfragen morgen. Und für Sie natürlich Diskussionen in der Firma, die sicher die Produktion für eine Weile lahmlegen.«

»Damit kann ich leben. Können Sie mir helfen?«

»Gerne, ich weiß nur nicht so recht, wann. Um acht muss ich im Büro sein, und am Vormittag geht es sicher rund bei uns.«

»Dann treffen wir uns vorher. Sagen wir um sechs?«

»Um sechs?« Max stand zwar meistens früh auf, doch eine Besprechung morgens um sechs? Die letzte, an die er sich erinnerte, war die mit Josef Kober, dem Anwalt von Isabel Mertens, die damals unter dem Verdacht stand, beim Tod ihres Gegenkandidaten Walter Wilhelm Wachter nachgeholfen zu haben. Und das war fast vier Jahre her. »Warum nicht?«, fragte er leichthin und sah auf die Uhr in seinem Handy, »bis dahin sind es ja noch zwölf Stunden. Ich glaube, der erste Zug fährt um kurz vor halb sechs, dann müsste ich um sechs bei Ihnen sein.«

»Kein Stress, junger Mann. Ich komme zu Ihnen. Bei mir beginnt der Tag immer schon um fünf. Morgen lasse ich meine Walking-Runde dann mal ausfallen. Vorausgesetzt, Sie haben einen guten Kaffee.«

»Worauf Sie sich verlassen können.« Max beschrieb ihm den Weg zu seinem Häuschen.

Einen guten Kaffee brauchte er selbst, als er knapp zwei Stunden später zu Hause ankam. Vor der Tür saß Angela und erwartete ihn, zum Schutz vor der Kühle der hereinbrechenden Nacht eingehüllt in eine Decke, die sie auf der Terrasse gefunden hatte. Auch Max hatte während der letzten Kilometer durchs Tal gemerkt, wie sich die Luft merklich abkühlte, sobald die Sonne hinter den Hügeln im Westen verschwunden war.

Die letzten Kilometer bergauf hatten seinem Körper die verlorene Wärme wiedergegeben, so dass er gleich seine Jacke auszog, nachdem er das Fahrrad an den Schuppen gelehnt hatte.

»Angela«, rief er überrascht, »was machst du hier? Ist alles in Ordnung?«

Fünf Wochen lang hatte er sie nicht gesehen und auch nichts von ihr gehört. Zu den Montags-Lauftreffs war sie nicht mehr gekommen, und es hatte auch keine zufälligen Begegnungen im Wald mehr gegeben. Ein paar Mal hatte Max schon das Telefon in der Hand gehabt, um sie anzurufen, doch hatte er nie den grünen Knopf gedrückt, um die Verbindung herzustellen. Auch die Mails, die er schon fertig auf dem Bildschirm hatte, waren mit einem Mausklick im Nirwana verschwunden. Es machte keinen Sinn. Eine feste Beziehung mit Angela konnte er sich nicht vorstellen. Deshalb wollte er ihre Entscheidung akzeptieren.

»Du hättest reingehen können, du weißt doch, wo der Schlüssel liegt«, sagte Max und machte eine einladende Bewegung. »Möchtest du einen Kaffee?«

»Gerne«, antwortete Angela. »Und ein Glas Rotwein.«

Während die Gaggia aufheizte, zog Max sein Radtrikot aus und streifte sich ein trockenes T-Shirt über. Er hob den rechten Arm, streckte seine Nase in Richtung der Achselhöhle und schnupperte. »Soll ich noch schnell unter die Dusche?«

Angela schüttelte erst den Kopf, dann sagte sie: »Vielleicht ist das besser. Du weißt, wie sehr ich deinen Geruch mag.« Als sie Max' verständnislosen Blick wahrnahm, ergänzte sie: »Ich bin hier, um mich endgültig zu verabschieden.«

Bevor Max antwortete, entkorkte er den Rotwein, füllte zwei Gläser und stellte zwei Espressotassen unter die Maschine. Als sie beide etwas Zucker in die weißliche Crema rührten, blickte Angela Max in die Augen und sagte: »Wir werden uns nicht wiedersehen. Zumindest nicht so schnell.«

Max legte den Kopf ein wenig nach hinten und trank den Espresso in einem Zug aus. Direkt danach nahm er einen Schluck Rotwein. Er liebte es, wenn sich das bittersüße Aroma des gezuckerten Espresso mit den Tanninen des Rotweins vermischte. Für ihn schmeckte das nach Urlaub, nach Entspannung. Genau die richtige Gefühlslage für das Gespräch, das ihn jetzt offenbar erwartete.

Doch die Dramatik, die er befürchtet hatte, blieb aus. Angela trank ganz ruhig ihren Espresso und griff auch zum Rotwein, ohne mit Max anzustoßen. »Ich habe gemerkt, dass ich zu meiner Familie gehöre. Meine Kinder brauchen mich. Und Hans-Jörg. Ich habe ihm alles erzählt. Wir wollen wieder eine Familie werden.«

Max nickte bedächtig. Erstaunlicherweise taten ihm Angelas Worte überhaupt nicht weh. Er mochte sie, und auch die Nächte mit ihr waren sehr schön gewesen. Aber ihre Lebensentwürfe passten einfach nicht zusammen.

»Und?«, fragte er nur.

»Wir gehen weg von hier. Wir haben einen tollen Auftrag bekommen, in den USA. In Kalifornien bauen wir eine Ferienhaussiedlung, total nach Öko-Standard. Das Projekt geht über mindestens eineinhalb Jahre. Wir bekommen eine Greencard, das heißt, wenn es uns gefällt, können wir für immer in den Staaten bleiben.«

»In die Staaten«, wiederholte Max und dachte an Veronika, die jetzt seit knapp einem Jahr in Washington lebte. »Wann reist ihr ab?«

»Schon morgen. Das Haus ist bereits leer, wir schlafen im Hotel.« Sie trank noch einen Schluck Rotwein, dann beugte sie sich ganz nah zu Max. »Ich danke dir für alles. Die Zeit mit dir war wunderschön.«

»Ja, das war sie.«

»Hättest du gerne so weitergemacht?«

Max schüttelte den Kopf. »Du hattest ja recht, als du das mit den gemeinsamen Zielen sagtest.« Er stand auf. »So wie wir beide leben, passt das nicht zusammen. Darf ich dich zum Abschied nochmal in den Arm nehmen?«

Sie nickte, erhob sich ebenfalls und schlang ihre Arme um seinen Körper. Er merkte, wie sie nochmal tief seinen Geruch aufsog, und drückte sie fester an sich. Doch Angela wich aus: »Nein, Max. Mehr geht nicht. Jetzt nicht mehr. Versteh das bitte.«

Langsam löste sie sich aus seinen Armen und ging zur Tür.

Normalerweise brauchte Max keinen Wecker. Meistens wachte er von ganz alleine zwischen halb sechs und halb sieben auf, und wenn es, meist nach ausschweifenden Nächten, mal später wurde, störte das auch niemanden. Doch an diesem Morgen wollte Max seinem Besucher pünktlich um sechs frisch geduscht entgegentreten. Dass Friedrich Mäschle pünktlich kommen würde, daran zweifelte er keine Sekunde. Ein Mann seines Schlages duldete keine Verspätung, nicht bei sich und nicht bei anderen.

Max erinnerte sich an einen Arbeitsgerichtsprozess, über den er einmal geschrieben hatte. Da hatte ein Unternehmer, vom Typus her Mäschle sicher nicht unähnlich, einen Mitarbeiter rausgeschmissen, weil der wiederholt drei Minuten zu spät aus der Pause gekommen war. Ohne Folgen für die Produktion oder ähnliches. Der Mann arbeitete als Buchhalter, was es für den Unternehmer nur noch schlimmer gemacht hatte. Wie solle ein unpünktlicher Buchhalter ordentlich arbeiten, hatte er den Richter gefragt, der ihn dann allerdings doch noch zum Einlenken bewegen konnte. Dass der Buchhalter meistens eine Viertelstunde später als vorgesehen nach Hause ging, hatte den Unternehmer nicht beeindruckt. Überstunden seien ja selbstverständlich, wenn die Arbeit das erfordere.

An diese Episode musste Max jetzt denken, als er den schwarzen Mercedes von Mäschle vorfahren sah, um zwei Minuten vor sechs. Entweder hatte der alte Herr einen unheimlich guten Sinn für die Zeit, oder er hatte irgendwo gewartet, um nicht zu früh zu kommen. Denn auch das ziemt sich für einen rechten Schwaben nicht. Dann könnte der andere ja meinen, man habe Zeit im Überfluss.

»Lassen Sie uns gleich zur Sache kommen«, sagte Mäschle, während er in seinem Kaffee rührte. Beim ersten Schluck hatte sich sein Gesicht zwar wohlig entspannt, gesagt hatte er allerdings nichts.

»Typisch«, dachte Max, »nicht geschimpft, ist genug gelobt.«

»Ich habe jetzt drei Tote in der Firma, alle in Zusammenhang mit dem Lauf. Ich muss da aussteigen.«

»Ich verstehe Ihre Sorge, Herr Mäschle. Doch bislang steht ja nicht fest, dass die Morde wirklich etwas mit dem Lauf zu tun haben.«

»Das haben Sie mir beim letzten Mal auch schon gesagt.«

»Sie haben recht.« Max sah den Unternehmer an. »Und ich auch. Das ist ja das Dilemma.«

»Wozu raten Sie mir dann? Irgendetwas muss doch passieren.«

»Auch da haben Sie recht. Ich stelle mir die Frage, welches Signal geht davon aus, wenn Sie das Mash-Power-Team zurückziehen? Könnte das nicht bedeuten, dass Sie einen Zusammenhang sehen, der anderen nicht klar ist? Angenommen, der Mörder hat es tatsächlich auf das Team abgesehen. Hört er dann wirklich auf zu morden, wenn Sie klein beigeben? Mir kommt gerade eine andere Idee.« Max musste lachen.

»Was ist denn jetzt los?«, fragte Mäschle. »So lustig ist das doch nicht.«

»Nein, aber der Gedanke, der mir gerade kam, ist so naheliegend, dass ihn bislang noch niemand in Erwägung gezogen hat. Und dann musste ich an die schönen Worte von Heinrich von Kleist denken. Der hat ja von der allmählichen Verfertigung der Gedanken beim Reden gesprochen. Genau so ist es mir gerade gegangen.«

»Hätten Sie die Güte, mir Ihre verfertigten Gedanken mitzuteilen, nachdem ich schon Ihre Reden gehört habe?« Soviel Ironie hatte Max dem alten Mäschle gar nicht zugetraut.

»Entschuldigung. Selbstverständlich. Ich denke, wir sollten die Firmenwertung einfach aussetzen, solange nicht klar ist, was hinter den Anschlägen steckt. Alle bleiben angemeldet wie gehabt, nur dass es eben keine Firmenwertung gibt. Das werde ich nachher gleich mal meinen Kollegen vorschlagen.«

»Und Ihre Firma behält die Startgelder. Gar nicht schlecht, junger Mann. Aber der Vorschlag klingt gut.«

Max nickte. »Das zweite, und für Sie vielleicht größere Problem, ist die Firma. Einerseits die Stimmung unter den

Mitarbeitern, andererseits auch die Berichterstattung in den Medien.«

»Deshalb bin ich bei Ihnen.«

»Was Ihre Firma angeht, gehe ich, wie gesagt, davon aus, dass die Leute heute ohnehin ziemlich durch den Wind sein dürften. Von daher wäre es nicht schlecht, gleich am Morgen eine Betriebsversammlung einzuberufen und mit den Leuten zu sprechen. Wann geht die Schicht bei Ihnen los?«

»Die Leute fangen unterschiedlich an. In der Produktion um sechs, in den Büros zwischen sieben und halb neun. Wir sind da sehr flexibel. Stechuhren haben wir abgeschafft.«

Max sah ihn überrascht an. »Das ist selten hier in der Gegend.«

»Auch wenn ich in vielem ein typischer Schwabe bin, Herr von Steyn, weiß ich doch, dass ich ein weltweit agierendes Unternehmen leite. Ich erwarte von meinen Leuten viel. Und dafür muss ich auch bereit sein, etwas zu geben, nicht nur Geld.«

Mäschle war aufgestanden und wanderte durch den Raum. Vor Max' Bücherregal blieb er stehen. »Darf ich?« fragte er und nahm schon einen Band in die Hand. »Das haben ja Sie geschrieben«, sagte er überrascht und las laut den Titel vor: »Als Schwabe in der Welt zu Hause – Die Geschichte der Bartholomäus-Findeisen GmbH«. Was ist denn das?«

»Eine Firmenbiografie. Damit verdiene ich das Geld, um mein Häuschen hier zu bezahlen. Daneben stehen noch ein paar andere. Und meine Krimis«, sagte Max mit deutlich hörbarem Stolz.

»Wenn ich es richtig sehe, arbeiten Sie da schon an der nächsten Folge«, sagte Mäschle und versenkte sich kurz in die Firmenbiografie. »Warum schreiben Sie so etwas nicht auch für mich?«

»Vielleicht haben Sie mich noch nicht gefragt?«

»Dann frage ich Sie eben jetzt. Was kostet der Spaß?«

»Billig ist das nicht. Ich rechne immer nach Aufwand ab. Zwei, drei Monate sind da leicht weg.«

»Klären Sie das mit meiner Sekretärin.«

Max nahm die beiden Kaffeetassen und stellte sie, ohne Mäschle zu fragen, nochmal unter die Maschine. In das Gebrumme des Mahlwerks hinein sagte er: »Ich glaube, das wird gut.«

»Was meinen Sie?«, fragte Mäschle, der jetzt neben ihm stand.

»Wenn ich für Sie eine Biografie schreibe, muss ich mich ja in der Firma bewegen können und auch mit vielen Leuten sprechen. Vielleicht höre ich ja da auch Dinge, die uns in den Mordfällen weiterbringen.«

»Sie meinen, der Mörder sitzt in der Firma?«, fragte Mäschle erschrocken.

»Ich meine gar nichts. Aber irgendjemand muss doch etwas von Thomas Biehlers Zockerleben gewusst haben.«

Mäschle schüttelte zweifelnd den Kopf. »Warum hat derjenige sich dann noch nicht gemeldet?«

»Das wissen wir erst, wenn wir wissen, ob es so jemanden wirklich gibt.«

Mäschle wurde jetzt richtig energisch. »Sie kommen jetzt mit mir mit, und ich lasse Ihnen sofort einen Werksausweis ausstellen, mit dem Sie überall reinkommen. Und in der Betriebsversammlung stelle ich Sie gleich den Leuten vor, damit allen klar ist, dass Sie wirklich für mich arbeiten.« Er trank seinen Kaffee in einem Zug aus und sagte: »Worauf warten Sie noch? Die Arbeit ruft.«

»Ich wollte eigentlich mein Fahrrad im Zug mitnehmen, um heute Abend heimradeln zu können.«

»Das Rad passt auch bei mir in den Kofferraum.« Wieder einmal war Widerspruch zwecklos.

Max staunte, mit welcher Präsenz Friedrich Mäschle wenig später vor seine Mitarbeiter trat. Er bekundete sein Mitgefühl für alle, die um die Verstorbenen trauerten, beschwor die Werte der Firmenfamilie und schloss seine Rede, die er ohne Manuskript oder Notizen hielt, mit den Worten: »Mash-Power ist – dank Ihrer aller Arbeit – in der Welt unterwegs, um die Kraft des Wasser nutzbar zu machen, zum Wohl der Menschen. Wer es, wie wir, schafft, diese gigantischen Kräfte zu kanalisieren, der schafft es auch, mit einer Situation wie der jetzigen zurechtzukommen.«

Ausnahmslos alle Mitarbeiter klatschten Beifall.

Der Firmenchef hob seine Arme und streckte die Handflächen nach vorne, um wieder für Ruhe zu sorgen. »Eins noch, liebe Mitarbeiterinnen und Mitarbeiter.« Es dauerte ein wenig, bis er sich wieder Gehör verschafft hatte. »Da wir schon alle beieinander sind, darf ich Ihnen noch einen neuen Mitarbeiter vorstellen, besser gesagt, einen Freiberufler, der die nächsten Monate für uns arbeiten wird. Herr von Steyn« – er winkte Max zu sich heran – »ist Autor verschiedener Firmenbiografien und wird als nächstes die Geschichte von Mash-Power aufschreiben. Dazu ist er in nächster Zeit viel im Werk unterwegs und wird auch mit etlichen von Ihnen sprechen. Denn die Geschichte des Werks ist ja die Geschichte der Menschen, die hier arbeiten. Und ich möchte keine Firmenbiografie, in der nur ich vorkomme. Ohne Sie alle stünden wir heute nicht da, wo wir stehen. Herr von Steyn hat Zugang zu allen Bereichen. Bitte unterstützen Sie ihn.«

Max blickte in die Runde und sah auffallend viele Menschen wohlwollend nicken. Sie schienen gerne bei Mäschle zu arbeiten.

Direkt nach der Betriebsversammlung musste er zurück ins Luna-Büro. Sabrina wartete schon wieder mit einer langen Anrufliste auf ihn. Presseleute, das wusste Max, sollte man nicht zu lange warten lassen.

Als erstes rief er Schlensky zurück; der stellte für ihn derzeit den wichtigsten Kontakt dar. Während der Journalist seine eigene Arbeit lobte, ging Max die Liste durch und schrieb hinter jeden Namen eine Zahl von eins bis drei, von ganz dringend bis nicht so dringend. Erst jetzt fiel ihm die Telefonnummer mit der Vorwahl seiner Heimatstadt auf, davor stand Eberhard Walter. Den wollte Max sofort sprechen. Er vertröstete Schlensky auf später, etwas wirklich Neues gab es ja doch nicht.

»Für einen Rentner bist du ja früh auf«, frotzelte Max, als sich Ebe meldete. »Unsere Sekretärin hat aufgeschrieben, dass du dich schon um viertel nach acht gemeldet hast.«

»Da lagst du sicher noch in den Federn«, gab sein Freund zurück.

»Falsch geraten, mein Lieber«, sagte Max und berichtete kurz von seinem morgendlichen Termin mit Friedrich Mäschle. Ebe gegenüber konnte er ganz offen sprechen – und hoffte natürlich, dass sich dieser mit ein paar Informationen revanchieren würde.

»Offiziell bin ich natürlich wieder draußen aus der Geschichte«, sagte Ebe. »Oder besser gesagt, war ich offiziell ja nie drin. Aber ich kann doch meinen alten Freund Auchter nicht hängen lassen, auch wenn du ihn nicht so magst.«

»Das könnte auf Gegenseitigkeit beruhen«, erwiderte Max.

»Ihr müsst euch nur mal richtig kennenlernen«, meinte Eberhard Walter. »Das könnt ihr auf meiner Rückkehrparty am kommenden Samstag. Ab 17 Uhr wird bei mir im Garten gegrillt. Du hast doch Zeit oder?«

Max fühlte Enttäuschung in sich aufsteigen. Er hatte gehofft, Ebe würde ihn mit ein paar Hintergrundinformationen versorgen. Aber es konnte ja nichts schaden, ihn und Auchter ganz privat zu treffen.

»Für dich habe ich immer Zeit«, sagte er und wollte sich schon verabschieden, als der frühere Polizist ihn unterbrach. »Außerdem habe ich noch was für dich. Streng vertraulich natürlich.«

»Schieß los.«

»Auch Manfred Gabler hat gezockt. Wahrscheinlich noch mehr als Biehler. Er hatte Schulden ohne Ende.«

Max ließ vor Überraschung fast den Hörer fallen. »Ist das wahr?«

»Hab ich dir schon jemals Märchen erzählt? Wenn du mit der Info bei irgendwelchen Journalisten punkten willst, mach es schnell. Heute Nachmittag werden die Kollegen das auch rausblasen. Ein kleiner Vorsprung schadet ja nie.«

»Ebe, ich danke dir. Das ist nicht nur ein Stein in meinem Garten, sondern ein ganzer Steinbruch.«

»Jetzt wo du das sagst, fällt mir noch was ganz anderes ein: Ich möchte den Garten hinterm Haus endlich terrassieren. Auf dem Gefälle kann man ja außer Wiese gar nichts anbauen. Könntest du mir nächste Woche mal helfen, ein paar Steine zu setzen?«

Max spürte ein Ziehen im Rücken und antwortete: »Klar, Ebe. Wann immer du willst.«

Als er Schlensky kurz darauf erneut anrief, hatte Max das Gefühl, der Journalist wäre ihm um den Hals gefallen, wenn er ihm diese Information von Angesicht zu Angesicht gegeben hätte. So stammelte er nur: »Woher hast du das? Wie sicher ist die Quelle?«

»Würde ich dir das erzählen, wenn die Quelle nicht sauber wäre? Und zu deiner ersten Frage: Keine Chance, wie immer. Erzähl mir später bitte, wie die Polizei auf deine Nachfrage reagiert.«

»Heißt das, deine Quelle liegt außerhalb der Polizei?«

Max sagte nur: »Gregor«, da legte der andere auf.

Während Max die übrigen Telefonate erledigte, klingelte sein Handy. Auf dem Display erschien der Name einer Frau, von der er schon lange nichts mehr gehört hatte: Sonja Berger. Sie hatte ihn vor knapp fünf Jahren dazu gebracht, zum ersten Mal als Detektiv zu arbeiten. Es tat ihm ein bisschen weh, dass er Sonjas Anruf wegdrücken musste, doch hatte er den Reporter des großen Boulevard-Blattes am Ohr. Während er mechanisch seine Stellungnahme abspulte, dachte er daran, wie Sonja immer wieder versucht hatte, ein bisschen mit ihm anzubändeln, er aber, vor allem mit Rücksicht auf seine Beziehung zu Veronika, zurückgewichen war.

Er spürte ein deutliches Kribbeln im Bauch, als er wenig später zurückrief.

»Wie lange haben wir nichts voneinander gehört, Sonja?«, sagte er freudig, worauf sie mit deutlich hörbarer Koketterie in der Stimme antwortete: »Wenn du immer andere Frauen vorziehst.«

»Kann gar nicht sein«, gab Max zurück.

»Jetzt will ich dich aber wiedersehen«, sagte Sonja ganz direkt. Als hätte sie bemerkt, dass Max die Augenbrauen fragend hochzog, fügte sie hinzu: »Keine Angst, ich will dich nicht verführen!«

»Wer sagt denn, dass ich davor Angst habe?«

»Ich erinnere dich bei Gelegenheit daran, mein Lieber. Aber jetzt ist es mir ernst: Wir feiern in ein paar Wochen unser Zehnjähriges hier am Standort. Und zu diesem Festakt möchte ich dich nicht nur einladen, sondern dich bitten, eine kleine Firmenbiografie zu schreiben. Nichts Großes. Das meiste weißt du ja ohnehin. Ich bin doch ein offenes Buch für dich.«

Max gefiel Sonjas Zweideutigkeit. Vor allem, da er im Moment solo war. Daher kam er gar nicht auf die Idee zu sagen, dass er mit der Arbeit beim Einstein-Marathon und für Mäschle schon ausgelastet sei. »Klar doch, mach ich gerne. Wie sollen wir vorgehen?«

»Am besten kommst du so schnell es geht vorbei, dann besprechen wir die Details.«

»Ich bin derzeit meistens in Ulm«, sagte Max und berichtete kurz vom Stand der Dinge.

»Das klingt ja wieder nach Detektivarbeit«, meinte Sonja, »kann ich da mit meinem langweiligen Auftrag überhaupt mithalten?«

»Als wäre es mit dir schon jemals langweilig gewesen. Wenn du einen verschwitzten Radler verträgst, komme ich heute Abend auf dem Heimweg bei dir vorbei.«

»Meine Wasserrechnung ist bezahlt. Bei mir gibt es auch eine Dusche«, antwortete sie und verabschiedete sich mit einem fröhlichen »Bis bald.«

Gut gelaunt griff Max sofort wieder zum Hörer des Festnetztelefons, das während des Gesprächs mit Sonja unaufhörlich geklingelt hatte. Im Display erschien eine Ulmer Nummer, die er nicht zuordnen konnte. Zu seiner Überraschung meldete sich Auchter, der nach einer kurzen Begrüßung ganz direkt fragte: »Woher wissen Sie, dass auch Gabler ein Zocker war?«

Max war froh, dass Auchter jetzt nicht sah, wie ihm das Gesicht herunterfiel. Hatte etwa Schlensky ihn als Quelle preisgegeben? Unmöglich. So gab er sich ganz überrascht und sagte: »Was weiß ich?«

»Tun Sie doch nicht so. Von Ihnen hat Schlensky doch die Information.«

»Jetzt mal langsam. Sie sagen, dass Gabler ein Zocker war? Wie Biehler? Und ich soll das Schlensky gesagt haben? Wie denn? Ich höre das jetzt zum ersten Mal.«

Max war überzeugt davon, glaubhaft zu klingen. Die kleinen Schweißperlen auf seiner Stirn konnte Auchter zum Glück nicht sehen.

»Stimmt das wirklich?« Auchter klang schon wieder milder.

»Wenn ich es Ihnen sage. Aber erzählen Sie mal. Das interessiert mich jetzt schon.«

»Vergessen Sie's für den Moment. Sie werden es noch früh genug erfahren. Ich gehe mal davon aus, dass Sie unseren Pressedienst im Internet lesen.«

»Worauf Sie sich verlassen können. Heißt das jetzt, dass der gleiche Mörder Biehler und Gabler auf dem Gewissen hat? Weil sie beide Spieler waren?«

»Sie haben es erfasst, Herr Oberdetektiv. Und wenn ich rauskriege, wer da geplaudert hat, dem drehe ich den Hals um.«

»War das denn so eine geheime Kommandosache bei Ihnen?«, hakte Max nach, dem es zunehmend Spaß machte, Auchter auszufragen.

»Bei uns ist alles geheim, solange wir es nicht rausgeben. Natürlich hätten wir das heute in den Pressebericht geschrieben. Schon deshalb, weil wir ja auf Zeugenhinweise hoffen.«

»Ja, vielleicht bekommt da jetzt noch manch anderer Muffensausen«, vermutete Max und fügte, als Auchter nicht darauf antwortete, hinzu: »Bin ich froh, dass ich nicht einmal Lotto spiele.«

»Das können Sie auch«, schnaubte Auchter und legte auf. Max überlegte, ob das vielleicht schon das Ende einer sehr kurzen Freundschaft war. Spätestens nach dem Grillfest bei Eberhard Walter würde er es wissen.

Doch der Auchter, den er dann erlebte, war ein ganz anderer: locker und aufgeräumt, voller Witz und auch einem dritten und vierten Bier nicht abgeneigt. »Kaum zu glauben, was der Beruf aus manchen Leuten macht«, flüsterte Max, als er sich mit dem Gastgeber über seine Eindrücke unterhielt. Er berichtete ihm auch über Auchters Reaktion zum Thema Gabler. Ebe kannte das: »Denk dir nichts, so ist er manchmal. Und fünf Minuten später lacht er selber drüber.«

»Aber sag mal, warum hast du mir das eigentlich erzählt? Früher warst du viel verschlossener.«

Ebe nickte. »Ich glaube, das hatte zwei Gründe. Zum einen verstand ich seine Geheimniskrämerei überhaupt nicht. Die Beweise waren ja eindeutig. Zum anderen hatte ich das Gefühl, dir noch etwas schuldig zu sein.«

»Mir etwas schuldig? Was denn?«

»Ein Beamter vergisst nichts. Selbst wenn er in den Ruhestand geht. Damals, als wir die Oberbürgermeisterin als Mörderin Wachters im Visier hatten, hast du uns vor einer noch größeren Blamage bewahrt – und das vielleicht nicht einmal bemerkt. Dafür hattest du einfach noch etwas gut.«

»Auf jeden Fall: danke«, sagte Max und sah jetzt ein Lächeln in den Augen seines Freundes, bevor der weitersprach: »Ach ja, und es gibt natürlich noch einen dritten Grund.«

Max sah ihn irritiert an.

»Wie gesagt, brauche ich deine Hilfe hier im Garten.«

»Ach das«, antwortete Max und versuchte generös zu klingen. »Das bisschen Steinerücken hätte ich doch auch so gemacht.«

»Ich komm darauf zurück«, sagte Ebe. »Jetzt muss ich mich wieder meinen Pflichten als Gastgeber widmen, sonst bekomme ich Ärger mit meiner Frau.«

Nach einer guten Stunde verabschiedete sich Max. Er wollte den lauen Abend nutzen, um noch eine Runde zu laufen und dabei die Geschehnisse der Woche Revue passieren lassen. Mit Auchter hatte er zwar ein wenig geplaudert, doch der hatte ihm schon bei der Begrüßung deutlich zu verstehen gegeben, dass er privat hier sei und alles Dienstliche an der Landkreisgrenze abgeschüttelt habe, so wie jeden Abend. »Dienst ist Dienst und Schnaps ist Schnaps, Sie wissen schon«, woraufhin er seine Bierflasche klirrend gegen die Mineralwasserflasche von Max geschlagen hatte.

Wie so oft ließ sich Max auf seinem Weg durch den Wald einfach treiben. Immer wieder tauchten schlaglichtartig Bilder vor seinen Augen auf, wenn er bestimmte Stellen passierte. Dort die Hütte, in der er sich mit dem alten Professor Hausmann, einem Mitarbeiter von Sonja Berger, getroffen hatte, der kurz darauf ermordet wurde, ein paar Kilometer weiter eine andere Waldarbeiterhütte, in der er den sterbenden Jochen Scharfenberg gefunden hatte und ihn noch retten konnte. Dazu die vielen Wege, auf denen er mit Veronika immer spazieren gegangen und mit Angela gejoggt war, ebenso wie mit Isabel Mertens, mit der er beim Laufen die Strategie für ihre Wiederwahl als Oberbürgermeisterin besprochen hatte. Doch schon nach zweieinhalb Jahren hatte sie ihr Amt niedergelegt, nachdem Grün-Rot die baden-württembergischen Landtagswahlen gewonnen hatte. Sie zog als Chefin ins Innenministerium ein, in dem sie Jahre zuvor als Referentin gearbeitet hatte. Den neuen Oberbürgermeister, der nun auch schon seit einem Jahr amtierte, kannte Max gar nicht. Während des Wahlkampfes hatte er eine ausgedehnte Radtour durch Italien unternommen.

Mit Wehmut lief er an dem etwas versteckten Hochsitz vorbei, der schon fast einer Hütte mit Schießscharten glich. Dort hinauf hatte er sich an einem Sonntagvormittag mit Angela verzogen. Sie waren bereits eine gute halbe

Stunde gelaufen und hatten sich unterwegs immer wieder an den Händen gefasst, bis Angela stehen blieb, ihn an den Wegesrand zog und küsste. Ihre Hände glitten unter sein verschwitztes Hemd, seine Finger suchten ihre inzwischen deutlich hervorstehenden Brustwarzen. Sie drückten ihre nassen Körper eng aneinander, bis Max sagte: »Hast du keine Angst, dass uns hier jemand sieht?«

Angela blickte sich um und begann zu lachen. »Ich glaube nicht, dass mein Mann jetzt eine Radtour mit den Kindern macht. Die liegen alle noch in ihren Betten.« Sie zeigte auf den Hochsitz, der gut fünfzig Meter entfernt am Rande einer Lichtung stand. »Da oben ist es sicher sehr kuschelig«, sagte sie und spurtete los. Nach ein paar Metern drehte sie sich um und rief: »Jag mich doch«, was sich Max nicht zweimal sagen ließ.

»So eine Laufpause können wir ruhig öfter machen«, meinte Angela, nachdem sie beide ihre Kleidung wieder geordnet hatten und die Leiter hinunterkletterten. Erst jetzt sahen sie das Schild »Jagdliche Einrichtung. Betreten für Unbefugte verboten«, das an einer der unteren Sprossen angebracht war, und mussten grinsen. Dass ausgerechnet Angela sagte: »Vielleicht fällt das ja unter Hasenjagd«, gefiel Max.

Doch das war Vergangenheit. Max sah auf die Uhr. Kurz vor acht. Erst in zwei Stunden würde es richtig dunkel sein. In Kalifornien bei Angela war es jetzt elf Uhr vormittags. Vielleicht joggte sie gerade am Strand und ließ ihre nackten Füße von den letzten Ausläufern der Wellen des Pazifiks umspülen. Er verscheuchte diese Gedanken. Nie wieder würde er mit Angela hier entlanglaufen und nie wieder mit ihr auf den Hochsitz verschwinden.

Er versuchte, sich auf die Geschehnisse der Woche zu konzentrieren. Passiert war ja genug. Schlensky hatte noch ein paar Mal über den Mord an Manfred Gabler geschrieben. Die Polizei hatte tatsächlich immer mehr Verbindungen zwischen Thomas Biehler und ihm gefunden, die belegten, dass beide einem Zockerring angehörten, der sich irgendwo in der Umgebung von Ulm treffen musste. Doch wo? Das schien auch die Polizei nicht zu wissen.

Er hatte den Mittwoch genutzt, als die Presseanfragen bei Luna-Events abgeebbt waren, um sich bei Mash-Power ein wenig umzusehen. Friedrich Mäschle hatte eigens Frau Seeburger, die ältere seiner Sekretärinnen, abgestellt, um ihn durch die Firma zu führen und ihm die wichtigsten Mitarbeiter vorzustellen. Dutzende unbekannter Namen prasselten auf Max ein. Er erinnerte sich an ein Seminar über Gedächtnistraining, das er vor langer Zeit mal besucht hatte. Der Trainer hatte ihnen ein paar Strategien vermittelt, mit denen man sich Namen einfacher merken konnte. »Wiederholen Sie jeden Namen«, hatte er gesagt. Und so spulte Max das Programm ab. »Hallo Herr Sowieso, hallo Frau Sowieso.« Und dazu Brücken bauen. Bei Herrn Kaltenbach, der etwas verkniffen dreinblickte, stellte er sich vor, wie der morgens vor der Arbeit in einen kalten Bach sprang und dabei sein Gesicht verzog. Und bei Frau Herberger, einer eher rundlichen Person, wie sie nebenbei eine Herberge für Radfahrer betrieb und jeden freundlich und offen aufnahm. Dennoch schaffte es Max nicht, am Ende ihrer Runde alle Namen zu rekapitulieren. Bei denen half ihm Frau Seeburger, die ihn aber dennoch lobte: »Nicht schlecht, trösten Sie sich, wenn sie jemanden nicht gleich wiedererkennen. Ich bin jetzt über dreißig Jahre hier und habe ein bisschen Vorsprung.«

Einen Mitarbeiter, der ihnen auf dem Weg durch die Turbinenproduktion entgegenkam, kannte Max allerdings schon, zumindest mit seinem Nachnamen: Wagenbach, den stellvertretenden Technikvorstand, der so laut für die Absage des Vorbereitungslaufs plädiert und irgendwie ja recht behalten hatte.

»Hallo, Herr Wagenbach«, sagte Max so neutral wie möglich.

»Hallo«, sagte der mit einer Freundlichkeit, die Max nach dem Auftritt am Sonntag überraschte. »Ich habe ja bei der Betriebsversammlung schon gehört, dass Sie jetzt für uns arbeiten. Herzlich willkommen.« Er streckte ihm die Hand entgegen. »Wenn ich Ihnen etwas erzählen kann, zum Beispiel über unsere Projekte in Brasilien, sagen Sie es mir. Ich war übrigens ganz schön überrascht, Sie zu sehen. Bei unserem ersten Treffen im Büro von Herrn Mäschle dachte ich, Sie gehören zur Polizei. Dann sah ich Sie beim Vorbereitungslauf und jetzt hier.«

»Tja«, gab Max zurück, »ich bin eben multifunktional.« Mehr wollte er jetzt nicht erklären.

»Der Kollege Wagenbach leitet auch unsere Laufgruppe«, sagte Frau Seeburger. »Da treffen sich alle Mitglieder des Mash-Power-Teams einmal in der Woche.«

»Kommen Sie doch mal vorbei, jetzt, wo Sie auch zu uns gehören«, schlug Wagenbach vor. »Wir treffen uns jeden Mittwoch um 18 Uhr an der Pforte.« »Diesen Termin«, dachte Max, als er jetzt durch den Wald lief, »werde ich mir nicht entgehen lassen – genauso wenig wie das nächste Treffen mit Sonja.«

Da sie zu der ersten Besprechung noch einen Mitarbeiter eingeladen hatte, war das leichte Kribbeln, mit dem Max den Berg zu ihrem Haus hinaufgeradelt war, schlagartig wieder verschwunden gewesen. Obwohl er nassgeschwitzt war, hatte sie ihm einen Kuss auf die Wange gedrückt und ihm dann Holger Olsen vorgestellt, ihren Assistenten in der Firma.

»Holger ist seit zwei Jahren bei uns. Er entlastet mich wirklich sehr«, sagte Sonja und lächelte den Mann, der gut fünfzehn Jahre jünger war als sie, so strahlend an, dass Max einen kleinen Stich in seinem Herzen spürte. »Sagt einfach ›du‹ zueinander, das ist einfacher.«

»Gerne, ich bin Max«, antwortete er und streckte dem anderen die Hand entgegen.

Das Geschäftliche war schnell erledigt. Max kannte ja die Geschichte von Berger Pharmaceuticals in groben Zügen. Die Jubiläumsbroschüre sollte etwa 20 Seiten haben, »einschließlich der obligaten Grußworte vom OB bis zum IHK-Präsidenten«, hatte Sonja erklärt. »Das muss für die zehn Jahre hier in der Stadt genügen.« Allerdings stellte sie Max gleich einen weiteren Auftrag in Aussicht: »In drei Jahren feiern wir das fünfzigjährige Bestehen der Firma. Dazu brauchen wir dann ein richtiges Buch.« Als ihr Mitarbeiter für einen kurzen Moment das Zimmer verlassen hatte, sagte sie zu Max: »Weißt du eigentlich, dass mein Vater die Firma in dem Jahr gegründet hat, in dem ich geboren wurde?«

Max schüttelte den Kopf. »Und ich dachte, eine so schöne Frau wie du wird ab einem bestimmten Alter jedes Jahr vierzig.«

Bevor sie antworten konnte, stand Holger Olsen wieder bei ihnen und wollte die nächsten Termine festlegen. Bis zu ihrem nächsten Treffen wollte Max herausfinden, ob der smarte Jüngling wirklich nur ihr Assistent war.

Der Anblick seines in der Abendsonne leuchtenden Häuschens brachte Max ins Hier und Jetzt zurück. Er schaute auf die Uhr. Mehr als zwei Stunden war er unterwegs gewesen, das hieß, er war etwa zwanzig Kilometer gelaufen, die Strecke, die er sich eigentlich schon für den vergangenen Sonntag vorgenommen gehabt hatte.

Neue Erkenntnisse hatte ihm sein abendlicher Lauf nicht gebracht, dennoch fühlte er sich äußerst wohl, als er frischgeduscht in seinem Lieblingssessel saß, vor sich ein Glas Rotwein und umhüllt von leichter Klaviermusik. »Wie heißt es so schön?«, dachte er, »man muss seine Freuden planen.«

Eine Freude für den nächsten Sonntag hatte er schnell ausgemacht: Eine Radtour zum Bodensee, wo er schon lange nicht mehr gewesen war. Dennoch spürte er schon beim Gedanken daran das wohlige Gefühl, das ihn jedes Mal überkam, wenn er den letzten Hügel vor dem See erklommen hatte und ganz gemächlich der riesigen Wasserfläche entgegenrollte, auf der bei gutem Wetter tausende von Segelbooten kreuzten. Vielleicht sollte er doch einmal die schon lange ausgesprochene Einladung eines befreundeten Paares annehmen und ein Wochenende mitsegeln. Doch bislang schreckten ihn die Enge auf diesen Booten und die Abhängigkeit vom Wind. Freiheit bedeutete für ihn, den Kurs selbst zu bestimmen.

Die Freude war geplant, doch wusste auch Max: »Geteilte Freude ist doppelte Freude.« Doch mit wem sollte er teilen? Angela war weg, Veronika ebenso, Sonja wollte er erst fragen, wenn er Klarheit über ihren Assistenten hätte. Und die Männer in seinem Leben? Georg Kramer war mit Sicherheit entweder bei einem Laufwettbewerb oder mit dem Wohnmobil unterwegs, Eberhard Walter hatte mit den Resten seiner Grillparty zu kämpfen, und mit den Einstein-Leuten war er ja die ganze Woche zusammen. Plötzlich fiel ihm Hansi ein, der Wirt seines Stammcafés. Der hatte sonntags bis zum Tatort Ruhetag. »Sonntag ist der Tag des Herrn«, sagte er immer, um dann hinzufügen: »Auch der Tag des Herrn Hansi.« Zudem hatte er schon ein paar Mal gefragt, ob Max nicht Lust auf eine Radtour mit ihm hätte, und, schoss es Max in diesem Moment durch den Kopf, er war in der Disko-Szene noch immer bestens vernetzt. Vielleicht reichten seine Drähte ja bis zu Leuten, die sich im Zockermillieu auskannten.

Hansi zierte sich zunächst ein wenig: »So wie du im Training bist, halte ich doch keine zehn Kilometer mit, und zum See sind es doch mindestens sechzig.« Erst als Max versprochen hatte, höchstens im dritten Gang zu fahren und am Berg mit ihm zu schieben, willigte der Wirt ein.

Während der Fahrt kamen sie kaum miteinander ins Gespräch. Obwohl Hansi in seinem Café den ganzen Tag auf den Beinen war, fehlte es ihm an Grundkondition. Max hielt sich an sein Versprechen, langsam zu fahren, und motivierte ihn auch mit der Aussicht, auf dem Heimweg den Zug nehmen zu können. Schließlich kannte er das Gefühl, langsamer als die anderen zu sein, vom Laufen gut genug.

Sie waren gleich morgens um sieben gestartet und wollten mittags am Bodensee sein. Zeit genug, um sich an den Ende Mai zwar noch etwas kühlen, aber dafür nicht so überlaufenen See zu legen.

Jetzt, um kurz nach zehn, hatten sie schon fast zwei Drittel der Strecke zurückgelegt, als Hansi rief: »Der Biergarten da vorne, der gehört einem alten Kumpel von mir, da kehren wir ein. Die Weißwürste dort sind phänomenal, obwohl die Grenze zu Bayern noch ein Stück entfernt liegt.«

Robert, der Kumpel, freute sich sichtlich, als Hansi mit Max im Schlepptau auftauchte. Vor vielen Jahren hatten die beiden zusammen ein altes Dorfgasthaus übernommen und dort eine noch heute legendäre Disko eingerichtet. Fünf Jahre war das gut gegangen, dann vertrieben die Anwohner die beiden und ihre Gäste. Sie hatten keine

Lust mehr, jedes Wochenende bis in die Morgenstunden hinein den Lärm von hunderten von Autos auszuhalten, was die beiden heute nur zu gut verstanden. »Bei mir ist abends um zehn Schluss«, sagte Robert. »Meine Pensionsgäste wollen ohnehin morgens früh raus zum Wandern. Und Radler kommen nachts auch keine mehr.«

Als Max von seiner Arbeit und von den Todesfällen bei den Läufen berichtete, hörten Robert und Hansi gespannt zu. »Das stand auch hier in der Zeitung. Und wenn unser Käsblatt mal was aus Ulm bringt, muss da schon viel passiert sein.«

Max musste die beiden gar nicht in Richtung Zocker lenken, sie sprachen das Thema direkt an. »Weißt du noch«, sagte Robert zu Hansi, »wie damals so ein paar Jugos versuchten, sich bei uns einzumieten? Denen hätte die Tarnung gefallen. Vorne Dorfdisko, und im Hinterzimmer die große Kohle abziehen. Wir sind die erst losgeworden, als wir behaupteten, bei uns käme jedes Wochenende mindestens drei Mal die Polizei vorbei.«

»Was ja auch nicht gelogen war«, sagte Hansi und erzählte lachend, wie die Polizei einmal zwanzig angerauchte Joints vom Boden aufgesammelt hatte, sie aber niemandem zuordnen konnte. »Drogenschnelltests und DNA-Untersuchungen gab's damals noch nicht.« Dennoch wäre der Laden beinahe geschlossen worden, weil sie als Wirte angeblich den Drogenkonsum zugelassen hätten. »Undenkbar heute«, sagte Hansi, »und dennoch kifft die Jugend viel mehr als unsereins vor über dreißig Jahren.«

»Und spielt Poker, wie die Großen«, sagte Max, um wieder auf das Thema zurückzukommen, das ihn beschäftigte.

»Wie heißen denn die beiden Zocker, die da umgebracht wurden?«, fragte Robert. »Ich habe noch ein paar alte Kontakte nach Ulm. Wenn du magst, kann ich mich mal umhören.«

»Würdest du das tun?«, fragte Max und hoffte, dass die anderen ihm die Freude über diese Spur nicht zu sehr anmerkten.

»Klar, für einen Freund meines Freundes.« Robert klopfte Hansi auf die Schulter. »Da haben wir schon ganz andere Dinger gedreht.« Und zu Max sagte er: »Hast du eine Karte?«.

»Logo«, erwiderte der und schrieb seine Handynummer auf einen Bierdeckel, den er dem Wirt reichte und dabei sagte: »Die Rechnung übernehme ich.«

Jetzt verfinsterte sich das bislang so freundliche Gesicht Roberts ein wenig. »Hör zu Max, wenn mein alter Kumpel Hansi zu mir kommt, dann geht das aufs Haus. Und wenn er jemanden mitbringt, ebenso. Glaubst du, ich habe schon jemals einen Kaffee bei ihm bezahlt?«

»Und Robert trinkt viel Kaffee, das kannst du mir glauben«, sagte Hansi lachend. »Dafür kommt er aber nur selten – viel zu selten eigentlich.«

Max gefiel der Ton, in dem die beiden miteinander umgingen. So etwas funktionierte wirklich nur unter alten Freunden, die schon alle erdenklichen Missverständnisse hinter sich hatten.

Hansi legte seinen Arm um Roberts Schulter und sagte: »Weißt du eigentlich, was die wichtigsten Gründe sind, warum Männerfreundschaften auseinandergehen?« Der andere schüttelte den Kopf: »Fußball und Frauen, in dieser Reihenfolge.«

»Dann hätten wir uns ja nie anfreunden dürften«, meinte Robert und fügte zu Max gewandt hinzu: »Die Pflaume war früher doch tatsächlich Gladbach-Fan, während jeder richtige Kerl auf Bayern abfuhr.«

»Was heißt war?« empörte sich Hansi, »einmal Gladbach-Fan, immer Gladbach-Fan, wo die in dieser Saison doch endlich mal wieder mit deinen blöden Bayern mithalten können.«

»Dafür sind wir uns bei den Frauen nie ins Gehege gekommen«, sagte Robert beruhigend. »Hansi mochte sie schwarz und schlank, ich blond und mollig. So ist es bis heute geblieben.« Dass sein Freund etwas zweifelnd guckte, bemerkte er nicht. Max beschloss, ihn später danach zu fragen.

Doch auch nach dem letzten Bier des Tages, das die beiden nach der Rückfahrt mit dem Zug in einem Biergarten am Fluss ihrer Heimatstadt tranken, wollte Hansi nicht raus mit der Sprache. Auch unter alten Freunden wie Robert und ihm gab es wohl noch Geheimnisse.

Von Robert hörte er schneller als erwartet. Der meldete sich schon, als Max am nächsten Morgen wieder auf dem Fahrrad saß und Richtung Ulm fuhr.

»Hör zu«, sagte Robert, »es gibt da einen Laden im Donautal, das La Traviata. War früher mal ne ganz ordentliche Pizzeria. Jetzt hängen da die Arbeiter auf ein Feierabendbier ab. Und dic, die keine Arbeit haben, kommen schon morgens. Da gibt es ein Hinterzimmer mit separatem Eingang. Von dem wissen anscheinend nicht einmal die Bullen was. Die Jungs, die da zocken, sollen in letzter Zeit etwas nervös geworden sein.«

»Danke, Robert. Ich glaube, ich habe den Laden schon einmal gesehen. Bei denen gönne ich mir gleich mal einen Morgenkaffee, wenn die so etwas haben. Für Bier ist es mir doch noch zu früh. Darf ich den Tipp eventuell an die Polizei weitergeben?«

»Mach, was du willst, solange du meinen Namen nicht nennst.«

»Wie sollte ich, wo ich dich doch gar nicht kenne? Bei

der Nummer, von der aus du anrufst, stand bei mir anonym.«

»Dann soll das so bleiben«, sagte Robert, »vielleicht lernen wir uns ja mal bei Hansi kennen.«

Das La Traviata sah in etwa so aus, wie es sich Max nach Roberts Beschreibung vorgestellt hatte. Es lag direkt an der Bahnlinie Ulm-Friedrichshafen. Die Leuchtreklame, auf der in Schreibschrift der Name der Verdi-Oper stand, hatte ein paar große Löcher, in den geschwungenen Markisen vor den Fenstern klafften breite Risse. Die Tische und Stühle, die im Garten an einem Baum lehnten, sahen aus wie festgewachsen. Obwohl draußen die Sonne schien, brannte im Inneren Licht.

Max stellte sein Fahrrad vor dem Haus ab und schloss es an einen Zaunpfahl, um sicherzugehen, dass es später noch da sein würde. Am Boden sah er eine Streichholzschachtel mit dem Namenszug der Kneipe. Er hob sie auf und steckte sie ein.

Als er eintrat, blickten ihm ein Dutzend Augen misstrauisch entgegen. Fremde schienen hier eher selten aufzukreuzen. Das »Guten Morgen«, das ihm die vollbusige Blondine, die hinter der Theke stand, entgegenschleuderte, klang genau nach dem Gegenteil. Und die Frage: »Was darf es sein?«, hörte sich an wie ein Rauswurf.

»Einen Cappuccino bitte«, sagte Max unbeeindruckt und setzte sich auf einen Hocker. Da er keine Kaffeemaschine entdecken konnte, war er gespannt auf die Reaktion der Bedienung.

»Haben wir nicht. Wie du siehst, trinken hier alle Bier.«

»Zu früh für mich. Gibt es überhaupt keinen Kaffee?«

Die Blonde zeigte auf ein Glas Nescafé, das hinter ihr stand. »Aber ohne Milch.«

»Zucker?«, fragte Max. Die Blondine nickte. »Alles, was nicht verdirbt.«

Sie stellte das Glas mit dem löslichen Kaffee vor Max, dazu eine Tasse mit einem Löffel und zwei kleine Beutel Zucker. Als Max das schon lange abgelaufene Mindesthaltbarkeitsdatum des Nescafé sah, hoffte er, dass Kaffeepulver tatsächlich nicht verdirbt.

Er füllte zwei Löffel Kaffee in die Tasse, schüttete den Zucker dazu und bedeckte das Ganze mit ein wenig Wasser aus dem Kocher, den die Bedienung jetzt neben ihn gestellt hatte. Mit dem Löffel rührte er so lange, bis eine schaumige Masse entstand. Erst dann füllte er die Tasse bis zum Rand mit dampfendem Wasser. Die Crema, die dabei entstand, hätte so manchem deutschen Kneipen-Espresso alle Ehre gemacht.

Die Umstehenden beobachteten Max genau, ohne einen Ton zu sagen. Endlich brach einer das Schweigen: »Du warst noch nie hier. Selten, dass sich jemand zu uns verirrt. Vor allem um diese Zeit. Hast du keinen Job?«

»Doch, bin gerade unterwegs dahin.«

»So, wie du aussiehst, hast du doch eine Sekretärin, die dir einen Kaffee bringt. Was treibt dich hierher?« Das Misstrauen in den Worten des etwa 60-jährigen, fast zahnlosen Mannes war nicht zu überhören.

Max trank einen Schluck und sagte: »Der im Büro ist nicht besser.«

»Aber deshalb bist du doch nicht hier.« Der Mann ließ nicht locker, die anderen hörten gespannt zu.

»Ist das so ungewöhnlich, dass jemand vor der Arbeit noch einen Kaffee trinkt? In Italien macht das jeder. Und da der Laden La Traviata heißt, dachte ich, ich schaue mal vorbei.«

»Träumer«, sagte die Blondine gelangweilt. »Der Laden heißt zwar immer noch Traviata, doch die letzte Pizza gab es hier vor fünf Jahren. Damals haben sie Giovanni abgeknallt. Genau da, wo du jetzt stehst. Tür auf, ein Killer kommt rein, peng, peng. Schon war alles vorbei. Ich war in der Küche und hab alles durch die Scheibe in der Tür gesehen. Das hat den Typen gar nicht gejuckt. Seitdem bin ich die Wirtin. Und ich habe keinen Bock mehr auf Pizza.«

Nach dieser langen Rede musste sie sich erst mal erholen.

»Ich bin nicht ganz zufällig da«, sagte Max in die Stille hinein. Plötzlich schienen ihn die Augen der anderen zu durchbohren.

»Was heißt das?«, fragte die Wirtin.

»Ein Freund von mir muss öfter bei Euch gewesen sein«, sagte Max. »Jetzt ist er tot.« Er zog die Streichholzschachtel, die er vor dem Haus gefunden hatte, aus seinem Radtrikot. »Die lag auf seinem Schreibtisch. Seine Eltern haben mich gebeten, bei der Beerdigung eine kleine Rede zu halten. Die wollen keinen Pfaffen. Und jetzt sammle ich ein paar Informationen über ihn. So eng waren wir nämlich in den letzten Jahren nicht mehr befreundet, dass ich die Trauerrede aus dem Stegreif schreiben könnte.«

»Tot?«, fragte jetzt ein anderer. »Wer ist tot? Ich kenne keinen, der tot ist.«

»Manni«, sagte Max und versuchte, in den Augen der anderen eine Reaktion abzulesen.

»Ich kenne keinen Manni«, sagte die Blonde.

»Ich auch nicht«, nuschelte der Zahnlose.

»Manfred Gabler«, sagte Max. »Wir nannten ihn Manni, seit der Schule schon.«

»Hast du ein Bild von ihm?«

»Nicht dabei.«

»Kennt von euch einer einen Manfred Gabler?«, fragte die Blonde in die Runde. Alle schüttelten den Kopf.

»Abends kommen manchmal ein paar Leute, deren Namen ich nicht kenne. Wenn du ein Bild bringst, kann ich dir vielleicht mehr sagen.«

»Gerne, vielleicht gleich heute Mittag«, sagte Max und trank seinen Kaffee leer. »Was bin ich schuldig?«

»Den kannst du zahlen, wenn du mit dem Bild kommst. Dann trinkst du ja vielleicht was Richtiges.«

Die plötzliche Offenheit der Frau irritierte Max, ohne dass er wusste, warum. Dennoch sagte er nur: »Danke, ich komme gerne wieder. Vielleicht so gegen zwölf.«

Die Blonde nickte, ihr schien es recht zu sein.

Als die Tür hinter ihm zugefallen war, kam Max eine Idee. Er wartete eine Minute und ging wieder zurück ins Lokal. Wie er vermutet hatte, hielt die Blondine ein Telefon am Ohr. Sofort beendete sie das Gespräch. Offensichtlich nervös fragte sie: »Was gibt es noch?«

»Habe ich meinen Schlüssel hier liegengelassen?«, fragte Max ganz ruhig und blickte erst auf die Theke, dann auf den Boden. Schließlich klopfte er die Taschen seines Radtrikots ab, bis es an der Brust klapperte. »Tschuldigung, aber die Dinger haben einfach zu viele Taschen.« Er hätte viel darum gegeben, beim nächsten Telefongespräch der Dame zuhören zu können.

Aus dem Bildarchiv von Luna-Events suchte Max das gleiche Foto von Manfred Gabler heraus, das auch Schlensky für seinen Zeitungsbericht verwendet hatte. Das erschien ihm passender als ein Zeitungsausriss. Denn ganz blöd schien die Blonde aus dem La Traviata nicht zu sein.

Um Viertel vor zwölf nahm Max einen Wagen ohne Luna-Firmenlogo und fuhr ins Donautal. Irgendetwas schien faul zu sein im La Traviata, ohne dass er sagen konnte, was. Er beschloss, vorsichtig zu sein und zunächst an dem Laden vorbeizufahren und die Lage zu sondieren.

Sein Gefühl hatte ihn nicht getrogen. Vor der ehemaligen Pizzeria standen zwei dunkle, schwere Mercedes. In einem erkannte Max einen rauchenden Mann am Steuer.

Jetzt wurde ihm die Sache doch zu heiß. Wenn das La Traviata tatsächlich eine Zockerhöhle war, wollte er da auf gar keinen Fall allein hinein. So schön das Detektivspielen auch war, zum Helden fühlte Max sich nicht berufen.

So fuhr er einen Kilometer weiter und blickte immer wieder in den Rückspiegel, um zu sehen, ob ihm jemand folgte. Doch erwartete man in dem Lokal offenbar einen Fahrradfahrer. An der Zufahrt zu einer Spedition hielt er an, holte sein Handy raus und wählte die Nummer von Auchter. Der meldete sich sofort und war offenbar guter Laune.

»Hallo, Herr von Steyn, ich habe Sie am Samstag auf der Party gar nicht mehr gesehen.«

»Nachdem Sie nicht mit mir fachsimpeln wollten, war ich eben beleidigt«, sagte Max und fügte hinzu: »Nein, nein, das war nur ein Spaß. Ich bin noch ein bisschen joggen gegangen. Aber jetzt würde ich gerne mit Ihnen über unseren Fall plaudern, wenn Sie Zeit haben.«

»Unser Fall ist das sicher nicht, eher meiner. Worum geht es?« Auchters Ton klang schon nicht mehr so freundlich.

»Kennen Sie das La Traviata im Donautal?«

»Sollte ich in meinem Job. Da wurde doch vor ein paar Jahren der Wirt von der Mafia hingerichtet. Der Killer ist danach wieder nach Sizilien abgehauen. Der Fall ist noch immer ungeklärt. War aber vor meiner Zeit.«

»Sonst hätten Sie ihn sicher gelöst«.

Auchter stieg auf Max' Spott nicht ein. »Was ist mit dem Laden?«

»Das könnte der Ort sein, an dem Gabler und Biehler gespielt haben.«

Auchter, offenbar überrascht, schwieg ein paar Sekunden. »Woher wollen Sie das wissen?«

Max berichtete ihm kurz von seinem morgendlichen Erlebnis und den schwarzen Limousinen, weigerte sich aber, die Quelle zu nennen. »Ich denke mal, die warten höchstens noch eine halbe Stunde auf mich. Wenn ich bis dahin nicht aufkreuze, werden die sicher misstrauisch und räumen den Laden. Vielleicht sollten Sie denen zuvorkommen.«

»Herr von Steyn, Sie wissen, dass ich Ihre Ratschläge noch nie gemocht habe. Ich weiß schon, was zu tun ist. Halten Sie sich fern von dem Laden.« Auchter legte auf.

Max spürte, dass dies die Gelegenheit war, Schlensky endgültig zu seinem Verbündeten zu machen. Er rief ihn an, erreichte aber nur die Mailbox, auf die er sprach: »Wenn du in der nächsten Viertelstunde zufälligerweise am La Traviata im Donautal vorbeikommst, könnte sich das lohnen.« Er selbst wollte sich mit der Kamera, die er aus dem Büro mitgenommen hatte, auf die Lauer legen.

Zwanzig Minuten später wusste er, dass er Auchter unterschätzt hatte. Ein Trupp von mindestens zwanzig schwerbewaffneten Polizisten stürmte das La Traviata. Sie waren von beiden Seiten auf das Lokal zugefahren, auch jenseits der Bahnlinie sah Max das Blaulicht der Einsatzfahrzeuge blinken. Keine fünf Minuten später war der ganz Spuk vorbei. Die Beamten führten fünf mit Handschellen gefesselte Männer zu ihren Fahrzeugen, vor dem La Traviata erkannte Max ein paar der Typen, die schon morgens in der Kneipe waren, und die blonde Wirtin, die Auchter gerade befragte. Der winkte zwei Uniformierte heran und übergab ihnen die Frau. Sie schien nicht gefesselt zu sein.

In einiger Entfernung entdeckte er Schlensky, der sich hinter einem geparkten Lkw versteckt hatte und wie wild fotografierte. Als er Max sah, zwinkerte er ihm zu.

An den morgendlichen Trinkern schien Auchter kein allzu großes Interesse zu haben. Nachdem sie befragt und ihre Personalien aufgenommen worden waren, schickte er sie fort. Max folgte ihnen. Als sie außer Sichtweite der Polizei waren, überholte er sie und fragte: »Was war denn da los? Ich wollte gerade mit dem Bild von Manni zurückkommen, da sehe ich diesen Bullen-Auflauf.«

Der Zahnlose sah ihn an. »Sei froh. Da haben ein paar auf dich gewartet. Die Lilly hatte heute früh so die Hosen voll, dass sie die Typen angerufen hat.«

»Also verkehrte Manni im La Traviata.«

»Keine Ahnung, wer da so alles im Hinterzimmer zugange war«, sagte der Alte. »Aber so, wie Lilly reagiert hat, glaube ich das schon.«

»Danke«, sagte Max und hielt dem Mann einen Zwanziger hin. »Wo kann ich euch finden?« Der Säufer schnappte sich das Geld und sagte: »Gib mir noch einen, dann sag ich es dir.«

Max griff in seinen Geldbeutel und holte einen weiteren Schein hervor.

»Die Straße runter ist ein Kiosk. Nicht ganz so gemütlich wie bei Lilly, aber wenigstens in der Nähe.«

»Ich würde gerne mit Ihnen alleine sprechen«, sagte Auchter zu Friedrich Mäschle. Der schüttelte den Kopf. »Betrachten Sie Herrn von Steyn als meinen Vertrauten.«

»Aber ich vertraue ihm nicht. Alles, was wir hier sprechen, landet doch gleich bei diesem Schlensky von den Donau-Nachrichten.«

»Stimmt das?«, fragte Mäschle, und sein Ton verriet, dass er sich das nicht vorstellen konnte.

»Ich glaube, das Problem des Herrn Kommissar ist, dass Schlensky eine Quelle hat, die vermutlich in seiner Nähe sitzt. Woher sollte ich Insider-Informationen haben?«

»Und heute früh?« Auf den Nadelstich mit dem Kommissar reagierte Auchter überhaupt nicht.

Max nahm sich vor, ihn bei Gelegenheit nochmals zu pieksen. Jetzt zuckte er mit den Schultern. »Keine Ahnung. Aber ich versichere Ihnen, meine Fotos bekommt niemand, auch nicht die Boulevardpresse, obwohl die Jungs sicher gut zahlen.«

»Sie haben Fotos?« Auchters Gesicht lief rot an, an seinen Schläfen traten die Adern deutlich hervor.

»Darf ich fragen, worum es geht, Herr Kriminalrat?«, schaltete sich Mäschle ein. Der richtige Titel schien Auchter zu besänftigen.

»Hat Ihnen Herr von Steyn nichts erzählt?«

»Nein, er kam zwei Minuten vor Ihnen. Reiner Zufall, dass er gerade hier ist. Aber mir soll es recht sein.«

»Mir nicht.« Auchter gab sich beleidigt. »Aber wenn Sie unbedingt wollen …«

»Ich habe genug Ärger am Hals, glauben Sie mir.« Mäschle sprach jetzt wesentlich lauter als zuvor. »Drei meiner Leute sind in den vergangenen Monaten umgekommen, zwei davon ermordet. Jetzt erfahre ich, dass sie Spieler waren. Das Telefon steht nicht still, ständig rufen irgendwelche Reporter an. Da brauche ich einen Profi wie Herrn von Steyn.« Er fixierte sein Gegenüber mit seinen stahlblauen Augen. »Was können wir für Sie tun?«

»Sie können mich einen Blick in die Personalakte von Manfred Gabler werfen lassen. Oder noch besser: Sie geben sie mir mit.«

Mäschle blickte fragend zu Max, der seinen Kopf nach hinten legte, so als müsse er nachdenken, bevor er sagte: »Ich glaube, datenschutzmäßig ist das in Ordnung. Dem

Herrn Kommissar können wir vertrauen. Da geht sicher nichts an die Presse.«

Dieser Stich saß. Auchter lief rot an und presste die Lippen aufeinander. Gelassen sagte Max: »Ich gebe Frau Seeburger Bescheid, dass sie eine Kopie anfertigt. Oder brauchen Sie das Original, Herr Kriminalrat?«

Auchter nickte. »Das wäre besser.«

»Gut«, schaltete sich Mäschle ein. »Uns genügt ja vorübergehend eine Kopie. Haben Sie sonst noch Fragen?«

»Im Moment wäre es das.«

»Dann darf ich Sie der Obhut von Frau Seeburger anvertrauen. Herr von Steyn und ich haben noch ein paar dringende Termine vorzubereiten.«

Max wusste zwar nicht, welche Termine das sein sollten, doch er nickte beflissen.

»Den haben Sie ja schön abgefertigt. Kompliment«, sagte er, als Mäschle die Tür hinter Auchter geschlossen hatte.

»So ein aufgeblasener Kerl.« Mäschle schien sich richtig zu ärgern. »Wäre der mir nicht so blöd gekommen, dann wüsste er jetzt schon viel mehr über Gablers finanzielle Probleme. So muss er die Akte selber lesen. Ich garantiere Ihnen, dass er spätestens in einer Stunde anruft. Oder sogar wieder hier sitzt.« Er grinste Max an. »Haben Sie so viel Zeit, sich das anzuschauen?«

»Klar«, antwortete Max, »aber jetzt schießen Sie mal los. Was war mit Gabler?«

»Der hat sich vor einem Jahr ein Firmendarlehen geben lassen. 20 000 Euro. Angeblich, um das Haus seiner Eltern so umzubauen, dass sie trotz ihres hohen Alters dort wohnen bleiben konnten. Der Kredit wurde als Grundschuld abgesichert. Doch Gabler baute nichts um.«

»Wissen Sie das sicher?«

»Herr von Steyn, ich bin ein Wiblinger Urgewächs. Auch Gabler stammt von hier. Zwar kenne ich die Familie nicht, aber eben jemanden, der die Familie kennt. So läuft das hier.«

Max nickte und zog sein Handy, das zu vibrieren begonnen hatte, aus der Tasche. Er blickte aufs Display und sagte: »Einer, den ich kenne. Schlensky.«

»Gehen Sie nur ran«, ermunterte ihn Mäschle, offenbar froh darüber, bei diesem Gespräch zuhören zu können.

Doch außer mehreren »ja, ja« und einem überraschten »Das musste ja so kommen«, bekam er kaum etwas mit. Doch Max setzte ihn sofort nach dem Gespräch ins Bild: »Eine Fraktion will im Gemeinderat beantragen, dieses Jahr keine Genehmigung für den Marathon zu erteilen. Die wollen das übermorgen in der Sitzung verkünden.«

»Welche Fraktion?«

»Die BfU.«

Mäschle schüttelte den Kopf. »Das sind die einzigen, zu denen ich keinen Draht habe. Wenn Sie möchten, kann ich bei den anderen mal vorfühlen, wie die das sehen.«

Die Bürger für Ulm waren eine neue Gruppierung, die bei der letzten Wahl zum ersten Mal in den Gemeinderat eingezogen war. Mit populistischen Thesen gegen Ausländer und für mehr Polizei auf der Straße hatte sie gleich drei Sitze errungen, mit denen sie immer wieder das Zünglein an der Waage spielen konnte.

Max dachte über Mäschles Angebot nach und sagte: »Das ist nett von Ihnen, aber lassen Sie mich bitte zuerst mit meinen Kollegen sprechen. Die wissen wahrscheinlich noch gar nichts davon. Wenn Sie mich für das nächste Gespräch mit Auchter nicht unbedingt brauchen, würde ich das gerne gleich klären.«

»Gehen Sie nur. Ich erzähle Ihnen dann später davon.«

Als Max gerade die Tür zum Luna-Büro aufschließen wollte, kam ihm Burkhard Haller entgegen, wie meistens in Laufkleidung. »Gehst du mit?«, fragte er. »Ich schau mir mal die Strecke für den nächsten Vorbereitungslauf an.«

»Wenn es den überhaupt noch gibt«, sagte Max. »Komm noch mal mit rein, ich habe schlechte Nachrichten.«

»Das war ja zu befürchten«, meinte Matthias Flachner, als Max seine Neuigkeiten losgeworden war. »Auch wenn niemand die BfU so richtig ernst nimmt, stechen die natürlich in ein Wespennest. Ich kann nur hoffen, dass die anderen Fraktionen ruhig bleiben.«

Max berichtete vom Angebot Friedrich Mäschles, sich für den Marathon einzusetzen. »Schaden kann das nichts«, meinte Flachner, »aber vielleicht sollten wir selbst auch aktiv werden. Die Anmeldezahlen sind in den vergangenen Wochen ohnehin ziemlich hinter den Vorjahren zurückgeblieben.«

»Woran denkst du?«, wollte Burkhard wissen.

»Zum einen sollten wir vielleicht auch ein paar Leute anrufen. Wenn ich es richtig verstanden habe, bringt Schlensky im Vorfeld nichts.«

Max nickte.

»Wie wäre es, wenn wir unsere Fangemeinde per Facebook zu der Sitzung einladen?«

»Der Schuss kann aber auch nach hinten losgehen, wenn diejenigen kommen, die uns schon die ganze Zeit kritisieren. So wie dieser Wagenbach«, gab Wilfried Mühl zu bedenken.

Max stützte sein Kinn auf die gefalteten Hände. »Ich vermute mal, der muss am Mittwochabend zum Firmen-Lauftreff. Da wollte ich eigentlich auch hin, um mich ein bisschen umzuhören.«

»Du solltest schon dabei sein, wenn das Thema diskutiert wird«, meinte Mühl. »Aber so, wie ich den Gemeinderat kenne, geht es erst mal stundenlang um irgendwelche Bebauungspläne und Finanzberichte. Da ist der Marathon doch ein Thema, das erst ganz am Ende unter Sonstiges kommt, also sicher nicht vor neun oder halb zehn. Bis dahin kannst du ja ohne Probleme da sein.«

»Passt«, sagte Burkhard Haller, der kein Freund langer Besprechungen war. »Ich geh jetzt hier ein bisschen laufen. Wer kommt mit?«

Keiner der anderen rührte sich.

Eine knappe Stunde später, also viel zu früh für seine Verhältnisse, stand er, schwitzend und schwer atmend, wieder im Raum. »Leute«, rief er, »ich habe eine Wahnsinns-Idee.«

»Was ist denn mit dir los?«, wollte Matthias wissen. »So euphorisch kenne ich dich ja gar nicht.«

Burkhard griff sich eine Flasche Wasser aus dem Kistenstapel, der ganz hinten in der Ecke stand, und trank sie auf einen Zug leer, bevor er weitersprach. »Ich bin über die Felder zum Plessenteich gelaufen, da wimmelt es um diese Jahreszeit vor Möwen. Du meinst, du bist am Meer. Ich habe mich einen Moment ans Ufer gestellt und denen zugeschaut. Und plötzlich hatte ich die Idee.«

»Ja, welche denn?«, drängelte Max.

»Wir nehmen denen den Wind aus den Segeln.«

»Wem? Sag's doch schon.« Jetzt wurde auch Matthias ungeduldig.

»Immer mit der Ruhe, Freunde. Ich weiß ja noch gar nicht, ob das funktioniert. Also …« Er nahm sich eine weitere Flasche und trank einen Schluck. »Also, was haltet ihr davon, wenn wir Ralf Collmar fragen, ob er zum nächsten Vorbereitungslauf kommt?«

»Ralf Collmar?«, fragte Max. »Das ist doch der Triathlet, der erst vor ein paar Tagen die Olympiaqualifikation für London geschafft hat.«

Burkhard nickte. »Und im vergangenen Jahr um ein Haar Weltmeister geworden wäre.«

»Wie willst du den hierherkriegen?«

»Du kennst doch mein Motto: Schaffe dir gute Beziehungen, bevor du sie brauchst. Stammt übrigens von Mark Twain.«

»Schlauer Bursche«, erwiderte Max. »Verrat mir doch mal, wie du dir diese guten Beziehungen geschaffen hast.«

»Wir haben vor etlichen Jahren mal zusammen trainiert. Ich hatte meinen Triathlon-Zenit schon überschritten, Ralf galt als große Hoffnung für Olympia 2000 in Sydney. Da kämpften die Triathleten zum ersten Mal um Medaillen. Ausgerechnet in der Qualifikation riss kurz nach dem Start das Gummi von Ralfs Schwimmbrille. Da hab ich ihm eben meine rübergereicht. Für mich ging es ja um nichts.«

»Ah, Burkhard, der gute Mensch vom Badeteich«, rief Matthias Flachner herüber. »Und zum Dank rettet Ralf uns jetzt den Marathon.« Er seufzte. »Schön wär's. Aber Ralf Collmar wohnt doch nicht in unserer Gegend.«

»Stimmt. Aber seine Freundin lebt hier; und die wiederum ist eine Cousine meiner Freundin.«

»Ich sag ja immer, das Leben auf dem Dorf hat auch seine Vorteile. Da ist jeder mit jedem verwandt«, mischte sich Max wieder ein. »Was heißt das jetzt konkret?«

»Ich ruf Ralf gleich an und schau was ich tun kann.«

Max klatschte in die Hände. »Das wird lustig.« Er blickte seine Kollegen an und rief: »Ich habe eine Idee, wie wir das alles noch ein bisschen ausbauen können.«

»Was meinst du damit?«, wollte Burkhard wissen, während er sich ein trockenes T-Shirt anzog. Ans Duschen mochte er im Moment gar nicht denken.

»Am Mittwoch wollen diese Panikmacher von den BfU uns im Gemeinderat ein Bein stellen. Wie wäre es, wenn wir vorher eine Pressekonferenz mit Ralf Collmar machen und er dabei seine Teilnahme am 1. Juli ankündigt? Den

Stadtrat möchte ich sehen, der sich dann noch für eine Absage ausspricht, nachdem Ralf in den letzten Tagen doch oft genug im Fernsehen war.«

Matthias Flachner blickte auf seinen Kalender. »Da müssen wir uns aber beeilen. Wenn die Geschichte am Mittwoch in der Zeitung stehen soll, muss die Pressekonferenz morgen stattfinden. Wenn wir Glück haben, hat Ralf ja Zeit.«

Burkhard Haller griff zu seinem Handy, wählte eine Nummer und ging vor die Tür. Er mochte es nicht, wenn ihm andere beim Telefonieren zuhörten.

Als er nach ein paar Minuten wieder ins Büro kam, sprach sein breites Strahlen Bände. Deshalb nickte er auch nur und sagte: »Morgen um 16 Uhr ist er hier.«

Sabrina, die sich während der Diskussion im Hintergrund gehalten hatte, stand plötzlich mit einem Tablett voller Sektgläser neben ihnen und sagte: »Dann mal Prost, Jungs. Ich bringe unsere Hütte bis morgen Nachmittag auf Vordermann.«

Doch schon nach den ersten Antworten auf die Einladung, die Max sofort an alle möglichen Redaktionen geschickt hatte, war klar, dass das Luna-Büro zu klein sein würde – und das, obwohl nur von einer gemeinsamen Pressekonferenz von Luna-Events und Ralf Collmar die Rede war.

»Wir nehmen das Glashaus«, beschloss Matthias Flachner.»Da stehen ja noch ein paar Palmen drin, die ihr Besitzer nicht abgeholt hat. Das gibt doch ein nettes Ambiente.«

In diesem netten Ambiente drängelten sich keine vierundzwanzig Stunden später mehr als zwei Dutzend Journalisten, unter ihnen Vertreter mehrerer Fernsehsender.

»Kompliment, wie dein Name zieht«, sagte Max zu

Collmar. Beide schauten sich das Treiben durch die große Scheibe an, die das Glashaus vom Luna-Büro trennte. »Wir sollten los.« Der Einfachheit halber stiegen sie gleich durchs Fenster.

Obwohl Ralf Collmar mit seiner Körpergröße von 1,96 Meter Max nur um ein paar Zentimeter überragte, kam der sich neben dem Triathleten richtig klein vor. Das lag nicht nur an dessen breiten Schultern, die an seine Vergangenheit als Leistungsschwimmer erinnerten, sondern auch an der aufrechten Haltung, die zeigte, dass Collmar seinen ganzen Körper intensiv trainierte. Max blickte auf die deutliche Rundung, die sich unter seinem schwarzen Hemd abzeichnete, und beschloss, gleich am nächsten Tag mal wieder ein intensives Bauchmuskel-Training zu beginnen.

Auf dem improvisierten Podium nahmen Max und die drei Gesellschafter von Luna-Events ihren Gast in die Mitte. Max legte gleich los: »Sie alle wissen, dass es im Moment für den Einstein-Marathon nicht leicht ist. Umso dankbarer sind wir alle Ralf Collmar, dass er uns jetzt unterstützt. Nicht nur mit Worten, sondern auch mit Taten.« An dieser Stelle verlangte die Dramaturgie eine kleine Kunstpause. »Ralf wird beim nächsten Vorbereitungslauf am 1. Juli mit von der Partie sein und Ihnen jetzt gleich erklären, warum er das gerne und ohne Sorge tut, obwohl er ja nur ein paar Wochen später in London antritt. Er zählt, wie Sie sicher wissen, zu den ganz heißen Anwärtern auf Edelmetall im Triathlon.« Max sah, wie die Redakteure ihren Kameraleuten noch letzte Anweisungen gaben und noch mehr Mikrophone in Richtung des Podiums gehalten wurden. »Obwohl ich davon ausgehe, dass Sie alle Ralf Collmar kennen, darf ich ihn kurz vorstellen. Eine ausführliche Vita finden Sie natürlich auch in der Pressemappe.«

Er bemerkte die Unruhe, doch zum einen wollte er die Kollegen noch ein bisschen auf die Folter spannen, zum anderen hatte er gesehen, dass unter den Gästen auch wieder ein paar Praktikanten waren, bei denen er nicht sicher war, ob sie vor der Abfahrt überhaupt bei Wikipedia nachgeschaut hatten.

»Wie unerschrocken Ralf Collmar an Herausforderungen herangeht, hat er vor zwei Jahren beim berühmten Marathon des Sables bewiesen: sechs Tage durch die marokkanische Wüste, 230 Kilometer, und das bei Temperaturen bis über 40 Grad. Dazu ein paar Sandstürme, die viele von uns wahrscheinlich gar nicht überlebt hätten.«

Obwohl Applaus selbst für prominente Gäste bei Pressekonferenzen eher ungewöhnlich ist, klatschten etliche Journalisten.

»Vielen Dank, Max von Steyn. Und vielen Dank auch Ihnen allen, dass Sie heute gekommen sind.« Ralf Collmar reckte den Kopf ein wenig nach vorne, strich sich über das kurzgeschnittene blonde Haar und blickte mit seinen großen, blauen Augen offen in die Runde. »Auch wenn ich in Ulm noch nie selbst mitgelaufen bin, liegt mir der Einstein-Marathon sehr am Herzen. Schließlich kenne ich Burkhard Haller seit vielen Jahren und durch meine Freundin bin ich oft hier in der Stadt.«

Er räusperte sich und senkte die Stimme ein bisschen. »Das, was in den letzten Monaten geschehen ist, ist ohne Frage äußerst tragisch. Der natürliche Tod des Läufers im März ebenso wie die grässlichen Morde. Sie kennen ja die Fakten besser als ich.« Collmar beugte sich noch ein Stückchen weiter nach vorne. »Ich verstehe, dass das vielen Menschen Angst macht, und dass sie sich fragen, ob sie weiterhin mitmachen sollen. Doch Angst ist meist kein guter Ratgeber.« Er wartete kurz, bis sich seine Worte bei den Zuhörern gesetzt hatten. »Betrachten wir die Fakten:

Klar, es gibt Herzinfarkte beim Laufen. Aber viel häufiger bei Menschen, die nicht laufen. Das ist ein ganz individuelles Risiko. Wichtig ist, dass bei Laufveranstaltungen schnell Hilfe geleistet werden kann – und das ist geschehen, auch wenn dem Mann leider nicht mehr zu helfen war.«

Er sah wieder in die Runde. Niemand schien eine Frage stellen zu wollen.

»Nun zu den Morden. Hätte es sich um blindwütige Anschläge gehandelt, hätte jemand wild in die Menge der Läufer geschossen, ich wäre der erste, der sagen würde, wartet ab, bis die Polizei den Wahnsinnigen gefunden hat. Doch nach allem, was wir wissen, wurden die Taten gezielt verübt. Erst gestern hat die Polizei ja ein illegales Spielcasino ausgehoben, in dem die beiden Männer verkehrt haben sollen. Keiner von uns weiß bisher, warum der Mörder sich ausgerechnet die Vorbereitungsläufe für seine Taten ausgesucht hat. Ich sehe keinen Anhaltspunkt dafür, dass der Lauf für ganz normale Teilnehmer gefährlich sein sollte. Ganz persönlich kann ich mir auch nicht vorstellen, dass noch mehr Leute aus diesem Zockerring beim Einstein-Marathon dabei sind. Joggen und zocken, das passt doch nicht so recht zusammen. Oder wie sehen Sie das?«

Ein paar der Journalisten konnten sich angesichts des Reims ein Grinsen nicht verkneifen, doch keiner sagte etwas. Collmar sprach weiter: »Deshalb habe ich mich entschlossen, beim nächsten Lauf dabei zu sein. Und ich freue mich über jeden, der das auch tut.« Er blickte auf die wohlgenährten Bäuche zweier Journalisten in der ersten Reihe und fügte hinzu: »Bewegung ist ja ganz wichtig, wenn man im Beruf viel sitzen muss – und bei Pressekonferenzen so gut verpflegt wird, wie hier bei Luna-Events.«

Matthias Flachner setzte sich aufrecht in seinen Stuhl. »Vielen Dank, lieber Ralf. Du warst und bist ein Botschafter des sauberen, ehrlichen Sports, und wir alle danken dir, dass du mal wieder ein Zeichen dafür setzt.« Zu den Journalisten gewandt, sagte er: »Wenn Sie noch Fragen haben, bitte sehr.«

Es war zehn nach elf am Mittwochabend, als Max auf die Uhr seines Handys blickte. »Ich muss los. Der letzte Zug fährt in zehn Minuten. Mit dem Fahrrad müsste ich den noch schaffen« Er sah Matthias Flachner an und fragte: »Übernimmst du die Rechnung? Ich gebe es dir morgen wieder.«

»Das geht auf die Firma, mein Lieber. Nach dem Erfolg heute Abend haben wir uns das mehr als verdient.« Burkhard und Wilfried, die ebenfalls mit am Tisch der Kneipe im Ulmer Fischerviertel saßen, nickten.

Die Bürger für Ulm waren mit ihrem Antrag, den Marathon zu verbieten, auf der ganzen Linie gescheitert. Die Berichte über die Pressekonferenz mit Ralf Collmar hatten gewirkt. Sogar der Oberbürgermeister, der sonst nicht als großer Verfechter des Sports galt und auf Max einen eher barocken Eindruck gemacht hatte, hatte das Ansinnen zurückgewiesen. »Wart ab, in ein paar Jahren ist der rank und schlank und läuft bei uns mit«, hatte Burkhard prophezeit, doch Matthias hatte den Kopf geschüttelt: »Da halt ich dagegen. Wir können schon froh sein, wenn der mal den Startschuss abgibt.«

Inhaltlich hatten der Oberbürgermeister und auch die übrigen Fraktionen ganz im Sinne der Marathonfreunde argumentiert. Der Lauf sei eine riesige Imagewerbung für die Stadt, die zudem keinen Cent koste. »Im Gegenteil«, hatte Matthias halblaut gesagt, »wenn ich mal zusammenrechne, was wir für die ganzen Genehmigungen und so weiter bezahlen, kommt die Stadt gar nicht so schlecht weg.«

»Zahlen die überhaupt keinen Zuschuss zu dem Lauf?«, fragte Max.

»Uns würde es ja reichen, wenn sie uns ein wenig entgegenkämen. Aber vielleicht ist das ja jetzt der Anfang.«

Der Sprecher der BfU, ein rotgesichtiger, aufgedunsener Endfünfziger, hatte nicht lockergelassen. Selbst der Zwischenruf eines Grünen: »Und wann verbieten wir den Autoverkehr?«, hatte ihn nicht beeindruckt. Das tat dann das letzte Argument des Oberbürgermeisters, der nur lapidar sagte: »Außerdem, meine Damen und Herren, fällt diese Entscheidung gar nicht in unsere Kompetenz als Gemeinderat. Das ist reine Verwaltungssache. Und da geht es nicht um Emotionen, sondern um Gesetze. Solange keine wirkliche Gefahr von einer solchen Veranstaltung ausgeht, können wir sie gar nicht verbieten.«

»Das hätte er doch gleich sagen können«, meinte Burkhard, worauf Max erwiderte: »Klar, aber dann hätte er die BfU-Typen ja auch nicht so schön vorführen können. Das waren ein Punktsieg und ein technischer K.O. in einem.«

»Schön gesagt, aber vom Boxen verstehst du nicht allzu viel«, antwortete Burkhard lachend. »Solange die anderen Dinge laufen, soll es mir recht sein.«

Max hatte auch noch kurz vom Lauftreff der Mäschle-Leute erzählt. »Da kommt richtig was zusammen, ich schätze mal, dass da mehr als hundert Leute waren. Die meisten aus der Firma, aber auch ein paar Externe, die im Team mitlaufen.« Natürlich waren die Todesfälle ein Thema gewesen, doch Max hatte nicht den Eindruck gehabt, dass sie irgendjemanden von der Teilnahme am Lauf abhalten würden – zumal Albrecht Wagenbach, der Lauftreffleiter, zu Beginn auch noch Kopien von Schlenskys Artikel über die Collmar-Pressekonferenz verteilt hatte.

Beim Lauftreff hatte Wagenbach Max freudig als neuen Teilnehmer begrüßt und sich gleich vorgestellt: »Ich bin der Albrecht. Wir sind hier beim Laufen alle per du, beim Arbeiten allerdings nicht unbedingt. Wie sollen wir es handhaben?«

»Ich bin Max. Und so kann das gerne bleiben.« Er hatte Wagenbach die Hand hingestreckt und sich über dessen kraftlosen Händedruck gewundert.

* * *

Sonntag, 1. Juli, 2012

Es kam nicht oft vor, dass das komplette Luna-Team bei einem Vorbereitungslauf vertreten war. Schließlich hatten sie die Aufgaben gut verteilt: Matthias war für alles Organisatorische und die Finanzen zuständig, Wolfgang für den Kontakt zu den Vereinen, die die vielen Helfer für den Marathon stellten, und Burkhard für die Strecke und die Vorbereitungsläufe. Dazu kamen Max von Steyn, Sabrina, die den Büroalltag schmiss, und zwei Praktikantinnen. Den Auftritt von Ralf Collmar wollte sich aber niemand entgehen lassen, auch wenn das bedeutete, schon morgens um halb acht vor dem Freizeitbad in Blaustein zu stehen. Als die übrige Luna-Crew mit ihrem Mercedes-Bus vorfuhr, stand Burkhard bereits mit dem Triathleten auf dem Platz, umringt von über hundert Läufern, die sich Autogramme auf ihre Laufshirts geben ließen.

»Diese Popularität musst du erst mal erreichen«, sagte Max bewundernd zu Matthias, als sie ausstiegen.

»Er ist halt ein Kämpfer – und das mögen die Leute«, meinte Matthias und fügte hinzu: »Ich könne Burkhard knutschen für die Idee, Ralf zu holen.«

Als Max gerade einen zusammengeklappten Tisch aus dem Bus zog, hörte er eine Stimme: »Guten Morgen, Herr von Steyn.«

Überrascht drehte er sich um. Vor ihm stand Auchter, heute in Laufkleidung, die verdächtig neu aussah. »Was ist denn mit Ihnen los? Seit wann laufen Sie?«

»Seit heute. Oder besser gesagt ab heute. Wenn Sie das können, dann kann ich das auch.«

»Sie haben recht. Das kann jeder – wenn er es vernünftig angehen lässt. Welches Tempo haben Sie sich denn vorgenommen?«

»Ich bin fast fünfzig und seit Jahren nicht mehr gejoggt. Also fang ich mal ganz langsam an. Zu welcher Gruppe raten Sie mir denn?«

»Wenn Sie möchten, laufen wir zusammen in der Sieben-Minuten-Gruppe. Das sind knappe neun Kilometer die Stunde. Aber sagen Sie mal: Sind Sie wirklich ganz privat hier?«

»Zweifeln Sie daran?«

Max blickte ihm tief in die Augen und sagte nur kurz: »Ja.«

»Da haben Sie auch recht. Ein paar Kollegen von mir laufen auch mit. Dazu eine Gruppe von der Ulmer und Neu-Ulmer Polizei. Die wollen ohnehin an der Teamwertung teilnehmen.«

»Woran erkenne ich Ihre Leute?«

»Gar nicht. Das ist ja Sinn und Zweck der Übung. Sie könnten uns aber einen Gefallen tun und ein paar Fotos von den Anwesenden schießen. Ich glaube zwar nicht, dass heute wieder etwas passiert, aber sicher ist sicher. Wenn Sie die Bilder machen, fällt das weniger auf, als wenn das einer von uns tut.« Er zog eine kleine Digitalkamera aus seiner Gürteltasche. »Hier, nehmen Sie meine.«

Um Punkt acht Uhr stellten sich Burkhard Haller und Ralf Collmar gemeinsam auf das Mäuerchen. Die Leute applaudierten. Burkhard drehte sich zu seinem Gast.

»Danke, dass du bei uns bist, Ralf. Wenn ich sehe, wie viele Leute heute mitlaufen, kann ich getrost behaupten, dass du ein hervorragender Angstlöser bist. Kriegt man dich eigentlich auch auf Rezept?«

»Und bei den Nebenwirkungen fragen Sie bitte Ihren Arzt oder Apotheker«, gab Ralf zurück.

»Ich will mal hoffen, dass die einzige Nebenwirkung, die heute jemand verspürt, ein Muskelkater ist, weil er versucht, mit Ralf mitzuhalten. Also Leute, ich sag jetzt ein paar Worte zur Strecke, dann kann Ralf euch noch ein bisschen einheizen. Wir laufen erst mal ganz gemütlich an der Blau entlang bis kurz vor Gerhausen, da gibt es was zu trinken. Bis dorthin sind es neun Kilometer, also nichts wirklich Aufregendes. Das kommt dann bei den beiden Routen, die links und rechts der Blau nach oben gehen. Aber ihr schafft das.«

Jetzt übernahm Ralf Collmar: »Wir schaffen das. Alle zusammen. Denn in einem Punkt möchte ich Burkhard korrigieren, so leid es mir auch tut. Wir sind nicht hier, um hinterher mit Muskelkater zu Hause zu sitzen. Lasst uns ganz entspannt laufen. Deshalb schließe ich mich der Gruppe an, die den Kilometer in fünf Minuten dreißig läuft. Heut ist Sonntag, und da wollen wir uns nicht stressen.«

Der Beifall der Läufer zeigte ihm, dass sie seine Ansicht teilten. An Auchters Blick erkannte Max, dass er einen Lauf in diesem Tempo sicher nicht stressfrei fände. Deshalb flüsterte er ihm zu: »Keine Angst, wir bleiben hinten.«

Ralf Collmar sprach weiter: »Ansonsten habe ich ja bei der Pressekonferenz schon alles gesagt, was es zu sagen gibt. Freuen wir uns also auf einen tollen und friedlichen Lauf.« Er wandte sich nochmal an Burkhard. »Mein Freund, ihr habt Euch das wirklich verdient. Auf geht's«.

Zumindest bis zum Verpflegungsstand sollte es an diesem Tag nur eine einzige, riesengroße Gruppe geben.

»Warum kann das eigentlich nicht immer so schön sein?«, fragte Matthias Flachner, als er ein paar Stunden später gemeinsam mit seinen Kollegen und Ralf Collmar beim Mittagessen in einem Restaurant am Donauufer saß. »Ein so friedlicher Lauf – und so viele Leute. Dazu jede Menge Presse und selbst das Fernsehen war da.« Er sah den Triathleten an, der ihm gegenüber saß, und sagte nur: »Ich danke dir.«

»Schon recht«, meinte der. »Aber wenn ich ganz ehrlich bin, hatte ich heute früh schon ein etwas komisches Gefühl. Nicht auszudenken, wenn da wieder was passiert wäre.«

»Vergessen wir's«, sagte Max und hob sein Weizenglas, »trinken wir auf das Ende dieser blöden Serie. Jetzt geht es aufwärts. Ich garantiere euch, morgen explodieren die Anmeldezahlen für den Marathon.« Mit der linken Hand berührte er Ralfs Oberarm und fragte: »Wie sieht es eigentlich mit dir aus? Hast du dieses Jahr keine Lust auf den Einstein-Marathon?«

»Lust auf jeden Fall«, sagte dieser. »Nur bin ich an diesem Tag für einen Triathlon in den USA gemeldet. Aber vielleicht klappt es ja ein anderes Mal.«

Die Bedienung hatte gerade den Espresso gebracht, als Max' Handy vibrierte. Er erkannte die Nummer von Schlensky, der direkt nach dem Lauf zum Sonntagsdienst in die Redaktion gefahren war. Max stand auf und ging mit dem Telefon am Ohr ein paar Meter Richtung Donau. »Na Kollege«, rief er fröhlich, »heute gibt es keine Mords-Schlagzeile für dich. Aber der Auflauf, den Ralf Collmar verursacht hat, war ja auch nicht schlecht.«

»Freu dich nicht zu früh«, sagte Schlensky lakonisch, »du weißt doch, einen guten Journalisten verlässt Gott nie.«

»Alter Zyniker«, entgegnete Max. »Raus mit der Sprache, was gibt's?«

»Kennst du einen Michael Mooser?«

»Nie gehört. Wer ist das?«

»Ein regelmäßiger Teilnehmer des Einstein-Marathons. Lief letztes Jahr drei Stunden vierundvierzig.«

Max spürte, wie sein Herz schneller schlug. »Schlensky«, rief er so laut ins Telefon, dass ein Spaziergänger, der gerade an ihm vorbeilief, aufblickte. »Was ist los? Sag schon!«

»Dieser Mooser hatte heute früh einen Verkehrsunfall. Tödlich. Der fuhr kurz vor acht von Weidach durch den Wald runter ins Lautertal, genau auf der Strecke, die ihr vor ein paar Wochen gelaufen seid.«

»Warum erzählst du mir das?«

»Weil der Mann Laufklamotten trug. Der wollte in Lautern einen Kumpel abholen und dann zu euch nach Blaustein. Ging allerdings nicht, weil jemand die Bremsen seines Autos manipuliert hatte.«

»Woher weißt du das?«

Schlensky sagte nur mit etwas mitleidiger Stimme: »Kollege«, und Max wusste sofort, wie überflüssig diese Frage gewesen war.

»Das heißt …« Max dachte nach.

»Das heißt, dass ihr den nächsten Toten habt.« Schlensky schien Max' Überraschung auszukosten. Er wartete ein wenig, bevor er sagte: »Ach ja, Kollege. Noch was: Mooser arbeitete bei Mäschle.«

Max musste aufpassen, dass er das Telefon nicht fallen ließ.

Als er zurück an den Tisch auf der Terrasse des Restaurants kam, blickten ihn die anderen fragend an. »Was machst du denn für ein Gesicht?«, wollte Burkhard wissen. »Ist etwas passiert?«

Max nickte und berichtete über das Telefonat mit Schlensky.

»Allmählich glaube ich an eine Verschwörung«, stöhnte Matthias Flachner.

»Ich auch«, pflichtete Max ihm bei, »wenn ich nur wüsste, gegen wen. Gegen uns oder gegen Mäschle?«

»Wart doch erst mal ab«, versuchte Ralf Collmar ihn zu beruhigen. »Vielleicht gehörte der ja auch zu der Zocker-Gang. Kann ja sein, dass die innerhalb der Firma was gedreht und vielleicht sogar Geld unterschlagen haben.«

»Du wärst ein guter Krimiautor«, gab Max zurück. »Vielleicht solltest du dich mal in dem Genre versuchen.«

»Keine schlechte Idee. Aber jetzt bin ich erst mal gespannt, wie euer Krimi hier ausgeht.«

»Ich auch«, sagte Max. »Ich versuche mal, Auchter zu erreichen. Zum Glück habe ich seine Handynummer.«

»Woher wissen Sie das schon wieder?«, rief der Kripo-Mann überrascht, und Max wunderte sich nicht, etwas Abweisendes in seiner Stimme zu hören. So nett sie sich beim Lauf unterhalten hatten, Auchter war jetzt wieder ganz Beamter. Dennoch ließ er sich erweichen, ein paar Informationen herauszurücken. »Anfangs sah das wie ein ganz normaler Unfall aus. Die Strecke hat es in sich. Mooser war offenbar etwas spät dran und wollte unterwegs noch einen Kumpel abholen. Da fährt man schon mal schneller. In der Kurve versuchte er zu bremsen, doch es half nichts. Das Auto rutschte erst an der Leitplanke lang und schleuderte dann die Böschung runter in den Wald. Deshalb dauerte es eine Weile, bis es geborgen war. Der Sachverständige sah auf den ersten Blick, dass jemand an den Bremsen herumgeschraubt hatte. Offenbar jemand, der sich auskannte.«

»War Mooser auch ein Zocker?«

»Sie sind ja ganz schön schnell. Erstens weiß ich das nicht, zweitens würde ich es Ihnen ohnehin nicht sagen. Ich habe Ihnen schon viel zu viel erzählt. Jetzt muss ich an die Arbeit. Mein Sonntag ist im Eimer, wo ich doch mit Ebe zum Radeln wollte.«

»Meiner auch«, antwortete Max, »auf jeden Fall vielen Dank für die Infos.«

»Keine Ursache, das geht nachher ohnehin an die Presse.«

»Hattest du dich nicht auf einen ruhigen Sommer mit einem lockeren Job als Pressesprecher gefreut?«, fragte sich Max von Steyn, als er spät am Abend in der Maxau mit einem Glas Rotwein auf der Terrasse saß. Er reckte sich und blickte erst in den dunklen Wald, dann hinauf zu den Sternen, die erstaunlich hell leuchteten. Es war so warm, dass ihm selbst um diese Uhrzeit ein T-Shirt genügte.

Zu dem einen lockeren Job, der ihn gleichzeitig zum ersten Marathonlauf seines Lebens führen sollte, waren noch zwei weitere hinzugekommen: Der bei Mäschle und jetzt auch noch der Auftrag von Sonja Berger. Bis Ende der Woche musste er den Jubiläumstext abliefern. Das bedeutete jede Menge Arbeit für die nächsten Tage. Aber auch eine Menge Geld, zumindest für seine Verhältnisse.

In Gedanken ging er die Termine des nächsten Tages durch: Der Montagvormittag gehörte Luna-Events, wo sicher wieder Dutzende von Presseanfragen zu dem Todesfall auf ihn warteten. Gleich am Mittag sollte er zu Mäschle, den er schon kurz über den Tod Moosers informiert hatte. Am Abend stand dann das nächste Treffen mit Sonja Berger und ihrem schönen Assistenten auf dem Programm. »Wenn das so weitergeht, brauch ich einen Kalender«, dachte Max, der genau das allerdings nicht wollte. Schließlich hatte er sich jahrelang von aufblinkenden Meldungen auf dem Computerbildschirm von einem Termin zum nächsten hetzen lassen und beim letzten Leeren seines Outlook-Postfachs in der Redaktion laut »Auf Nimmerwiedersehen« gerufen.

Nicht nur der Montag verging wie im Flug, auch die übrigen Tage der Woche schienen zu Ende zu sein, bevor sie richtig angefangen hatten. Max staunte selbst über die Routine, mit der er mittlerweile Interviews zu den Todesfällen gab. Gebetsmühlenartig wies er immer wieder darauf hin, dass all die Anschläge an jedem anderen Ort genauso hätten passieren können und dass es bei aller Tragik keinen Hinweis darauf gebe, dass der Einstein-Marathon ursächlich dafür wäre.

»Glaubst du das eigentlich selbst, was du da erzählst?«, fragte ihn Schlensky, der am Dienstagabend mal wieder mit seinem ›Moped‹ in der Maxau vorbeischaute, wie immer in der Hoffnung, eine schlagzeilentaugliche Information abzugreifen.

Max zuckte mit den Schultern. »Woran soll man bei der Geschichte schon glauben? Für mich sieht es aber so aus, als benütze jemand die Marathon-Vorbereitung als Kulisse für ein schauriges Spiel. Der hätte doch jedes seiner Opfer auch in der Ulmer Fußgängerzone erwischen können. Glaubst du denn, dann hätten Kaufhof, Sport Sohn und wie sie alle heißen ihre Läden zugesperrt?«

»Die Frage ist doch, ob es wirklich ein einzelner Täter ist. Genau das wollte ich heute übrigens auch von Auchter wissen.«

»Und?«

Schlensky grinste: »Steht morgen in der Zeitung.«

Max zog das noch volle Glas Apfelschorle, das er Schlensky gerade hingestellt hatte, zu sich und grinste zurück: »Dann sitzen wir jetzt beide auf dem Trockenen.«

Der Journalist streckte seine Hand nach dem Glas aus und sagte lachend: »Okay, ich gebe auf. Auchter wollte sich nicht festlegen. Einerseits spricht der Bezug zu euren Läufen für den gleichen Täter, andererseits unterscheidet sich das Vorgehen ja enorm. Einer wurde erschossen, einer vergiftet und einer mit dem Auto ins Jenseits geschickt. Nur in einem Punkt schien Auchter sicher zu sein: Dass Sebastian Wagner eines natürlichen Todes gestorben ist. Die haben alle Laborproben nochmals gecheckt. Ohne Ergebnis.«

»Und was glaubt unser Mastermind Schlensky?«

»Glauben heißt: nicht wissen. Ich tippe allerdings auf einen Täter – und zwar auf einen sehr schlauen. Der wusste genau, dass beim letzten Lauf viele Polizisten an den Start gehen würden und dass es viel zu riskant gewesen wäre, wieder auf der Strecke zuzuschlagen.«

Max nickte. »Ich denke in die gleiche Richtung. Wir suchen also jemanden, der schießen kann, vielleicht, weil er bei der Bundeswehr war, der möglicherweise einen Garten hat, in dem noch Restbestände des alten E 605 lagerten, und der technisch versiert genug ist, um die Bremsen eines Autos so zu manipulieren.«

»Dieses Profil trifft sicher auf jede Menge Leute zu. Das schien selbst Auchter klar zu sein. Ich habe ihn auch gefragt, welches Motiv hinter den Taten stecken könnte. Da hab ich sogar durchs Telefon gespürt, wie er mit den Schultern gezuckt hat. Er wollte nicht mal die Geschichte mit der Firmenwertung ganz ausschließen, obwohl ich das für ziemlich abstrus halte.«

Max nahm einen kräftigen Schluck von seinem Weizenbier, bevor er sagte: »Die Erfahrung zeigt, dass sich Mörder nicht an Wahrscheinlichkeitsberechnungen halten. Die schlagen zu, wenn der innere Druck groß genug ist.«

»Wie meinst du das?«

»Es gibt ja den schönen Satz, dass hinter jedem Verhalten eine positive Absicht steckt.«

»Fängst du jetzt an zu spinnen hier in deiner Abgeschiedenheit? Welche positiven Absichten soll denn ein Mörder haben? Und vor allem so ein Serienmörder?« Schlensky lehnte sich zurück, gerade so, als müsste er den Abstand zwischen sich und Max vergrößern. »Bislang habe ich dich ja für einen vernünftigen Menschen gehalten.«

»Das kannst du ruhig weiterhin tun. Ich behaupte ja nicht, dass das, was der Mörder macht, positiv ist. Nur, dass er es für sich in dem Moment als die beste Möglichkeit sieht, jemanden umzubringen. Aus Angst, aus Wut, um Druck loszuwerden, um an Geld zu kommen. Gründe gibt es genügend, das weißt du genauso gut wie ich. Hattest du noch nie Lust, jemandem den Hals umzudrehen?«

Schlensky zögerte. »Wenn ich das genauer betrachte, könntest du recht haben. Nur habe ich es noch nie getan.«

»Genau, weil dir bisher immer etwas besseres eingefallen ist, weil du die Folgen abschätzen konntest. Also suchen wir jemanden, bei dem das nicht so ist. Du warst ja selbst lange genug Polizeireporter und weißt, dass häufig ein Funke genügt, um jemanden explodieren zu lassen.«

»Klar, die alte Weisheit: Kennst du das Motiv, kennst du den Täter. Das Thema überlasse ich Auchter. Mir genügt es, wenn ich darüber schreiben kann.« Schlensky trank sein Glas aus und stand auf. »Danke für deine Gastfreundschaft, Kollege. Wir sehen uns wieder.«

»Bestimmt«, sagte Max, »aber frühestens nächste Woche. Ich muss noch eine andere Geschichte fertig machen.«

»Hoffentlich ohne Tote.«

»Hoffentlich.«

Gegen Ende der Woche ebbten die Schlagzeilen zu der Mordserie wieder ab. Auchters Sonderkommission war zwar auf über fünfzig Beamte aufgestockt worden, die jeder noch so kleinen Spur nachgingen, doch der erhoffte Durchbruch blieb aus. Friedrich Mäschle trat eine Reise nach Brasilien an, wo er Verhandlungen wegen der Erweiterung eines Kraftwerks führen wollte. Er bat Max von Steyn, Augen und Ohren offenzuhalten, was der unter anderem beim Firmenlauftreff am Mittwoch tat. Zwar diskutierten alle über den neuesten Todesfall, zumal Michael Mooser ein sehr beliebter Kollege gewesen war, doch neue Erkenntnisse brachte der Abend nicht.

Auch mit seinem anderen Forschungsprojekt kam Max nicht viel weiter. Zweimal traf er sich in dieser Woche mit Sonja Berger und ihrem Assistenten, doch noch immer konnte er nicht ausmachen, ob zwischen den beiden etwas lief. Sie gingen einerseits sehr offen miteinander um, andererseits spürte Max aber auch eine gewisse professionelle Distanz, etwa wenn Sonja Berger so manche forsche Aussage des jungen Mannes korrigierte, ihm aber gleich darauf die Hand auf die Schulter legte. Fünf Jahre kannten Sonja und Max sich inzwischen, fünf Jahre, in denen es zwischen ihnen zwar immer mal geprickelt hatte, aber nie etwas passiert war. Und jetzt, da Max sich innerlich frei fühlte für eine kleine Romanze, stand ihm dieser Assistent im Weg. Vielleicht sollte er Sonja einfach mal fragen, so unter Freunden?

Doch wann? Selbst bei der Abschlussbesprechung am Freitag, als er den Probeausdruck der Jubiläumsbroschüre präsentierte, wich der Kerl nicht von ihrer Seite.

Auch bei dem Festakt einige Tage später in dem modernen Gebäude von Berger Pharmaceuticals, das idyllisch am Stadtrand lag, kam er an sie nicht ran. Zwar hielt sich der Assistent zu seiner Überraschung dezent im Hintergrund, doch war Sonja als Gastgeberin stets umlagert. Die gesamte Kleinstadt-Prominenz gab sich ein Stelldichein, vom neuen Oberbürgermeister, den Max nun endlich auch mal persönlich kennenlernte, über die örtlichen Fraktionsvorsitzenden bis hin zu den Vertretern des Gewerbe- und Handelsvereins. Dazu natürlich die wichtigsten Unternehmer, der Chef der IHK, der Landrat und die Abgeordneten. Max kannte die meisten noch aus seiner Zeit als Lokalredakteur und fand es sehr interessant zu beobachten, wer ihn noch immer freundlich grüßte, obwohl er ja inzwischen nichts mehr für ihre Publicity tun konnte, und wer wortlos an ihm vorbeizog.

Als die Reden vorüber waren, griff er sich ein Glas Rotwein und ging über die Terrasse des Firmenrestaurants, auf der das Buffet aufgebaut war, ein paar Schritte in Richtung des nahen Flusses. Er lehnte sich an einen Baum und beobachtete, wie sich die Gäste über die Häppchen hermachten. »Wie immer«, murmelte er vor sich hin, »die Dicksten stopfen sich als erste Lachs und Kaviar rein.«

»Da haben Sie recht«, hörte Max eine Stimme neben sich sagen. Er hatte gar nicht bemerkt, dass außer ihm jemand auf der Wiese stand. Etwas irritiert blickte er den älteren, weißhaarigen Herrn an, der ihm wegen seiner Größe – Max hatte den Eindruck, dass der andere seine 1,90 Meter sogar noch überragte – und seiner aufrechten Haltung schon zuvor aufgefallen war.

»Sie sind Herr von Steyn, wenn ich mich nicht irre«, sagte der Unbekannte. Aus seiner Anzugtasche holte er ein silbernes Etui, entnahm ihm eine Visitenkarte und reichte sie Max. »Ich bin Friedrich Kraft, Inhaber der gleichnamigen Maschinenfabrik. Frau Berger sagte mir, dass Sie den Text für die Jubiläumsbroschüre geschrieben haben.« Er zog das Heft aus der Tasche und blätterte darin. »Gefällt mir sehr gut. Kompliment. Ich hatte ja während der Reden genügend Zeit zum Lesen.« Sein

Blick fiel auf das Rotweinglas in Max Hand, und er sagte: »Wenn Sie ein paar Minuten Zeit für mich haben, hole ich mir auch ein Glas Wein.«

»Gerne«, erwiderte Max. »In die Schlacht am kalten Buffet muss ich mich noch nicht stürzen. Ich weiß glücklicherweise, dass Frau Bergers Küchenchef über ausreichende Vorräte verfügt.« Er blickte dem Mann nach, der mit erstaunlich federnden Schritten ins Innere ging, und überlegte angestrengt, ob er diesen Friedrich Kraft schon einmal gesehen hatte. Erst als dieser wieder vor ihm stand und ihm zuprostete, fiel es Max ein. Sein früherer Kollege Dickie, der jetzt auch irgendwo im Getümmel stand, hatte einmal eine Geschichte darüber geschrieben, wie Kraft einen Riesenauftrag über die Lieferung eines kompletten Wasserkraftwerks nach China an Land gezogen hatte. Kraft war also in der gleichen Branche tätig wie Mäschle. Und den gleichen Vornamen trugen die beiden auch.

»Zum Wohl«, sagte Max und war äußerst gespannt darauf, was Kraft von ihm wollte.

»Erlauben Sie, dass ich ein wenig mit der Tür ins Haus falle?«, fragte Kraft und fuhr fort, als Max nickte. »Vielleicht wissen Sie, in welchem Bereich ich tätig bin.« Wieder nickte Max und sagte: »Wenn ich mich nicht irre, bauen Sie Wasserkraftwerke, zum Beispiel in China.«

»Genau, seit vielen Jahren. Ich bin jetzt 73 und werde die Leitung der Firma nächstes Jahr zum fünfzigsten Jubiläum an meine beiden Söhne abgeben. Die sind im besten Schwabenalter, der jüngere feierte vor zwei Monaten seinen 40. Geburtstag. Ich habe das Unternehmen aus kleinsten Anfängen aufgebaut und wünsche mir nun zum Abschied eine Firmengeschichte. Wir haben zwar jede Menge technischer Unterlagen, aber sonst nichts dokumentiert. Frau Berger, die ich übrigens aus dem Unternehmerkreis sehr gut kenne, hat Sie mir da als Fachmann empfohlen.«

»Das freut mich«, sagte Max und versuchte, so bescheiden wie möglich zu klingen. »Ich schreibe in der Tat immer wieder Firmenbiografien.«

»Wunderbar.« Die Augen des alten Mannes leuchteten. »Wissen Sie, bei uns ist so viel Nettes und leider auch manches Traurige passiert, das muss man einfach mal aufschreiben.« Er blickte in Richtung Fluss. »Das geht ja schon damit los, wie ich überhaupt auf die Idee kam, Wasserkraftwerke zu bauen.«

»Was war denn der Auslöser?«, wollte Max wissen.

»Ein Film, den ich als Sechzehnjähriger sah.«

Max stutzte, blickte den Mann an und sagte: »Das Lied von Kaprun. Von Anton Kutter.«

Jetzt war es Kraft, der stutzte. »Sie haben recht. Woher wissen Sie das?«

»Nennen Sie es Duplizität der Ereignisse.« Max überlegte kurz, ob er Kraft die Wahrheit sagen sollte. Doch warum nicht? Er blickte den alten Mann an. »Weil ich im Moment für Friedrich Mäschle arbeite. Ich nehme an, Sie haben den Film damals gemeinsam gesehen.«

Verwundert fragte Kraft: »Wie nannten Sie das eben? Duplizität der Ereignisse? Oder ist das Zufall?«

»Wenn man an den Zufall glaubt …«

»Nein, das tue ich nicht. Und Frieder Mäschle genauso wenig. So gut kenne ich ihn, auch wenn ich ihn seit fast fünfzig Jahren nicht mehr gesehen habe.«

»Wie bitte? Sie haben ihn seit fünfzig Jahren nicht gesehen, obwohl sie in der gleichen Branche arbeiten und nur gut fünfzig Kilometer auseinanderwohnen?«

Kraft senkte den Kopf. »Leider. Aber diese Geschichte erzähle ich Ihnen beim nächsten Mal.« Jetzt sah er Max in die Augen. »Tun Sie mir einen Gefallen?« Max nickte erneut. »Sagen Sie Frieder nichts von unserem Gespräch. Noch nicht.«

Wieder nickte Max und sagte: »Rufen Sie mich einfach an.« Er tat so, als suchte er in seiner Jacke nach einer Visitenkarte, und nahm sich vor, endlich mal ein paar von den Dingern zu drucken. Doch Kraft erlöste ihn mit den Worten: »Frau Berger hat mir Ihre Nummer gegeben. Ich melde mich.« So unbemerkt wie er gekommen war, verschwand Friedrich Kraft wieder.

Max machte sich auf die Suche nach seinem Ex-Kollegen Dickie. Doch der hatte seinen Lieblingsplatz am Buffet schon geräumt und war offenbar gegangen. Da er unter den Anwesenden außer der ständig belagerten Sonja niemanden entdeckte, mit dem er gerne noch ein paar Gläser Wein getrunken hätte, beschloss er, heimzufahren und in der Maxau den Sternen zuzuprosten. Sanft zog er die Gastgeberin auf die Seite, die gerade mit ein paar Biotechnik-Kollegen fachsimpelte, um sich zu verabschieden.

»Ich begleite dich raus«, sagte Sonja und nahm seinen Arm. Vor der Tür sah sie sich kurz um. Als sie niemanden entdeckte, drückte sie Max einen Kuss auf die Wange. »Danke für deine Hilfe.«

Max erwiderte den Kuss. »Danke für deinen Auftrag. Und für die Empfehlung an Friedrich Kraft. Das wird sicher eine ganz spannende Geschichte.«

»Wieso spannend?«, wollte Sonja wissen.

»Das erzähl ich dir, wenn wir uns mal unter vier Augen treffen. Ohne deinen hübschen Jüngling.« Er musste sich anstrengen, nicht zu spöttisch zu klingen.

Sonja erwiderte in der gleichen Tonlage: »Ich freue mich, dass auch du ihn hübsch findest. Da haben wir ja den gleichen Geschmack.« Sie gab Max noch einen Kuss, diesmal zu seiner Überraschung auf den Mund. »Wir sehen uns.« Und schon war sie wieder im Getümmel verschwunden.

Für den nächsten Nachmittag stand bei Luna-Events wieder eine große Besprechung auf dem Programm. Gut zwei Wochen dauerte es noch bis zum nächsten Vorbereitungslauf am 29. Juli, dem sie alle mit gemischten Gefühlen entgegensahen.

»Nehmen wir es als gutes Omen, dass heute Freitag, der 13. ist«, sagte Matthias Flachner und versuchte, optimistisch zu klingen. »Wisst ihr eigentlich, dass das schon der dritte in diesem Jahr ist?«

»Nach all dem, was in diesem Jahr geschehen ist, sehe ich das eher als ein schlechtes Zeichen«, meinte Wilfried Mühl und nahm sich ein Stück Kuchen von der großen Platte, die mitten auf dem Tisch stand.

»Solange dir das den Appetit nicht verdirbt, passt ja alles«, sagte Burkhard Haller und bediente sich ebenfalls.

»Ich habe mir mal die Anmeldestatistik angeschaut«, erklärte Flachner. »Im Moment liegen wir dreißig Prozent unter dem Vorjahreswert. Angesichts der Ereignisse sicher nicht schlecht, aber wir stecken noch in den roten Zahlen. Ich hatte wirklich gehofft, der Lauf mit Ralf Collmar wird zum Befreiungsschlag. Doch dann …« Er senkte die Stimme kurz, hob den Kopf und sagte fast trotzig: »Aber wir schaffen das. Irgendwann muss diese Serie doch ein Ende haben. Es kann doch nicht sein, dass da irgend so ein Irrer bei jedem unserer Läufe einen umbringt. Wir müssen mit etwas Positivem an die Öffentlichkeit. Max, hast du eine Idee?«

Der Angesprochene kratzte sich am Kopf und zog die Oberlippe in die Höhe: »Das ist leichter gesagt als getan.

Wir können vor dem Münster Kopfstände machen und mit den Ohren wackeln. Wenn beim nächsten Lauf wieder einer umfällt, ist das alles umsonst.«

»Was schlägst du vor?«

»So leid es mir tut: Außer weitermachen wie bisher kann ich dir nichts anbieten. Solange wir Normalität signalisieren, können wir hoffen, dass das ankommt. Die Diskussionen im Internet sind ja schon ziemlich abgeflacht. Kaum jemand redet mehr von der Geschichte mit der Firmenwertung. Und die Firmen sind ja bislang zum Glück bei der Stange geblieben.«

Burkhard Haller nickte. »Wenn die alle stornieren, dann können wir einpacken.«

»Mal den Teufel nicht an die Wand«, warnte Max. »Solange wir nichts Gegenteiliges wissen, sollten wir davon ausgehen, dass das klappt.«

»Was passiert, wenn wir den letzten Vorbereitungslauf einfach streichen?«, fragte Wilfried Mühl in die Runde. »Wenn wir eine Sommerpause einlegen und bis zum Marathon keine Läufe mehr organisieren?«

Die anderen schüttelten fast gleichzeitig die Köpfe. »Da halt' ich nichts von«, meinte Burkhard. »Das sieht doch so aus, als zögen wir den Schwanz ein.«

»Genau«, pflichtete Max ihm bei, »nachdem wir bislang immer erklärt haben, dass die Todesfälle nichts direkt mit dem Lauf zu tun haben, wäre das wohl das falsche Signal. Das gäbe wahrscheinlich ein noch negativeres Presseecho, als wir es ohnehin schon haben.«

»Apropos Presse.« Matthias sah Max an. »Was blüht uns da bis zum nächsten Lauf?«

»Jeder Kollege, der sein Handwerk beherrscht, hat den 29. Juli im Kalender stehen und wird bis dahin die ganze Geschichte nochmal aufrollen. Aber das tun die auch, wenn wir absagen. Ich habe übrigens vorhin mit

Schlensky gesprochen. Er steht natürlich in den Startlöchern. Allerdings will er die Geschichte eher von der Seite der Polizei her aufrollen. Ist ja auch eine spannende Frage, warum die nicht weiterkommen. Drei Morde, eine riesige Soko und nur eine vage Spur. Den Zockern aus dem La Traviata kann Auchter bislang nur mit Müh und Not das illegale Glücksspiel nachweisen. Mehr aber nicht.«

»Gehörte Michael Mooser eigentlich auch zu den Spielern? Da habe ich gar nichts mehr drüber gelesen«, wollte Wilfried wissen.

Max zuckte mit den Schultern. »Klare Hinweise darauf gibt es nicht. Auchter lässt nichts raus, und auch Schlenskys Quellen schweigen. Mooser wohnte ja nicht schlecht da oben in Weidach. Riesenhaus mit sicher 1500 Quadratmetern Garten. Aber das muss auf dem Land nicht viel heißen. Da kommt das Grundstück ja oft aus der Familie, und wenn alle Verwandten und Freunde mit anpacken, lässt sich so ein Haus recht günstig hochziehen. Das einzige, was ich sicher weiß, ist, dass er die anderen Opfer kannte. Doch nicht einmal das ist eine wirkliche Überraschung. Schließlich arbeiteten die in der gleichen Firma und machten auch alle beim Mäschle-Lauftreff mit.«

»Vielleicht solltest du Auchter deine Hilfe anbieten«, frotzelte Matthias. »Oder ihm noch besser den Täter wieder auf dem Silbertablett servieren.«

»Würde ich ja gerne, wenn ich nur selbst eine Ahnung hätte«, gab Max zu. »Aber ich arbeite dran. Schließlich möchte ich mich mal wieder in Ruhe dem Marathon-Training widmen. Dank eurer Vermittlung darf ich jetzt zusätzlich noch Mäschles Firmenbiografie schreiben. Und der nächste Kunde hat sich auch schon angesagt.«

»Freu dich, wenn der Laden läuft, den Einstein-Marathon gibt es nächstes Jahr wieder«, meinte Burkhard, worauf Max nur erwiderte: »Dein Wort in Gottes Ohr.«

Es kam so, wie Max es erwartet hatte. In der Woche vor dem fünften Vorbereitungslauf meldeten sich all die Reporter wieder, die bereits früher über den Fall berichtet hatten. Gleich drei Filmteams wollten Max an den Stellen interviewen, an denen die Läufer gestorben waren, dazu kam die Einladung zu einer Talkshow bei einem Privatsender zu dem Thema »Ist Sport Mord?«, für die er eigens nach Berlin fliegen musste.

Daneben ging die Arbeit an Mäschles Firmenbiografie ganz gut voran. Immer wieder traf er sich mit dem Unternehmer und sprach mit vielen Mitarbeitern. Die meisten schienen sich bei Mash-Power sehr wohl zu fühlen. Doch sobald Max die Todesfälle ansprach, merkte er, wie sehr die Geschehnisse die Belegschaft belasteten. Unausgesprochen stand immer die Frage im Raum: War das vielleicht einer von uns? Und wenn ja, warum? Mehr als ein Kopfschütteln bekam Max nie als Antwort. Auch nicht von Friedrich Mäschle. Die Vorstellung, einen kaltblütigen Serienmörder unter den Mitarbeitern zu haben, erschreckte ihn so sehr, dass er gar nicht weiter darüber nachdenken wollte. »Vielleicht gibt es ja doch bei Schlau-Pharma irgendeinen Irren, der das mit der Firmenwertung zu ernst genommen hat«, meinte er. Es klang für Max eher so, als wolle sich der alte Mann selbst beruhigen.

Viel gesprächiger wurde er, als Max ihm von der Einladung zu der Talk-Show in Berlin erzählte. »Wissen Sie eigentlich, dass ich beim ersten Berliner Volksmarathon 1974 dabei war?«

Max schüttelte den Kopf. Er hatte das Gefühl, Mäschle zu enttäuschen, wenn er ja sagen würde. Also fragte er nur: »Tatsächlich?«

Auf Friedrich Mäschles Augen lag jetzt ein fast jugendlicher Glanz. »Das lief noch ganz anders ab als bei den heutigen Riesen-Marathons. Wir waren ein kleiner, verschworener Haufen, vielleicht 250 Läufer. Vom Mommsenstadion ging es durch den Grunewald zum Strandbad Wannsee. Zweimal. Günter Hallas gewann damals in 2:44:53. Ich war 21 Minuten langsamer und trotzdem stolz wie Oskar.«

»Gab es damals auch schon die vielen Verpflegungsstände wie heute?«, fragte Max.

Mäschle lachte: »Ich verstehe schon, worauf Sie raus wollen. Ich habe Ihr Buch über den vergifteten Bürgermeister-Kandidaten gelesen. Klar gab es Wasser unterwegs, aber nicht so perfekt organisiert wie heute. Und wissen Sie was?« Mäschle schien die Erinnerung zu genießen, wie die meisten alten Leute, die von früher erzählen. »Damals gab es noch Salztabletten dazu, weil man ja so viel schwitzte. Daran, dass das Zeug nur noch durstiger machte, dachte niemand.«

Max schüttelte sich bei der Vorstellung, Salztabletten zu lutschen. »Wie oft sind Sie denn in Berlin gelaufen?«

»Oh, insgesamt nur neun Mal. Ein Mal zu wenig, um in den Jubilee-Club aufgenommen zu werden. Die Firma hat mich einfach zu sehr gefordert. Günter Hallas ist übrigens seitdem jedes Mal mitgelaufen, mit Ausnahme des letzten Jahres. Da war er krank. Mit 68 Jahren hat er die Strecke in 3:46:11 geschafft. Einfach grandios. Öfter als er waren nur Bernd Hübner und Wilfried Köhnke dabei.«

Max verspürte einen leichten Stich in seinem Inneren, als Mäschle diese Zahlen und Namen nannte. Er selbst war jetzt 51 Jahre alt und hatte noch keinen Marathon zu Ende gebracht. Seine Hoffnung, das große Ziel dieses Jahr in Ulm zu erreichen, schwand auch immer mehr. Mäschle schien das zu merken und sagte: »Trösten Sie sich, immerhin gehören Sie zu denen, die schon einige Halbmarathons gelaufen sind. Das ist auch nicht ohne.«

Max versuchte zu lächeln. »Danke, aber irgendwann packe ich den ganzen! Und zwar am liebsten in Berlin.«

* * *

Sonntag, 29. Juli 2012

Doch der nächste längere Lauf, den Max absolvieren wollte, startete nicht in Berlin, sondern in Blaustein, und er führte nicht über 42,195, sondern über maximal dreißig Kilometer, wobei Max angesichts seines Trainingszustands eher dazu tendierte, eine kürzere Variante zu wählen. »Ich habe nicht die leiseste Ahnung, ob morgen 50 oder 500 Leute kommen«, hatte Burkhard Haller gesagt, als sie am Tag zuvor gemeinsam die Kisten mit Mineralwasser und Apfelschorle in den alten Mercedes-Bus hievten. »Aber lass uns mal optimistisch sein. Heiß wird es auf jeden Fall, da wäre es blöd, zu wenig Getränke zu haben.«

Als Burkhard dann am nächsten Morgen um acht Uhr wieder auf seinem Mäuerchen stand, konnte er die Läuferschar kaum überblicken. »Das müssen mindestens 800 sein«, sagte er zu Max, bevor er seine Begrüßungsansprache begann. »Klasse, dass ihr alle hier seid, auch wenn ich euch heute keinen Spitzensportler wie Ralf Collmar präsentieren kann. Der ist inzwischen schon in London. Er lässt euch alle herzlich grüßen und freut sich, wenn ihr alle ihm am 7. August die Daumen drückt.« Die Menschen begannen zu applaudieren. Dass die Stimmung trotz aller Vorfälle gut zu sein schien, erleichterte ihn. Die Leute hatten offenbar gemerkt, dass die Todesfälle nur höchst indirekt mit den Läufen zu tun haben konnten. »Wenn ich ehrlich bin«, fuhr Burkhard mit aufgekratzter Stimme fort, »war ich mir nicht so ganz sicher, wie das heute läuft. Schließlich hatten wir in den letzten Monaten ziemlich viel Pech. Aber konzentrieren wir uns auf den heutigen Tag und darauf, dass wir heute einen wunderbaren Lauf erleben – ohne irgendwelche Zwischenfälle.« Er erwähnte nicht, dass sich unter den Anwesenden wieder mehrere Dutzend Polizisten befanden, die zwar einerseits ganz privat liefen, dennoch von ihren Dienststellen instruiert waren, die Augen offen zu halten.

»Etliche von euch werden die heutige Strecke kennen. Traditionell statten wir beim letzten Lauf unserer Vorbereitungsserie dem Blautopf einen Besuch ab. Das heißt, wir nehmen wieder den schönen Radweg entlang der Blau. Und wer es noch touristischer möchte, kann auf dem Rückweg zum Rosenschloss hochlaufen. Das bringt nochmal mindestens hundert Höhenmeter.«

Obwohl Max in den letzten Wochen immer wieder aus voller Überzeugung für den Lauf geworben hatte, beschlich ihn doch ein komisches Gefühl, als er wieder mit der Gruppe von Heidi auf die Strecke ging. Beim vorigen Mal war er sich so sicher gewesen, dass die Todesserie zu Ende wäre – und war eines Besseren belehrt worden, auch wenn der Mord nicht direkt beim Lauf geschehen war.

Immer wieder blickte er sich um und versuchte herauszufinden, ob in seiner Gruppe Polizisten mitliefen. Doch woran sollte er sie erkennen? Sie trugen ja keine Laufuniformen. Und alle paar Minuten holte er sein Handy aus der Gürteltasche, aus Angst, er könnte das Vibrieren des Geräts nicht spüren.

»Erwartest du einen Anruf?«, fragte Heidi.

»Nein, nein«, sagte Max, »es ist nur …«

»Ich versteh dich schon«, erwiderte sie. »Es ist nur die Angst, dass wieder etwas passieren könnte. Oder?« Sie sprach extra leise, so dass die anderen sie nicht hören konnten. »Besteht denn eine Gefahr?«

»Überhaupt nicht! Das Blöde ist ja nur, die bestand bisher nie. Und trotzdem ist jedes Mal etwas passiert. Aber wir können das nicht verhindern.«

»Recht hast du. Also lass dein Handy stecken oder schalt es besser ganz aus. Das entspannt.«

Max zögerte. Was wäre, wenn nun doch wieder etwas passierte und er wäre nicht erreichbar? »Ja, was wäre dann?«, murmelte er halblaut vor sich hin und gab sich gleich selbst die Antwort: »Gar nichts. Schließlich bin ich nicht der Arzt, der Leben retten kann.« Er fummelte das Telefon aus der Gürteltasche, blickte aufs Display und drückte dann den Knopf zum Ausschalten.

Heidi beobachtete ihn dabei. »Recht hast du! Jetzt kannst du mit freiem Kopf laufen.«

Während der nächsten fünf Minuten überlegte Max ununterbrochen, ob er das Gerät wieder einschalten sollte, doch je länger sie an dem Flüsschen entlangliefen, desto seltener kam ihm der Gedanke. Und schon nach einer Viertelstunde war er, zum ersten Mal seit Langem, so tief in den Lauf versunken, dass er gar nicht mehr an irgendwelche Todesfälle dachte, sondern einfach nur die Bewegung genoss.

Knapp zwei Stunden später kamen sie zurück zu dem Freizeitbad. Max hatte sich tatsächlich für die kürzere, aber immerhin fast zwanzig Kilometer lange Variante entschieden. Er gönnte sich eine Dusche im Schwimmbad und trank gerade gemütlich einen Kaffee im Freien, als Schlensky auf ihn zu kam. »Hey Kollege, ich habe versucht, dich anzurufen. Funktioniert dein Handy nicht?«

Max erschrak. »Ist etwas passiert?« Er hatte noch gar nicht daran gedacht, sein Telefon wieder einzuschalten. Er holte es hervor und sah aufs Display. »Oh, das hat sich offenbar verabschiedet.« Er schaltete das Gerät ein und bekam kurz darauf die Meldung: Drei Anrufe in Abwesenheit. Einer kam offenbar von Schlensky, doch die anderen? Er sah die Nummer von Burkhard und eine weitere, die er nicht kannte.

Schlensky blickte ihn amüsiert an. »Ob etwas passiert ist? Das wollte ich dich ja fragen. Ich weiß von nichts. Aber ein Vorbereitungslauf ohne Todesfall wäre doch sehr ungewöhnlich.«

»Alter Spötter. Was glaubst du, wie froh wir alle sind, wenn dieser Spuk endlich mal zu Ende geht.«

»Was soll ich dann schreiben?« Schlensky lachte laut. »Aber ich kann dich beruhigen. Ich habe heute frei. Und die Kollegen können für sich selber sorgen.«

Max nickte. »Da hast du recht. Aber jetzt muss ich doch noch kurz telefonieren.« Er ging in Richtung des Verpflegungsstands und wählte Burkhards Nummer. Der meldete sich sofort. »Alles klar bei dir? Ich habe mir schon Sorgen gemacht, als ich dich nicht erreicht habe.«

»Alles bestens. Ist irgendwas passiert?«

»Bislang weiß ich von nichts. Und ich hoffe, das bleibt so.«

Max trank einen Becher Wasser, bevor er bei der unbekannten Nummer zurückrief. Normalerweise tat er das nicht, nachdem er schon ein paarmal bei Leuten gelandet war, die sich nur verwählt hatten. Doch heute wollte er nichts verpassen. Das Telefon klingelte zweimal, dann meldete sich eine Stimme, die Max zu kennen glaubte, aber nicht sofort zuordnen konnte: »Ja bitte.«

»Max von Steyn hier. Sie hatten bei mir angerufen.«

»Ah, Herr von Steyn, schön, dass Sie sich melden. Hier spricht Fritz Kraft. Sie erinnern sich an mich?« Bevor Max antworten konnte, sprach Kraft weiter. »Entschuldigen Sie, dass ich Sie am Sonntagmorgen anrufe. Ich hoffe, ich habe Sie nicht aus dem Bett geholt. Aber Sonja Berger meinte, ich könne es ruhig probieren. Sie seien es gewohnt, sonntags gestört zu werden.«

»Wenn ich mich recht erinnere, war es ebenfalls ein Sonntag, an dem Sonja mich auf die Suche nach ihrem verschwundenen Mann schickte«, sagte Max. »Aber im Gegensatz zu damals liege ich nicht in meiner Hängematte, sondern bin gerade fast zwanzig Kilometer gelaufen.«

»Kompliment. Dass Sie nicht in Ihrer Hängematte liegen, weiß ich. Ich habe vorhin bei meinem Morgenspaziergang bei Ihnen vorbeigeschaut. Übrigens nicht als einziger. Auf ihrer Terrasse saß eine Frau, die aber auch nicht wusste, wo Sie stecken.«

»Eine Frau? Was für eine Frau?«

»Sie hat sich nicht vorgestellt, sondern nur gesagt, dass sie auf Sie wartet.«

»Wie sah sie aus?«

»Sehr gut, wenn ich das so sagen darf. Um die vierzig, schätze ich, halblange, dunkle Harre. Nicht ganz schlank, aber auch keineswegs dick.«

»Wann war das?«

»Vor einer Stunde. Beunruhigt Sie das?«

»So würde ich das nicht nennen.« Max atmete zweimal tief durch und sagte ganz gelassen: »Was hat Sie zu mir geführt?«

»Unser Gespräch von neulich. Ich würde es gerne fortsetzen.«

»Einverstanden. Wann passt es Ihnen?«

»Wenn Sie Zeit haben, gerne noch heute, da ich morgen für ein paar Tage nach China verreise. Wie wäre es am Nachmittag gegen 16 Uhr? Kommen Sie zu mir?«

Max sagte nur kurz: »Einverstanden«, und beendete das Gespräch.

Eine Frau um die vierzig, halblange, dunkle Haare, nicht schlank, aber auch nicht dick. Er musste sich setzen. Das konnte doch nur … Nein, unmöglich.

Wieder nahm er das Telefon in die Hand und blätterte durch die Kontaktliste. Doch statt auf die Wähltaste zu drücken, steckte er das Gerät wieder weg. Das war nichts fürs Telefon. Er musste nach Hause. Und zwar sofort.

Doch wie? Am Morgen war er mit dem Zug gekommen und hatte das Fahrrad für die Heimfahrt dabei. Aber das würde zu lange dauern, ebenso die Zugfahrt. Max blickte in die Runde und suchte nach bekannten Gesichtern. In einem größeren Pulk entdeckte er Hannes Steinle, der ihn damals beim Lauftreff angesprochen hatte und den er immer wieder bei Mäschle traf.

Er hatte Glück. Hannes wollte direkt nach dem Lauf heimfahren und noch etwas mit den Kindern machen. Da er einen dieser Familienvans fuhr, hatte sogar Max' Fahrrad Platz. An der Abzweigung zu seinem Häuschen bat Max ihn anzuhalten. Die letzten Meter wollte er alleine zurücklegen. Wenn alles so war, wie er dachte, dann konnte er jetzt niemand anders gebrauchen. Sein Herz schlug deutlich schneller als vorhin beim Lauf bergauf. Er spürte das Pochen im ganzen Körper.

Vor dem Haus stand ein kleiner roter Flitzer mit Münchner Nummer. Hätte Kraft ihm das vorher am Telefon gesagt, es hätte keinen Zweifel mehr gegeben, wer da auf ihn wartete. Doch Max hatte nicht gefragt.

Langsam ging er um das Haus herum, direkt in den Garten. Er sah sie sofort. Sie lag gemütlich eingerollt in seiner Hängematte in der Sonne und schien fest zu schlafen. Max beobachtete, wie sich ihre Bauchdecke beim Atmen hob und senkte, kniete sich neben sie und streichelte sanft über ihren Kopf, während er leise sagte: »Vroni, was machst du denn hier?« Ohne Nachzudenken drückte er einen Kuss in die wuscheligen Haare, deren Duft ihm so vertraut war.

Veronika begann, sich zu räkeln. Sie streckte ihren Körper aus und drehte sich zu ihm hin. Ohne ein Wort zu sagen, setzte sie sich auf, schlang ihre Arme um seinen Hals und zog ihn hinunter ins Gras. Ihre Münder fanden zueinander, als wäre es das Normalste der Welt, ihre Hände suchten den anderen Körper, streichelten, tasteten, drückten, liebkosten. Die beiden hatten noch kein Wort miteinander gesprochen, als sie nackt im Gras lagen und sich immer tiefer ineinanderschlangen. Es waren zwei Wellen, die zusammenflossen, deren Energie verschmolz und die zu einer immer stärkeren Woge wuchsen.

So lagen sie engumschlungen im Gras; jeder schien darauf zu warten, dass der andere die Stille durchbrach. Und doch hatten sie beide Angst vor dem Moment, in dem das erste Wort den Zauber des Augenblicks auflösen und sie in die Realität zurückführen würde. So sagte Max nichts, als er sich vorsichtig aus ihren Armen löste und aufstand, nicht ohne vorher noch einmal mit den Fingern durch ihre Haare zu fahren und ihre Stirn zu küssen. Sie wusste genau, wohin er wollte und lächelte nur dankbar, als er wenig später mit zwei dampfenden Espressotassen vor ihr stand. Sie kannten sich lange genug.

Er war es, der nach dem ersten Schluck das Schweigen brach. »Schön, dass du wieder da bist, Vroni.« Sie nickte, nahm ihm die Tasse aus der Hand und stellte sie neben ihre auf den Boden. Dann zog sie ihn wieder zu sich und hauchte: »Ja, Max es ist schön. Und es soll immer so bleiben.«

Eine Weile noch lagen sie nebeneinander und blickten in den blauen Himmel, an dem nur ein paar Schleierwolken vorbeizogen. In weiter Ferne entdeckte Max den Kondensstreifen eines Flugzeugs, für ihn seit jeher Sinnbild seines Wunsches nach Freiheit und Weite. Doch wie weit hatte ihn sein Leben geführt? Er war zufrieden hier in der Maxau, mit dem, was er besaß, und mit dem, was er tat. Doch reichte es, zufrieden zu sein? Irgendjemand hatte ihn einmal mit dem schönen Satz erschreckt, dass das Schlimmste, was einem passieren könne, der Zustand sei, in dem es irgendwie geht. Zu gut, um zwingend etwas ändern zu müssen, und zu schlecht, um wirklich glücklich zu sein. Lähmend.

Zwar konnte er sich im Augenblick über zu wenig Aufregung nicht beklagen, doch Veronikas Rückkehr machte ihm schlagartig deutlich, dass das Leben, das er in den vergangenen Jahren geführt hatte, zwar angenehm, aber doch nicht wirklich erfüllend gewesen war. Hätte er damals doch mit ihr nach Amerika gehen sollen? Hätte er, statt in den Tag zu leben, etwas Dauerhaftes aufbauen sollen? Max schüttelte den Kopf und dachte: »Tu was!« Denn er wusste: Nochmals würde er Veronika nicht alleine gehen lassen.

Er erinnerte sich daran, mit welcher Wucht sie vor acht Jahren in sein Leben getreten war. Beide hatten sie damals über eine große Gerichtsverhandlung geschrieben, Max für das Lokalblatt, Veronika für das Münchner Magazin. Eines Abends war sie dann wie selbstverständlich bei ihm geblieben und immer wiedergekommen. Bis zu dem Tag, an dem sie die Stelle als Amerika-Korrespondentin übernommen hatte.

Mehr als eineinhalb Jahre war das her, eineinhalb Jahre, die sie sich nun erzählen wollten, als sie engumschlungen durch den Wald gingen, nur auf sich konzentriert. Max merkte nicht einmal, dass sein Magen vor Hunger knurrte. Er sog Veronikas Worte in sich auf, wobei sie allerdings ein Thema ausklammerte: Männer. Max war es recht so, sie würden noch früh genug darüber reden, in der gleichen

Offenheit, in der sie sich auch früher alles erzählt hatten. Als sie an dem Hochsitz vorbeikamen, auf dem er einmal mit Angela gewesen war, und sie nach oben klettern wollte, drängte er weiter. An dem Ort hafteten zu viele Erinnerungen.

Max erfuhr auch den Grund für Veronikas überraschende Rückkehr, Wochen früher, als eigentlich geplant: Sie hatte die Chance, stellvertretende Chefredakteurin ihres Blatts zu werden, und musste dazu einige Gespräche führen. Doch direkt nach ihrer Rückkehr war ihr klar geworden, dass sie, bevor sie irgendetwas entschied, Max sehen wollte. So hatte sie sich ein paar Tage freigenommen und war aufs Geradewohl nach Oberschwaben gefahren. »Ich wollte wissen, wie du ganz spontan auf mich reagierst, deshalb habe ich nicht angerufen«, erklärte sie. Und auf seine Frage, was passiert wäre, wenn er nicht alleine gewesen wäre, sagte sie nichts, sondern küsste ihn nur.

Erschrocken blickte Max auf die Uhr, als sie sich seinem Häuschen wieder näherten. Es war Viertel vor vier. Um vier war er mit Friedrich Kraft verabredet. Kurz überlegte er, den Termin abzusagen, doch hatte er schon am Morgen das Gefühl gehabt, der Unternehmer wolle ihm etwas Wichtiges mitteilen. Warum sonst hätte er dieses Treffen am Sonntag, einen Tag vor seiner Abreise nach China vorgeschlagen?

Veronika hielt ihm ihren Autoschlüssel entgegen. »Nimm meinen Wagen. Ich bleibe gerne hier.« Und sie fügte nach einem koketten Augenaufschlag hinzu: »Wenn ich darf.«

Genau eine Minute vor vier stand Max an dem schmiedeeisernen Tor, das die Durchfahrt zu Friedrich Krafts parkähnlichem Grundstück versperrte. Er konnte die alte

Villa sehen, zu der eine geschwungene Auffahrt führte. Noch bevor er die Klingel drücken konnte, schwangen die beiden Torflügel zur Seite. Friedrich Kraft erwartete ihn am Eingang. Auch am Sonntag trug er Anzug und Krawatte.

Links und rechts der zweiflügeligen Haustür standen moderne Bronzeskulpturen, die, so zumindest verstand Max es, ein stilisiertes Paar zeigten, das sich aus der Entfernung lockte und doch nie zusammenfinden würde. Das Foyer glich einer Kunstgalerie: Moderne Gemälde, die meisten in leuchtend bunten Farben, Skulpturen und das, was man so schön Installation nannte: Unterschiedlichste Gegenstände, die Max nie in einen Bezug zueinander gestellt hätte, so angeordnet, dass sie sich zu einem neuen, irgendwie eigenartigen Ganzen verbanden. Er blieb stehen und sah sich um. Obwohl er von Kunst, vor allem von moderner, wenig verstand, faszinierten ihn die Objekte. »Sie sammeln?«, fragte er Friedrich Kraft, den sein Interesse wirklich zu freuen schien.

Sein Gastgeber schüttelte den Kopf und schien ein wenig in sich zusammenzusinken. »Meine Frau. Sie besaß ein ausgezeichnetes Händchen für diese Dinge. Mit müheloser Sicherheit erkannte sie das Potenzial junger Künstler.«

»Sie besaß?« Es irritierte Max, dass Kraft die Vergangenheitsform benutzte.

»Ja, sie ist gestorben. Vor zwei Jahren.«

»Das tut mir leid. Aber in ihrer Sammlung lebt sie weiter.«

»Deshalb kann ich auch nichts davon verkaufen. Jedes Stück ist ein Stück von ihr. Sie selbst hielt Kunst allerdings für etwas Flüchtiges. Sie kaufte und verkaufte. Selten, dass ein Werk länger als ein halbes Jahr bei uns hing.« Er gab sich einen Ruck und richtete sich wieder auf. »Ja, so ist das Leben. Aber lassen Sie uns über etwas anderes sprechen. Ich habe Sie wegen der Firmenbiografie hergebeten – und wegen Frieder Mäschle.« Er führte Max durch das Wohnzimmer hinaus auf die Terrasse, wo ein Tisch für zwei Personen gedeckt war.

Kraft schenkte Kaffee ein und forderte Max auf, sich an dem Kuchen zu bedienen. »Erdbeertorte. Die Spezialität meiner Haushälterin. Mit einem ganz lockeren Biskuit.« Er lachte, als er das Knurren von Max' Magen hörte. »Das scheint genau richtig zu kommen.«

Als sie beide ein Stück der Torte gegessen hatten, lehnte sich Kraft zurück und blickte Max an. »Sie haben einiges bei mir ausgelöst, Herr von Steyn. Ihre Bemerkung neulich von der Duplizität der Ereignisse ließ mich viel nachdenken. Ich möchte Ihnen gerne kurz die Geschichte von Frieder Mäschle und mir erzählen.«

Max nickte aufmunternd und bat Kraft, sein Diktiergerät anstellen zu dürfen.

»Frieder und ich kannten uns über seinen Cousin und fuhren, als er mit seinen Eltern mal wieder hier war, zusammen nach Biberach ins Kino. Bei uns sprach damals jeder über ›Das Lied von Kaprun‹, diesen gigantischen Film über den Bau eines Wasserkraftwerks, den der Kinobesitzer selbst gedreht hatte. Die Berge und die Technik, eigentlich passt das gar nicht zusammen. Das ist ein Kampf, der mich seitdem fasziniert und nie wieder losgelassen hat. Der Mensch bändigt die Natur, versucht, sie sich untertan zu machen, so wie es in der Bibel steht. Doch irgendwann schlägt die Natur zurück. Immer. Und wir versuchen, das zu verhindern. Bis dahin wusste ich noch gar nicht, was ich einmal werden wollte, ich war ja auch erst sechzehn. Doch nachdem ich den Film das erste Mal gesehen hatte, war mir klar: Ich werde Ingenieur, ich werde das Wasser bändigen. Überall.« Krafts Stimme hatte einen euphorischen Klang bekommen, auf seiner Stirn bildeten sich ein paar Schweißtropfen, die er aber nicht zu bemerken schien. »Ich habe den Film noch mindestens ein Dutzend Mal gesehen.« Er lachte. »Wissen Sie, wie oft ich in der Nachbarschaft Rasen mähen musste, um mir das Geld dafür zu verdienen? Aber es hat sich gelohnt.« Er stand auf und blickte in die Weite des Parks. »Da hinten steht meine Fabrik, wobei Fabrik heute nicht mehr das richtige Wort ist. Das Wichtigste, was wir leisten, ist die Entwicklung. Auch wir müssen Teile unserer Maschinen in Fernost bauen lassen, um konkurrenzfähig zu sein. Frieder war genau so besessen wie ich. Nach dem Abitur gingen wir zusammen nach Aachen zum Studieren und hatten große Pläne. Wir wollten eine gemeinsame Firma gründen, die überall auf der Welt Wasserkraftwerke baut und den Menschen Strom bringt, so dass das Leben für sie einfacher wird. Wir waren richtige Idealisten, überzeugt davon, dass wir alles schaffen, was wir nur wollen.«

»Das haben Sie ja auch. Aber offenbar nicht gemeinsam.«

»Stimmt. Kennen Sie die häufigsten Gründe, warum Männerfreundschaften zerbrechen?«

»Fußball und Frauen – in dieser Reihenfolge«, antwortete Max und erinnerte sich an das Gespräch mit Hansi und Robert, den beiden Wirten, vor einigen Wochen.

»Aus Fußball habe ich mir nie viel gemacht. Bei uns war es eine Frau. Agnes.« Kraft nahm einen Schluck Kaffee. »Ich will es kurz machen und Sie nicht mit alten Liebesgeschichten langweilen. Frieder brachte sie eines Tages mit. Er hatte sich ein bisschen in sie verliebt. Und ich mich dann schlagartig auch.« Auf seinem Gesicht lag plötzlich ein Strahlen. »Und wie! Agnes erwiderte meine Gefühle, seine nicht. Das konnte Frieder, der sonst immer einen Schlag bei den Frauen hatte, gar nicht verkraften. Es gab einen üblen Streit, an dessen Ende wir uns beide blutig geschlagen haben. Hätte Agnes nicht ein paar Leute geholt, die uns trennten, ich weiß nicht, wie es weitergegangen wäre.« Kraft schüttelte sich. »Wie primitiv wir damals waren. Eigentlich sagt man ja, Pack schlägt sich, Pack verträgt sich. Doch zwischen uns war etwas kaputtgegangen, das sich nicht mehr kitten ließ. Bis heute. Frieder übernahm die Werkstatt seines Vaters in Ulm und baute sie zu einer Maschinenfabrik aus, das wissen Sie ja. Ich stieg hier bei meinem Onkel ein, der Landmaschinen reparierte, und machte das gleiche wie Frieder in Ulm.«

»Und Sie sind sich nie begegnet?«

»Wir haben das immer erfolgreich vermieden. Unsere Mitarbeiter trafen sich natürlich auf Messen und Kongressen. Frieder und ich hatten eine unausgesprochene Abmachung: Wir kämpften fair miteinander um die Aufträge. Irgendwann entwickelte es sich dann ohnehin so, dass Mash-Power, wie er seine Firma mittlerweile nannte, hauptsächlich in Südamerika tätig war und wir im Fernen Osten. Da kamen wir uns selten ins Gehege. Zwischen uns gab es immer einen unausgesprochenen Kodex, der erstaunlich gut funktionierte: Im Geschäft sind wir Konkurrenten, aber keine Gegner. Wir hatten uns einmal geprügelt. Das genügte.«

»Dachten Sie nie daran, den Graben zu überwinden? Gemeinsam wären Sie ja noch viel stärker gewesen.«

»Gedacht oft. Aber Frieder hatte die Sache mit Agnes nicht verwunden, wobei es, wie ich glaube, weniger um sie als um die Tatsache ging, dass er verloren hatte. Agnes wurde meine Frau, wir waren fast fünfzig Jahre verheiratet. Hätten wir zusammengearbeitet, hätte er sie unweigerlich treffen müssen.«

Max schüttelte den Kopf. »Komisch, so schätze ich Mäschle gar nicht ein.«

»Er hat sich geändert. Das weiß ich von Freunden, die ihn ebenfalls gut kennen. Er hat ja kurz nach der Geschichte mit Agnes dann seine Frau kennengelernt, mit der wohl auch sehr glücklich war.«

»Sie ist vor fünfzehn Jahren gestorben.«

»Und sein einziger Sohn vor zwei Jahren. Einfach tragisch. Ich habe ihm damals geschrieben. Das einzige Mal. Doch er hat nie geantwortet. Ich denke, er konnte das nicht.«

»Und jetzt?«

»Jetzt kommen wir zu dem Grund, warum ich Ihnen das alles erzähle.«

Max sah Kraft fragend an. Der stand auf und sagte: »Lassen Sie uns ein paar Schritte durch den Park gehen. Das was jetzt kommt, ist nichts für ihr Diktiergerät. Versprechen Sie mir, dass Sie Mäschle nichts davon ohne mein Einverständnis erzählen?«

»Selbstverständlich.« Max schaltete das Diktiergerät aus.

Sie waren ein paar Schritte im Schatten der alten Buchen gegangen, als Kraft weitersprach. »Vor einiger Zeit bekam ich den Besuch eines Mannes, der sich um eine Stelle bewerben wollte. Er wusste, dass der Chef unserer Entwicklungsabteilung schwer krank ist und wohl nie wieder richtig arbeiten kann. Der Besucher kannte sich in unserer Branche sehr gut aus, kein Wunder, schließlich baut er seit Jahren Wasserkraftwerke. Und zwar für Frieder Mäschle.«

»Ist in Ihrer Branche der Wechsel von einem Unternehmen zu einem anderen so ungewöhnlich?«

»Nein, aber zu unserem Kodex gehört auch, dass wir uns keine Mitarbeiter abwerben. Ich habe zwar ein paar Leute, die früher mal bei Mash-Power waren, aber erst noch woanders gearbeitet haben, bevor sie zu uns kamen.«

»Also haben Sie dem Mann abgesagt.«

»Ich wollte es. Doch dann fing er an zu erzählen. Er sagte, Mäschle wolle seine Firma verkaufen, da er keinen Nachfolger mehr hat. Und zwar an einen chinesischen Konzern.«

Kraft schien auf eine Reaktion von Max zu warten. Der dachte kurz nach und sagte: »China ist Ihr Markt. Ich verstehe.«

»Genau so ist es. Mäschle und ich, wir haben technologisch derzeit die Nase vorn. Ganz unabhängig voneinander. Wenn nun sein Wissen an die Chinesen geht, kann ich dort einpacken. Und wahrscheinlich nicht nur dort.«

»Deshalb haben Sie den Mann genommen.«

»Nein, ich habe mir Bedenkzeit erbeten und in den letzten Wochen viel darüber nachgedacht. Gilt unser Kodex noch, wenn Mäschle verkauft? Vielleicht halten Sie mich für skurril, aber ich bin in letzter Zeit häufig auf dem Friedhof gewesen und habe mit meiner Frau darüber gesprochen.«

»Ich denke, das ist nicht skurril, sondern ganz verständlich. Was hätte Ihre Frau gesagt, würde sie noch leben?«

»Sie hätte gesagt, sprich mit Mäschle. Sonst weißt du ja nicht, ob der Kerl die Wahrheit sagt.«

»Und?«

»Ich wollte ihn schon anrufen. Doch dann habe ich Sie getroffen. Mit Ihrer Duplizität der Ereignisse.«

»Was erwarten Sie von mir?«

»Erwarten? Gar nichts. Ich bitte Sie, mir zu helfen.«

»Gerne. Aber wie?«

»Das weiß ich selbst noch nicht. Vielleicht bitte ich Sie, mit Frieder zu sprechen. Oder bei einem gemeinsamen Gespräch dabei zu sein. Aber erst, wenn ich aus China zurück bin. Vielleicht höre ich auch dort etwas.«

Schweigend gingen sie zurück zum Haus. Unterwegs zeigte Kraft immer wieder auf Skulpturen, die teilweise so eingewachsen waren, dass sie schon fest zum Garten gehörten. »Das sind Werke meiner Frau. Die einzigen, die sie behalten wollte.«

Als sie auf der Terrasse standen, blickte Kraft Max tief in die Augen. »Ich vertraue Ihnen, Herr von Steyn. Deshalb erzähle ich Ihnen noch etwas: Der Mann hatte mir angeboten, Konstruktionspläne für eine neuartige Turbine mitzubringen, an der er bei Mäschle arbeitet. Nach dem, was er angedeutet hat, ist Mäschle uns da mindestens ein halbes Jahr voraus.«

»Und?«, fragte Max wieder.

»Ich weiß es nicht. Noch nicht. Ich rufe Sie an, sobald ich zurück bin.«

Kraft begleitete Max zur Haustür und drückte ihm die Hand. Im Gehen drehte sich Max noch mal um und fragte: »Sagen Sie mir seinen Namen?«

Der alte Mann nickte, als hätte er die Frage schon erwartet: »Albrecht Wagenbach.«

»Wagenbach. Welches Motiv hatte er?«

»Die Chinesen sind bekannt dafür, dass sie das Management der Firmen, die sie übernehmen, rasch auswechseln. Wagenbach hat sich immer Hoffnungen darauf gemacht, bei Mäschle Technikvorstand zu werden. Der jetzige geht bald in Rente. Bei den Chinesen hätte er keinen Stich mehr gemacht.«

Max setzte sich in Veronikas kleinen Flitzer und fuhr durch das Tor, das sich wieder wie von Geisterhand geöffnet hatte, hinaus. Viel lieber wäre er jetzt gelaufen oder mit dem Rad gefahren, um seine Gedanken zu sortieren. Beim Autofahren konnte er das nicht wirklich gut. Deshalb bog er ein paar Minuten später nach rechts ab, als das Schild mit der Aufschrift ›Zirbelsee‹ vor ihm auftauchte.

Er nahm den schmalen, ausgetretenen Pfad, der rund um den Moorsee führte. Am Ufer schwammen ein paar Enten, gefolgt von ihrem Nachwuchs.

»Was für ein Tag«, dachte Max. Am Morgen der Vorbereitungslauf, zum ersten Mal ohne einen Toten, dann das unverhoffte Wiedersehen mit Veronika und jetzt Krafts Enthüllung, dass ein leitender Mitarbeiter von Mäschle sich als Industriespion erwiesen hatte. Und hinter jedem Ereignis standen noch so viele Fragezeichen. Woher wollte er wissen, dass nicht doch etwas passiert war, das irgendwie mit dem Lauf zusammenhing, so wie vier Wochen zuvor der Unfall von Michael Mooser? Er griff in die Hosentasche, um zu sehen, ob es auf seinem Handy eine Nachricht gab. Doch die Tasche war leer. Das Telefon musste irgendwo zuhause liegen. Eine seltsame Unruhe erfasste Max. Was, wenn doch etwas geschehen war? Und er wusste es nicht! Er drehte sich um und rannte im Dauerlauf zum Auto. An die weiteren Fragen, wie es mit Veronika weitergehen würde und was hinter der Geschichte mit Wagenbach steckte, konnte er gar nicht mehr richtig denken. Erst brauchte er Klarheit über den Lauf.

Veronika lag in der Hängematte, die zwischen die alten Pflaumenbäume in seinem Garten gespannt war, und schlief. So als wäre sie immer dagewesen, dachte Max. Sein Handy entdeckte er auf der Wiese. Es musste ihm beim stürmischen Wiedersehen mit Veronika aus der Tasche gefallen sein.

Das Display zeigte einen unbeantworteten Anruf – von Schlensky. »Dann ist ja alles okay«, freute sich Max. Denn wenn wirklich etwas passiert wäre, hätten sich die Luna-Leute gemeldet. Schlensky konnte ruhig noch ein bisschen warten. Schließlich war es erst halb sechs, noch lange vor Redaktionsschluss.

Wieder beugte er sich über Veronika, wieder küsste er sanft ihr Haar und murmelte: »Ich wusste gar nicht, wie sehr du mir gefehlt hast.«

Sie schlug die Augen auf und sagte: »Und du mir. Da kann mich auch kein Obama trösten.« Sie stand auf und fasste mit beiden Händen an ihren Bauch. »Ich habe einen Riesenhunger.«

»Ich auch«, sagte Max, »aber ich befürchte, ich habe nichts zu Essen im Haus. In letzter Zeit bin ich ja fast nur noch zum Schlafen hergekommen.«

»Dann wirf mal einen Blick in deinen Kühlschrank, ich habe was Leckeres mitgebracht.«

Als er den großen Topf rausholte und den Deckel öffnete, sagte Veronika: »Hähnchen-Curry, das habe ich gestern zu Hause gekocht. Wenn das einen Tag gezogen ist, schmeckt es viel besser als frisch gemacht. Ich setze noch schnell etwas Reis auf, dann können wir bald essen.«

Veronika hatte ihre Liebe zur indischen Küche vor einigen Jahren bei einem Volkshochschulkurs entdeckt, ohne allerdings jemals in dem Land gewesen zu sein. »Wenn es dort überall so gut nach diesen vielen Gewürzen duftet, müsste ich wahrscheinlich für immer dableiben«, hatte sie gesagt, als sie Max zum ersten Mal auf diese Weise bekochte. So wie sie es gelernt hatte, arbeitete sie fast nur mit frisch gemahlenen Gewürzen. »Unsere Kursleiterin – übrigens eine Frau mit einem ganz witzigen Lebenslauf: eine Deutsche, die als Missionarstochter in Indien geboren wurde und erst mit fünfzehn Jahren hierherkam – hat immer gesagt, dass die Gewürze den Unterschied zwischen einer mäßigen und einer guten Küche ausmachen«. Gleich nach dem Kurs kaufte Veronika einen bestimmt fünf Kilo schweren Granitmörser.

Als sie sich gerade auf die Terrasse gesetzt hatten und sich mit einem trockenen Weißwein zuprosteten, klingelte Max Handy. Es war wieder Schlensky.

»Geh ruhig ran, das Curry wird ja nur besser, wenn es noch ein bisschen zieht«, sagte Veronika. »Außerdem ist für dich ja heute offenbar ein ganz normaler Arbeitstag.«

»Ah, der Gott der Schlagzeile«, rief Max ins Telefon, »welche Eingebung hattest du heute?«

»Altes Lästermaul«, antwortete Schlensky, der offenbar guter Dinge war, »verrat mir, wie du es geschafft hast, die Mordserie zu beenden. Gerade habe ich noch mal bei der Polizei angerufen. Die hatten heute in der Tat keinen Todesfall zu vermelden. Aber vielleicht liegt die Leiche ja irgendwo in der Donau.«

»Beschrei es nicht. Ich bin wirklich froh, wenn die Sache jetzt zu Ende ist.«

»Zu Ende ist sie sicher nicht. Oder hat die Polizei den Täter schon gefasst?«

»Soweit ich weiß nicht, aber ich bin ja bescheiden und schon froh, wenn wir künftig in Ruhe unsere Läufe veranstalten können. Die Vorbereitungsläufe in Blaustein sind ja jetzt ohnehin vorbei. Hoffen wir mal, dass bis zum Marathon nichts mehr passiert.«

»Eine Stellungnahme von dir brauche ich trotzdem. Schließlich sind unsere Leser es gewöhnt, am Tag nach euren Läufen etwas Aufregendes serviert zu bekommen.«

»Dann muss ich deine Leser leider enttäuschen. Schreib nur, wie erleichtert ich bin und dass ich voll darauf vertraue, dass die Polizei den Täter bald fasst.«

»Alles klar, wir sehen uns.«

»Ist das eine Drohung oder ein Versprechen?«

»Was auch immer du dir wünscht. Ich hacke jetzt meine letzten Zeilen rein und dann setze ich mich noch auf mein Moped und düse über die Alb.«

Max war froh, dass Schlensky ihn heute mit seinem Besuch verschonen würde.

Die erste Flasche Wein war schon leer, als Max mit seinen Erzählungen zu Ende war. »Jetzt kann ich mich mit zwei Krimis befassen: Den toten Läufern und der Wirtschaftsspionage. Das ist wenigstens mal was ganz Neues.«

Veronika nickte. »Die Geschichte mit China klingt interessant. Früher haben die einfach abgekupfert, heute kaufen sie sich die Firmen. Weißt du, dass ich erst vor ein paar Wochen Besuch von unserem China-Korrespondenten hatte? Ein netter Kerl. Lebt mit seiner chinesischen Frau in Peking. Der hat sicher mal was über die Drei-Schluchten-Talsperre gemacht, die war ja lange genug in den Schlagzeilen. Soll ich ihn mal fragen?«

»Gerne, aber bitte ganz diskret. Vielleicht habt ihr ja auch was im Archiv. Wenn wir Glück haben, tauchen sogar die Namen Mäschle und Kraft irgendwo auf.«

»Dem Kollegen in China schreibe ich besser eine Mail. Bei denen ist es jetzt mitten in der Nacht. Im Archiv kann ich sofort anfragen«. Veronika holte ihr Handy raus. »In einer halben Stunde liegt alles in meiner Mailbox.«

»Und was tun wir bis dahin?«, fragte Max, der inzwischen hinter Veronika getreten war und anfing, ihren Hals zu streicheln.

Sie nahm seine Hände, hielt sie fest und sagte: »So, wie du rangehst, könnte man meinen, du hättest seit meiner Abreise abstinent gelebt.« Max fühlte sich nicht in der richtigen Stimmung, das Thema zu vertiefen. Vage antwortete er: »Ein bisschen.«

»Ein bisschen was?« Veronika schien es Spaß zu machen, ihn in Verlegenheit zu bringen. »Ein bisschen Abstinenz oder ein bisschen Nicht-Abstinenz?«

»Wie genau möchtest du es denn wissen?«, konterte er.

»Ist mir ja ganz egal. Solange dir die Lust auf mich nicht vergangen ist.«

»Nie«, sagte er und zog sie ins Haus.

Max ignorierte die fragenden Blicke seiner Kollegen, als er mit dunklen Augenringen am nächsten Morgen gegen zehn vor dem Luna-Büro aus einem kleinen roten Flitzer mit Münchner Nummer stieg. Sie würden schon noch rechtzeitig erfahren, dass sich in Max' Leben mit einem Schlag so einiges getan hatte.

Auf dem Besprechungstisch stand zu seiner Überraschung alles, was man für ein gutes Frühstück braucht, inklusive Sekt und Tageszeitung. »Das haben wir uns verdient«, sagte Sabrina, als Max irritiert auf den Tisch schaute. »Gehen wir mal davon aus, dass die Todesserie vorüber ist. Das ist doch ein Grund zum Feiern.«

»Schlensky sieht das wohl genauso«, erklärte Matthias Flachner und hielt die erste Seite des Lokalteils der Donau-Nachrichten hoch. »Der Bann scheint gebrochen«, hieß es dort. Das Foto zeigte im Gegensatz zu den früheren Berichten keine Leiche, sondern eine freudig lachende Läuferschar. Als hätte Schlensky geahnt, dass bei Luna-Events gerade über seinen Artikel gesprochen wurde, stand er plötzlich in der Tür.

»Was wird denn hier gefeiert?«, fragte er und griff, ohne auf eine Einladung zu warten, nach einem Glas Sekt. »Das Ende dieser grauenvollen Serie«, antwortete Max und stieß mit ihm an. »Trinken wir darauf, dass es dabei bleibt.«

»Dein Wort in Gottes Ohr. Ich habe gerade gehört, dass Auchter noch ein paar Leute aus der Zockerclique hochgenommen hat. Der scheint überzeugt davon zu sein, dass die hinter der Mordserie stecken.«

»Heißt das denn, dass Michael Mooser nun doch gespielt hat?«

»Dazu schweigt Auchter immer noch. Aber Moosers Haus da oben in Weidach war wirklich nicht billig. Vielleicht kriege ich später noch mehr raus. Ich halte dich auf dem Laufenden.« Er drehte sich um und war genauso schnell wieder verschwunden, wie er gekommen war.

»Was war das denn für eine Vorstellung?«, wollte Burkhard Haller wissen. »Der kommt rein, greift sich einen Sekt und verschwindet wieder.«

»Ich glaube, der wollte nur rausfinden, ob wir etwas wissen, was er nicht weiß. Und unsere kleine Feier hat ihn sicher überzeugt, dass wir keine Leiche vor ihm verbergen«, sagte Max. Von der Spionagegeschichte mit Wagenbach wollte er noch niemandem erzählen. Am allerwenigsten Schlensky. Der käme noch auf die Idee, einen Zusammenhang zwischen den Morden und den geklauten Konstruktionsplänen herzustellen. Max zuckte kurz zusammen, was Matthias Flachner nicht verborgen blieb. »Was ist los?«, fragte der und klang ein wenig besorgt. »Nichts, nichts, ich habe heute Nacht nur zu wenig geschlafen.«

»Hängt das mit dem roten Flitzer da draußen zusammen?«, wollte Burkhard wissen. »Uns kannst du es doch sagen, jetzt wo Schlensky nicht mehr hier ist.«

Max zuckte nur mit den Schultern und grinste ein wenig. »Das erzähl ich euch später mal.« Ihn beschäftigte jetzt viel mehr der Gedanke, dass es möglicherweise einen Zusammenhang zwischen den Fällen geben könnte, den er bislang nicht erkannt hatte. Er nahm noch eine Brezel aus dem Korb, schenkte sich eine Tasse Kaffee ein und stand auf. »Ich muss mal über was nachdenken.«

»Das hat noch keinem geschadet«, gab ihm Matthias Flachner mit auf den Weg. »Und lass uns an deinen geistigen Früchten teilhaben.«

Max ging nach draußen und setzte sich auf einen der Stühle, die hinter dem Haus standen. Den Blick nach oben in den endlos blauen Himmel gerichtet, dankte er Schlensky in Gedanken für dessen Besuch, der ihn darauf gebracht hatte, die ganze Sache aus einem neuen Blickwinkel zu sehen. Die Zockerspur war Max von Anfang an etwas dünn erschienen. Wenn solche Leute mordeten, dann geräuschloser. So zumindest dachte er sich das. Er beschloss, Wagenbach einen Besuch abzustatten.

»Hallo Albrecht«, rief er eine halbe Stunde später fröhlich in die geöffnete Bürotür hinein, »hast du ein paar Minuten Zeit für mich?«

Wagenbach sah erst Max an, dann die große Uhr, die an der Wand gegenüber seinem Schreibtisch hing. »Reichen fünf Minuten? Ich habe gleich eine Besprechung mit meinem Chef.«

»Für den Moment passt das, danke. Ich brauche noch ein paar Infos zu den Projekten in Brasilien. Mich interessiert vor allem, wie das alles losging. Du warst doch als Projektleiter ziemlich früh dabei, oder?«

»Klar, seit den späten Siebzigern. Aber da lief bereits einiges. Am besten fragst du Mäschle selbst. Der hat, soweit ich weiß, die ersten Aufträge noch selbst gemanagt.« Wagenbach lehnte sich in seinem Schreibtischstuhl zurück und lächelte. »Das waren Zeiten damals, da haben wir Sachen erlebt, das glaubst du nicht.«

»Was denn zum Beispiel?«

»Nimm bloß die Reisen. Da, wo wir hin mussten, gab es ja keine Eisenbahn und auch keine richtigen Straßen. Einmal sind wir mit unseren Jeeps fast im Morast versunken. Und die Einheimischen haben auch den Aufstand geprobt, weil sie alles andere als begeistert von unseren Kraftwerken waren. Wenn du willst, zeige ich dir mal ein paar Dias. Ich habe damals Tausende gemacht.«

Einerseits gefiel Max die Vorstellung, bei einem Dia-Abend mehr Einblick in Wagenbachs Leben zu bekommen, andererseits wollte er, zumindest solange Veronika da war, mit seiner Zeit ein wenig geizen. Deshalb sagte er: »Prima, vielleicht kannst du ja bei Gelegenheit welche mitbringen. In einer Firmenbiografie machen sich solche Bilder immer gut.« Er bemerkte, dass Wagenbach schon wieder auf die Uhr blickte. »Lass uns doch mal einen Termin ausmachen. Dann kannst du mir in aller Ruhe über deine Zeit in Brasilien erzählen.«

Wagenbach holte einen Kalender aus der Innentasche seines Sakkos. Als er Max' erstaunten Blick wahrnahm, erklärte er: »Ich mag dieses Outlook-Zeug nicht. Den hier habe ich immer dabei und muss ihn nicht einmal synchronisieren.«

»Und das sagt ein Ingenieur.« Max lachte. »Aber ich verstehe dich, mir geht es genauso.«

»Wie wäre es am Freitag von elf bis zwölf? Dann können wir anschließend zusammen in die Kantine gehen.«

»Perfekt. Ich denke, wir sehen uns auch am Mittwoch beim Laufen. Aber da bist du mir zu schnell, um unterwegs mit dir zu plaudern. Du siehst aus, als wärst du ziemlich gut im Training.«

»Ja, beim Einstein-Marathon will ich es dieses Mal wissen. Das gibt eine neue Bestzeit – und was für eine«, sagte Wagenbach und erhob sich. »Sorry, ich muss.«

»Ich auch. Dann bis bald.« Max verließ das Büro und ging zum Parkplatz. Er hatte Veronika versprochen, so bald wie möglich zurückzukommen. Schließlich hatten sie es am Vorabend nicht mehr geschafft, die Archivunterlagen durchzuschauen. Auch die Antwort ihres Kollegen aus Peking könnte mittlerweile da sein.

Max spürte ein seltsames Kribbeln im Bauch, als er sich seinem Haus näherte. Er kannte es gar nicht, dass ihn jemand erwartete, wenn er heimkam, und es überraschte ihn selbst, dass er sich richtig darüber freute. Vor gerade mal 24 Stunden hatte er Veronika wiedergesehen, nach mehr als eineinhalb Jahren Funkstille. Diese Zeit schien wie weggeblasen, sein Verhältnis mit Angela wie aus einer anderen Welt. Natürlich hatte er immer wieder an Veronika gedacht, daran, wie es werden würde, wenn sie im Sommer wiederkäme. Doch dass sie, wie damals vor acht Jahren, als sie sich kennengelernt hatten, wieder wie eine Bombe in sein Leben einschlagen würde, das hatte er nicht erwartet.

Sie lag in der Hängematte, einen Roman in den Händen, dessen Titel Max nicht entziffern konnte. Als er neben sie trat, bemerkte er sofort das Strahlen in ihren Augen.

Nach einem langen Kuss fragte sie: »Meinst du, wir schaffen das?«

Er nickte. »Wenn nicht wir, wer dann?«

Veronika hatte inzwischen das Archivmaterial ausgedruckt und sogar mit dem Kollegen in Peking telefoniert. »Die Artikel geben nicht sehr viel her. Die Firmen von Mäschle und von Kraft scheinen gut zu laufen. Keine Skandale, keine Hinweise auf Finanzprobleme. Solide schwäbische Unternehmen eben. Und Ron, unser Mann in China, wusste auf die Schnelle auch nichts zu berichten. Über seine Frau hat er allerdings einen guten Draht ins Wirtschaftsministerium. Die müssten ja Bescheid wissen, wenn jemand ein ausländisches Unternehmen kaufen will.«

»Das ist der Vorteil dieser Art von Demokratie«, meinte Max, »da kommt keiner auf die Idee, mal schnell was am Staatsapparat vorbei durchzuziehen.«

»Du hast recht. Aber leben möchte ich da nicht unbedingt. Obwohl es journalistisch sicher hochinteressant ist.

Aber zurück zu diesen Dingen hier, wie willst du weitermachen?«

Das war genau die Veronika, in die sich Max damals verliebt hatte. In beruflichen Dingen hochprofessionell, dann aber auch wieder unheimlich weiblich und lustvoll.

»Erst mal so«, sagte Max. Er trat hinter sie und begann langsam, ihre Bluse aufzuknöpfen. »Ich sehe da schon noch einen gewissen Nachholbedarf. Und das andere läuft uns nicht weg. So gerne ich mit Mäschle über die Geschichte reden würde, geht das nicht ohne die Einwilligung von Kraft. Und der ist bis Freitag verreist. In China.«

Veronika drehte sich um und lachte. »Und solange bleiben wir im Bett, oder?«

»Schöne Vorstellung. Wie lange hast du eigentlich Zeit? Und wie geht das Ganze mit uns jetzt weiter?«

»Erst mal so«, erwiderte Veronika und ließ ihre Hände unter Max' Hemd gleiten.

Eine Stunde später saßen sie, jeder mit einer Tasse Espresso vor sich, auf der Terrasse. »Ich wiederhole mich ja ungern«, grinste Max, »aber wie machen wir jetzt weiter? Ich sollte jeden Tag bei den Marathon-Leuten vorbeischauen, und am Mittwoch muss ich unbedingt zum Firmen-Lauftreff. Dieser Wagenbach ist mir schon etwas suspekt. Und wie sieht es bei dir aus? Wann fällt die Entscheidung, ob du den Job übernimmst? Und wann musst du zurück in die USA?« Jetzt grinste Max nicht mehr. Er merkte, dass ihm die Vorstellung, Veronika würde wieder abreisen, gar nicht gefiel.

Sie setzte sich aufrecht hin, so wie sie es meist tat, wenn es um ernste Dinge ging. »Also der Reihe nach. Ich muss mich bis Freitag entscheiden, ob ich den Posten als stellvertretende Chefredakteurin will. Wenn ich ja sage, bekomme ich ihn ab Herbst. Die Präsidentenwahl in den USA am 6. November möchte ich allerdings auf jeden Fall noch dort miterleben.«

»Wovon hängt deine Entscheidung ab?«

»Amerika ist toll. Ich liebe dieses Land und kann mir auch vorstellen, dort für immer zu leben. Andererseits bietet mir der neue Job viele Möglichkeiten, auch zum Reisen. Schließlich leite ich da auch das Auslandsressort. Und der Verdienst lässt sich ebenfalls sehen.« Sie legte den Kopf in den Nacken und lächelte. »Außerdem gibt es einen weiteren Grund für den Job in München.«

»Ja? Welchen?«

Sie stand auf und küsste Max. »Einen Mann, den ich liebe. Und den ich nicht noch einmal verlieren möchte.«

Er sagte erst mal eine Weile nichts, bevor er fragte: »Was wäre, wenn sich dieser Mann inzwischen vorstellen könnte, mit dir nach Amerika zu gehen?«

»So schön das wäre, ich glaube, du gehörst hierher.« Da war sie wieder, die Realistin. »Außerdem wechseln die Korrespondenten meist alle paar Jahre. Das heißt, so eine Gelegenheit gibt es immer wieder. Und in meinem neuen Job habe ich da sicher ein wenig Einfluss.«

»Heißt das …?«

»Lass mich noch mal drüber schlafen. Aber ich glaube, ich mache es.«

Max hatte das Gefühl, er könnte sich an dieses Leben gewöhnen. Die Zeit mit Veronika verflog nur so. Bei Luna-Events herrschte zum ersten Mal seit Monaten so etwas wie Normalbetrieb, daher genügte es, wenn er jeden Tag für ein oder zwei Stunden vorbeischaute. Anschließend fuhr er zu Mash-Power, wo er sich durch alte Jahresberichte arbeitete. Den Chef sah er in diesen Tagen kaum, was ihm ganz recht war. So ganz unbefangen konnte er ihm mit seinem Wissen über Wagenbach derzeit nicht gegenübertreten.

Am Mittwoch fuhr Max erst nachmittags nach Ulm, da er am Abend noch zum Lauftreff wollte. Er wollte dabei, solange es ging, in der Nähe Wagenbachs bleiben. »Zu blöd«, dachte er, »dass ich läuferisch nicht mit ihm mithalten kann. Wäre ja sehr interessant, ihn auch dabei zu beobachten.«

Die Idee, wie dies zu bewerkstelligen wäre, kam ihm, als er mit Burkhard Haller über Trainingspläne sprach. »So, wie es mit meiner Vorbereitung läuft, kann ich den Marathon wohl knicken«, sagte Max. »Schließlich will ich nicht unbedingt als Letzter über die Ziellinie kriechen.«

»Schade für dich, aber du packst das irgendwann«, sagte Burkhard, der in diesem Jahr selbst schon einen schnellen Marathon gelaufen war, 3:08:56 in Hamburg.

Max fragte: »Warst du eigentlich schon mal beim Mäschle-Lauftreff?« Burkhard schüttelte den Kopf. »Die haben mich zwar immer wieder eingeladen, aber es hat nie geklappt.«

»Dann komm doch heute mit – und tu mir einen Gefallen.«

»Einen Gefallen?«

»Ich habe da so eine vage Idee. Kann sein, dass ich absolut spinne, deshalb sei mir nicht böse, wenn ich dir nichts Genaues sage.«

Burkhard fragte irritiert: »Wovon sprichst du?«

»Möglich, dass mit Albrecht Wagenbach, der den Lauftreff organisiert, irgendwas faul ist. Ich würde ihn gerne ein wenig unter die Lupe nehmen, aber der läuft mir einfach davon. Letztes Jahr ist der beim Einstein-Marathon mit 3:28:00 durchs Ziel gelaufen. Dieses Jahr peilt er eine neue Bestzeit an, deutlich darunter.«

»Ich soll den beschatten? Im Auftrag des Meisterdetektivs Max von Steyn?« Burkhard lachte. »Warum nicht? Öfter mal was Neues.«

»Aber bitte, zu niemandem ein Wort. Auch nicht zu Matthias und Wolfgang. Vielleicht liege ich ja komplett daneben.«

Diesen Eindruck hatte Max nicht mehr, als ihm Burkhard nach dem Lauf über seine Erlebnisse berichtete. »Das gab einen richtigen Zoff unterwegs zwischen Wagenbach und diesem Typen da …« Er zeigte auf einen Mann, der gerade einen tiefen Schluck aus seiner Trinkflasche nahm. »Ich habe den schon mal irgendwo gesehen.«

»Ich weiß auch wo«, sagte Max. »Das ist Franz Hunzinger, der lief damals in der Gruppe von Thomas Biehler, dem ersten Mordopfer. Worum ging es denn?«

»So genau weiß ich das nicht. Ich konnte nur ein paar Fetzen ihres Gesprächs aufschnappen. Wagenbach schien sich ziemlich darüber aufzuregen, dass Hunzinger überhaupt mitlief. ›Was machst du hier? Das ist gegen die Absprache‹, hat er gesagt, worauf Hunzinger mit einem hämischen Lachen erwiderte: ›Albi, die Regeln bestimme ich.‹ Ich habe versucht, denen ein bisschen näher zu kommen, doch dann verstummte das Gespräch. Hunzinger lief zu einem anderen Kollegen, mit dem er offenbar viel Spaß hatte.«

»Und Wagenbach?«

»Der schien sauer. Ich bin ein Stück neben ihm gelaufen und habe versucht, über seine Marathonziele zu plaudern, aber der hat komplett zugemacht. Erst am Schluss kam er nochmal an und hat sich entschuldigt. Er hatte angeblich Zahnschmerzen.«

»Auf diesen Zahn möchte ich ihm noch ein bisschen fühlen«, sagte Max. »Danke für deine Hilfe, Burkhard.«

»Willst du mir nicht endlich sagen, worum es geht?«

»Sei mir nicht böse. Aber es ist zu früh. Vielleicht tue ich Wagenbach ja mit meinem Verdacht unrecht. Aber du wirst der erste sein, der es erfährt.«

Die erste, die es erfuhr, war natürlich Veronika.

»Da stinkt doch irgendwas«, sagte sie, nachdem er ihr von dem Lauf berichtet hatte. »Aber was? Und wie kann das mit den Morden zusammenhängen?« Sie zuckte mit den Schultern. »Du findest das heraus, da bin ich mir sicher.«

Max' Hoffnung, bei dem Gespräch mit Wagenbach über seine Zeit in Brasilien ein paar Anhaltspunkte zu bekommen, erfüllte sich nicht. Der Ingenieur begrüßte ihn am Freitagvormittag eloquent wie immer, die Missstimmung vom Mittwoch schien verflogen. Erst als Max fragte, was sein Zahnweh mache, blickte er ihn kurz irritiert an, fing sich dann aber und sagte: »Gestern hat der Zahnarzt mich von diesem Ding befreit. Seitdem ist der Schmerz weg.« Er sah Max misstrauisch an. »Hab ich dir davon erzählt?«

»Nein, aber meinem Kumpel Burkhard Haller. Den hatte ich doch zum Lauftreff mitgebracht.«

»Ich befürchte, ich war nicht sehr freundlich zu dem. Sag ihm bitte nochmal, dass es mir leid tut.«

»Klar, die Zähne können einen schon grässlich plagen.« Ohne Übergang fragte er: »Was ist der Hunzinger eigentlich für ein Typ?«

Hätte Max nicht einmal in einem Seminar über Körpersprache gelernt, auch auf die kleinsten Regungen, vor allem auf die der Augen, zu achten, wäre ihm Wagenbachs erste Reaktion entgangen. Sein Erschrecken war nur für den Bruchteil einer Sekunde zu sehen, dann fragte er wie beiläufig zurück: »Hunzinger? Was ist mit dem?«

»Klasse Läufer, soweit ich weiß. Der will die Drei-Stunden-Marke knacken. Hat mir Burkhard erzählt.«

»So, so.« Wagenbach blickte demonstrativ auf die Uhr. »Wenn du noch was über Brasilien wissen willst, sollten wir loslegen. Unser gemeinsames Mittagessen müssen wir leider streichen. Ich habe noch einen Termin.«

Wagenbachs Schilderungen über die Zeit in Brasilien klangen zwar interessant, boten aber wenig Stoff für die Firmenbiografie. Dennoch ließ sich Max ein paar Dias zum Scannen mitgeben. So hatte er wenigstens einen Grund, demnächst mal wieder bei dem Ingenieur vorbeizuschauen.

Es war das erste Mal in dieser Woche, dass Max mit dem Fahrrad nach Ulm gekommen war. Veronika hatte sich in aller Früh auf den Weg nach München gemacht, um ihre Vertragsverhandlungen abzuschließen. Am Abend zuvor hatte sie ihm vorgeschlagen, die letzten Wochen ihres USA-Aufenthalts für einen gemeinsamen Urlaub zu nutzen. »Das ist genau die Zeit des Indian Summer an der Ostküste. Diesen Farbenrausch in den Wäldern musst du gesehen haben.«

Nachmittags um vier wollte er sich mit Friedrich Kraft treffen, der sich am Morgen, direkt nach seiner Rückkehr aus China, gemeldet hatte. Als gebe es ein geheimes Drehbuch, rief auch Veronika noch einmal an. Nicht nur, um ihm mitzuteilen, dass sie den Vertrag unterschrieben habe und am Abend mit ihm feiern wolle, sondern auch, um ihm von den Recherchen ihres Kollegen Ron zu berichten. Der hatte herausgefunden, dass der Abschluss zwischen Mäschle und einem chinesischen Staatskonzern schon in wenigen Wochen geplant war.

Friedrich Kraft gehörte zu den Menschen, die sich nicht mit Smalltalk aufhielten.

»Ich habe eine Entscheidung getroffen«, sagte er mit fester Stimme, nachdem Max auf dem Besucherstuhl an seinem Schreibtisch Platz genommen hatte.

Max nickte nur.

»Ich möchte, dass Sie Frieder Mäschle von der Sache mit Wagenbach erzählen. Und ich möchte mit ihm ins Reine kommen. Bitte fragen Sie ihn, ob er bereit ist, mit mir zu sprechen.« Max sah den alten Mann an und bemerkte eine Träne in dessen Auge. »Wissen Sie, dass meine Agnes immer unter der Sache gelitten hat? Sie mochte Frieder, doch Liebe empfand sie eben nur für mich. Wäre Frieder nicht so ein Sturkopf gewesen, was hätten wir alles miteinander auf die Beine gestellt?«

Max versprach ihm, das Gespräch so schnell wie möglich zu führen.

Die Gelegenheit dazu ergab sich schneller, als er erwartet hatte. Mäschle wollte am Abend an den Bodensee fahren und schlug vor, in der Maxau Station zu machen. So saß er gegen sieben auf der Holzterrasse und sank, während Max ihm berichtete, immer tiefer in sich zusammen.

»Sie glauben, Wagenbach hat etwas mit dem Tod meiner Leute zu tun?« Mäschle schien richtig erschrocken zu sein.

»Ich weiß es nicht. Ich glaube nur nicht an die Spieler-Geschichte, an der sich die Polizei festgebissen hat. Ebenso wenig wie an die Theorie mit der Firmenwertung. Wagenbachs Spiel ist natürlich kriminell, ich habe aber keine Ahnung, wie das mit den Morden zusammenhängen soll. Klingt auch eher unwahrscheinlich.«

»Finden Sie es heraus. Koste es, was es wolle.« Mäschle stand auf und ging ein paar Schritte auf der Terrasse, bevor er neben Max stehenblieb und weitersprach: »Das mit China, das stimmt. Ich habe keinen Nachfolger mehr in der Firma. Und ins Grab kann ich sie ja kaum mitnehmen.«

»Was wird aus den Arbeitsplätzen, wenn die Chinesen übernehmen?«

»Im Vertrag steht drin, dass es während der nächsten fünf Jahre keine betriebsbedingten Entlassungen geben darf. Doch gilt das nicht fürs Management.«

»Und danach?«

Mäschle zuckte mit den Schultern. »Wer weiß schon, was in fünf Jahren ist?«

»Haben Sie mal an Friedrich Kraft gedacht?«

»An Fritz? Immer wieder. Ich habe es nie wirklich verwunden, dass unsere Freundschaft damals in die Brüche gegangen ist. Wegen nichts.«

»Wegen nichts?«

»Ja, denn es stimmt, was Fritz Ihnen erzählt hat. Ich fand Agnes zwar sehr attraktiv, aber es war keine Liebe. Doch dass mein bester Freund mir das Mädel ausspannt, das habe ich damals nicht verkraftet. Spätpubertär, würde ich heute sagen. Nach unserer Prügelei damals gab es für mich aber keinen Weg zurück. Leider.«

Mäschle zog sein Telefon aus der Tasche. »Haben Sie Fritz' Nummer?«

Max gab sie ihm und beobachtete, wie Mäschle aufgeregt durch seinen Garten ging und mit dem Freund aus Jugendtagen sprach. Als er zurück an den Tisch kehrte, hatte auch er ein paar Tränen in den Augen.

»Wir treffen uns jetzt gleich. Der Bodensee kann warten. Ich melde mich morgen bei Ihnen, wenn es recht ist.«

»Selbstverständlich. Aber bitte nicht zu früh. Gleich kommt meine Freundin. Wir haben was zu feiern.«

»Dann richten Sie ihr meine herzlichsten Glückwünsche aus. Wozu auch immer.«

Gleich am Montagmorgen knöpfte sich Mäschle Wagenbach vor.

Das Angebot des Unternehmers, bei dem Gespräch dabei zu sein, hatte Max ausgeschlagen. »Ich halte es für besser, wenn er meine Rolle in der Geschichte nicht so genau kennt. Zumindest solange wir nicht sicher wissen, ob da noch mehr im Busch ist.« Er setzte sich stattdessen in das Büro von Mäschles verstorbenem Sohn, das er in letzter Zeit immer mehr in Beschlag genommen hatte, und recherchierte die Firmengeschichte.

Allerdings hatten sie noch am Samstag gemeinsam eine Strategie festgelegt. Räumte Wagenbach die Spionage ein und gab die Pläne auf der Stelle heraus, würde Mäschle ihn nicht feuern, zumindest nicht sofort. »In gewisser Weise kann ich seine Sorgen ja verstehen«, hatte er gesagt. »Dass die Chinesen, wie er es befürchtet, bei Übernahmen das Management auswechseln, ist wahrscheinlich. Ich möchte nur mal wissen, woher er überhaupt von der Sache wusste. Das war streng geheim. Nicht einmal meiner Sekretärin habe ich bei den Verhandlungen gesagt, wo ich hinfahre.« Über das Gespräch mit Friedrich Kraft hatte Mäschle kaum etwas gesagt. »Nur so viel, Herr von Steyn: Wir sind beide sehr froh über das, was Sie immer so schön die Duplizität der Ereignisse nennen.«

Es war ein sehr blasser Wagenbach, den Max eine halbe Stunde später aus Mäschles Büro kommen sah. Er verzichtete darauf, ihn anzusprechen, und ging gleich ins Büro des Chefs, der ihn zu sich gewinkt hatte.

»So klein habe ich den großen Wagenbach noch nie gesehen«, eröffnete Mäschle das Gespräch, nachdem Max die Tür hinter sich zugezogen hatte. »Er hat keine Sekunde mit dem Geständnis gezögert. Wäre ja auch blöd gewesen.« Mäschle konnte sich ein Grinsen nicht verkneifen. »Und blöd war Wagenbach noch nie. Im Gegenteil. Das ist ein ganz schlauer Fuchs. Deshalb habe ich ihn ja auch ins Management geholt.«

»Wissen Sie jetzt, woher er die Informationen über den Deal mit den Chinesen hatte?«

»Auch das hat er mir gesagt. Da habe ich wohl einen ganz blöden Anfängerfehler gemacht. Ich habe mir die Vertragsunterlagen immer am Wochenende hierher faxen lassen, wenn niemand im Sekretariat war. An einem dieser Wochenenden kam Wagenbach plötzlich in mein Büro. Er brütete über einem technischen Problem und wollte meine Meinung hören, nachdem er gesehen hatte, dass ich im Haus war. Ich bin während des Gesprächs nur mal kurz auf die Toilette gegangen. Diese Zeit nutzte er, um sich bei mir ein bisschen umzuschauen.« Mäschle zog die Augenbrauen hoch. »So einfach geht das manchmal.«

Max nickte. »Hat er irgendjemandem von der Geschichte erzählt?«

»Er hat Stein und Bein geschworen, mit niemandem außer Kraft gesprochen zu haben. Es war ja kein Geheimnis, dass zwischen uns Funkstille herrschte. Das hielt das Risiko aufzufliegen doch eher gering.«

»Wirklich Pech für ihn, dass ich Herrn Kraft dann bei dem Jubiläum von Berger Pharmaceuticals kennengelernt habe.«

»Die Welt ist eben ein Dorf.«

»Was passiert nun mit Wagenbach?«

»Er fährt nach Hause und holt den USB-Stick mit den Dateien.«

»Davon kann er mittlerweile viele Kopien gemacht haben.«

»Das ist richtig. Doch wenn ich ihn rausschmeiße, kann ich sicher sein, dass diese Kopien ihren Weg dorthin finden, wo sie für uns großen Schaden anrichten.«

»Da haben Sie leider recht. Mir stellt sich aber noch eine andere Frage: Wie war es überhaupt möglich, die Pläne zu kopieren? So etwas ist doch normalerweise geschützt. In vielen Firmen dürfen deshalb doch überhaupt keine Sticks verwendet werden.«

»Das gilt bei uns auch. Doch ist Wagenbach zu allem Überfluss bei uns auch für die IT-Sicherheit zuständig. Und als Administrator können Sie vieles unbemerkt machen. Die können doch jedes Passwort knacken. Was glauben Sie, warum ich mit den Chinesen nur über mein altes Faxgerät kommuniziert habe und nicht per E-Mail? Und am Ende serviere ich Wagenbach die Unterlagen wie auf dem Silbertablett.«

»Heißt das, Sie können sein Handeln verstehen?«

Mäschle schüttelte energisch den Kopf. »Nein, ganz und gar nicht. So etwas tut man nicht. Das habe ich ihm auch gesagt. Wäre er zu mir gekommen, wir hätten eine Lösung gefunden. Aber so etwas? Nein! Ich habe immer zu meinen Leuten gehalten und werde das auch weiterhin tun.«

»Wann soll das Geschäft eigentlich über die Bühne gehen?«

»Im Grundsatz sind wir uns einig. Die Chinesen brauchen noch ein paar Genehmigungen. Deren Bürokratie ist noch schlimmer als die in Brüssel. Der Übergang war dann zum Jahreswechsel geplant.«

»Was heißt: Er war geplant?«

»Das heißt, dass ich in den nächsten Tagen ein paar Gespräche mit Fritz führen werde. Vielleicht finden wir ja eine andere Lösung. Mir war nicht klar, dass ich mit dem Verkauf nach China vielleicht sein Geschäft – und damit auch die Arbeitsplätze – in Gefahr bringe.« Er blickte Max tief in die Augen. »Sie haben da so einiges losgetreten, Herr von Steyn.«

»Was bei Ihnen gerade passiert, passt wunderbar zu einem Spruch von Konfuzius, der bei meinem Großvater über dem Schreibtisch hing«, erwiderte Max. »Nur die Weisesten und die Dümmsten können sich nicht ändern.«

»Ich habe auch ein wenig Konfuzius gelesen, mein Lieber. Deshalb weiß ich auch: ›Wer einen Fehler gemacht hat und ihn nicht korrigiert, begeht einen zweiten.‹ Mein Bruch mit Fritz Kraft damals war ein Fehler.«

Mäschle erhob sich, was Max als Zeichen dafür verstand, dass er nun alleine sein wollte. Er stand auf und ging zur Tür. »Ich wünsche Ihnen beiden alles Gute.«

Als Max am späten Nachmittag nach Hause kam, parkten zwei Fahrzeuge vor der Maxau: Veronikas roter Flitzer und Schlenskys Moped. Max lehnte sein Fahrrad an die Hauswand und ging auf die Terrasse, von der er Stimmen hörte.

»Herzlich willkommen zum Journalisten-Stammtisch in der Maxau«, rief ihm Veronika zu, als sie ihn sah.

»Ich wusste gar nicht, dass du eine Freundin hast«, sagte Schlensky. »Und dazu noch eine, deren Namen man in der Branche wirklich kennt.«

»Tja, auch der große Gregor Schlensky weiß eben nicht alles«, antwortete Max. »Was führt dich hinaus in die Wildnis?«

»Natürlich das Bedürfnis, ein wenig im Privatleben unseres Superdetektivs zu schnüffeln.« Schlensky lachte. »Spaß beiseite, ich habe heute frei und war mit dem Moped am Bodensee. Auf dem Rückweg bin ich ganz gemütlich über die Nebenstraßen gegondelt und kam plötzlich an der Abzweigung zu deinem Häuschen vorbei. Nenn es Zufall, wenn du willst.«

»Du weißt doch, was ich über Zufälle denke. Irgendeine Absicht hat dich schon hergeleitet. Fragt sich nur, welche?«

»Na auf jeden Fall die, Veronika kennenzulernen. Schon allein dafür hat sich der Ausflug gelohnt.«

»Ich wusste gar nicht, dass du so ein Süßholzraspler bist«, staunte Max.

»Aber er macht das sehr gut«, schaltete sich Veronika ein. »Schlensky hat mir erzählt, wie ihr euch kennengelernt habt und dass ihr mittlerweile schon so etwas wie ein Team seid.«

»Klar, ein echtes Dream-Team. Zwischen Traum und Alptraum. Im Ernst: Ich glaube, wir arbeiten ganz gut zusammen. Obwohl Schlensky natürlich nur seine Schlagzeilen im Kopf hat.«

»Genau. Und du das professionelle Kleinreden aller Schwierigkeiten. Morgen werde ich die nächste Schlagzeile produzieren. Bis zum Marathon dauert es ja nur noch knapp sechs Wochen. Da ist mal wieder ein Update fällig. Sowohl über die Marathon-Planung als auch über unseren Krimi.«

»Zur Marathon-Planung kann ich dir einiges sagen. Die Strecke steht jetzt endgültig, und die Anmeldungen laufen wieder richtig gut. Wenn du genaue Zahlen brauchst, suche ich sie dir gerne morgen im Büro raus. Zum Krimi weiß ich leider nichts Neues. Hast du mal wieder bei Auchter nachgefragt?«

»Das mache ich morgen. Letzte Woche habe ich zufälligerweise einen seiner Leute getroffen. Ganz privat. Die scheinen nicht wirklich weiterzukommen. In der Soko arbeiten nur noch zwanzig Leute, der Rest ist wieder abgezogen worden. Die beißen sich offenbar an den Zockern die Zähne aus. Die Jungs sitzen im Knast und schweigen. Alles andere wäre für sie wahrscheinlich lebensgefährlich. Dennoch ist Auchter überzeugt, dass er den endgültigen Beweis noch findet.«

»Schön wär's, wenn er das bald schafft. Ich bin sicher, dass wir dann noch mehr Anmeldungen für den Marathon bekämen.«

»Ich mach ihm morgen Beine, versprochen.« Schlensky stand auf. »Jetzt bring ich mein Baby nach Hause und lass das junge Glück hier alleine.«

Er machte eine Verbeugung vor Veronika und sagte gestelzt: »Es war mir eine Freude, dich kennenzulernen.«

Sie lachte. »Ganz meinerseits – und bis irgendwann mal wieder.«

Als das Knattern von Schlenskys ›Moped‹ verstummt war, sagte Veronika: »Ein witziger Vogel, dieser Kollege.«

»Ja, der hört das Gras wachsen. Ich hoffe nur, dass er von Wagenbach noch nichts weiß. Industriespionage ist ja auch ein heißes Thema. Und passt besser ins Wirtschaftsressort als die Morde bei den Vorbereitungsläufen.«

»Er hat zumindest versucht, mich ein bisschen auszuhorchen«, berichtete Veronika, »aber da muss er früher aufstehen.«

Max küsste sie und sagte: »Ich weiß.«

Die Planung für den Mittwochabend entwickelte sich für Max zu einem richtigen Dilemma. Veronika hatte ihm eröffnet, dass sie am Donnerstagnachmittag wieder nach Washington fliegen müsse. So gern er diesen letzten Abend nur mit ihr verbringen wollte, so sehr fieberte er darauf, beim Mäschle-Lauftreff irgendwelche Neuigkeiten zu erfahren. Er hatte auch Burkhard angespitzt, wieder mitzulaufen.

»Ich mach dir einen Vorschlag«, sagte Veronika, als sie darüber sprachen. »Ich bring dich hin, bummel ein bisschen durch Ulm, während du läufst, und dann gehen wir toll essen.«

»So verschwitzt, wie ich dann bin?«

»Du kannst ja noch kurz in die Donau springen. Mir genügt es allerdings, wenn du dich ein bisschen frisch machst und was Trockenes anziehst. Das, was als erstes stinkt, sind ja die Klamotten.«

Den Sprung in den Fluss verkniff sich Max nach dem Lauf tatsächlich. Nicht, weil ihn das selbst im August noch kühle Wasser geschreckt hätte, sondern weil das Ufer an dieser Stelle einfach schlecht zugänglich war. So goss er sich eine Flasche Wasser über den Kopf, strich die Haare glatt und zog eine trockene Hose und ein frisches Hemd an, alles in Schwarz, wie immer.

»Wo geht es hin?«, wollte er von Veronika wissen, doch sie merkte, dass seine Gedanken eigentlich woanders waren.

»Ist irgendetwas passiert?«, fragte sie.

»Lass uns losfahren, dann erzähle ich es dir.«

»Gut«, sagte sie. »Wir fahren übrigens nach Hause. Ich habe es mir anders überlegt. Sonst müsste ich mit dem Nachtisch zu lange warten.« Sie legte die Hand an die Innenseite seines Oberschenkels. »So bekomme ich ihn vielleicht schon zur Vorspeise.«

»Du denkst wirklich nur an das Eine …«

»Genau, an die grässlichen Wochen, die mir jetzt bevorstehen. Erst machst du mich heiß, dann muss ich ohne dich wieder fahren. Aber jetzt erzähl doch mal, was passiert ist!«

Max trank noch einen Schluck Wasser, bevor er anfing. »Ich habe tatsächlich versucht, mit Wagenbachs Gruppe mitzulaufen. Er schien wie immer zu sein, vielleicht freute er sich sogar darüber, dass ich bei ihm mitmachen wollte. So zur Hälfte, als mir die Puste schon ziemlich ausgegangen war, tauchte plötzlich Hunzinger auf. Keine Ahnung woher. Bis dahin hatte ich ihn nicht gesehen. Er lief erst ein bisschen neben uns her, dann zog er das Tempo an und gab Wagenbach ein Zeichen, dass er mitkommen solle. ›Gib Gas‹, hat er ihm noch zugerufen, ›sonst wird es nichts mit der neuen Bestzeit.‹ Ich habe noch versucht, mit ihnen mitzuhalten, aber es ging einfach nicht. Doch dafür hatte ich ja Burkhard alarmiert. Der steckt die beiden locker in die Tasche. Schließlich ist er ein paar Jahre jünger als ich.«

»Du musst dich nicht entschuldigen. Ich liebe dich auch, wenn du nicht der schnellste Läufer der Welt bist.«

»Tschuldigung, das ist wohl ein Männer-Reflex …«

»… den du ruhig mal ablegen könntest. Hätte ich tatsächlich nach dem schnellsten Mann gesucht, wäre ich sicher nicht zu dir gekommen. Außerdem gibt es ja auch Situationen, in denen langsamer eindeutig besser ist.« Veronika drückte seinen Oberschenkel. »Doch jetzt erzähl mal weiter.«

»Burkhard blieb ein Stückchen hinter den beiden. Die hatten wieder Zoff und bemerkten ihn zunächst gar nicht. Viel verstand er allerdings nicht, einen Wortwechsel aber ganz deutlich, da wurden sie recht laut: Hunzinger sagte: ›Abgerechnet wird beim Marathon, mein lieber Albi, bis dahin musst du noch ein bisschen trainieren‹, worauf Wagenbach nur wutentbrannt antwortete: ›Du sollst mich nicht Albi nennen.‹ An der nächsten Weggabelung verschwand Hunzinger in eine andere Richtung, und Wagenbach brauchte sicher zehn Minuten, bis er sich gefangen hatte. Doch dann wirkte er wie vorher. Der ist wie ein Chamäleon.«

»Hast du eine Idee, was der damit meinte, dass beim Marathon abgerechnet wird?«

»Nicht die geringste. Ich versuche aber, an der Geschichte dranzubleiben.«

Obwohl Max und Burkhard auch in den nächsten Wochen regelmäßig zum Lauftreff gingen, ergaben sich keine neuen Hinweise. Wagenbach leitete die Gruppe, als wäre nichts geschehen, Hunzinger tauchte nicht mehr auf.

»Willst du mir nicht allmählich mal sagen, worum es bei der Geschichte mit Wagenbach geht?«, drängelte Burkhard, als sie Ende August nach dem Lauftreff mal wieder bei einem Bier zusammensaßen.

»Ich bewundere ohnehin deine Geduld mit mir«, antwortete Max. »An deiner Stelle hätte ich mir sicher schon lange die Pistole auf die Brust gesetzt.«

»Eile mit Weile. Als Langstreckenläufer und alleinerziehender Vater einer Tochter kommst du ohne Geduld nicht weit.«

Max bestellte noch zwei Bier. »Was ich zu erzählen habe, wird ein bisschen dauern. Die Rechnung geht heute übrigens auf mich. Als Belohnung.«

»Jetzt bin ich platt«, bekannte Burkard, als Max zu Ende erzählt hatte und einen tiefen Schluck Bier nahm. »Was ich aber nicht verstehe, ist, welchen Zusammenhang es zwischen den beiden Geschichten gibt.«

»Da haben wir was gemeinsam. Möglicherweise erfahren wir das erst beim Marathon, so wie Hunzinger es angekündigt hat.«

»Meinst du, da passiert wieder was? Ein Mord?«

»Ich müsste lügen, wenn ich behaupte, dass ich das weiß. Vielleicht ist ja auch alles ganz harmlos.«

»Und wenn nicht?«

Max zuckte mit den Schultern. »Keine Ahnung. Aber was können wir tun?«

»Zur Polizei gehen, vielleicht.«

»Hab ich auch schon überlegt. Aber ich befürchte, Auchter lacht mich aus. Er glaubt ja, seine Mörder zu haben. Was können wir ihm schon bieten? Ein paar Gesprächsfetzen, möglicherweise komplett aus dem Zusammenhang gerissen. Und was die Industriespionage angeht, passiert da auch nichts, solange Mäschle ihn nicht anzeigt.«

»Du hast recht, aber meinst du nicht, es wäre trotzdem einen Versuch wert? Ich habe einfach Angst um den Marathon. Wenn da was passiert und wir hätten es verhindern können …«

»Klingt einleuchtend. Ich versuche mal, mit Auchter ins Gespräch zu kommen.« Max hob sein Glas. »Prost, Burkhard. Es macht richtig Spaß, mit dir zusammenzuarbeiten.«

Das Gespräch mit Auchter verlief so, wie Max es befürchtet hatte.

Obwohl er ihm, mit Mäschles Einverständnis, von den kopierten Konstruktionsplänen erzählt hatte, winkte der Polizist ab. »Herr von Steyn, ich weiß zwar, dass sie uns in der Vergangenheit ganz gute Hinweise geliefert haben, aber jetzt geht Ihnen die Phantasie durch. Wir haben die Mörder der drei, auch wenn uns der letzte Beweis noch fehlt. Ich verrate Ihnen was, was ich aber nicht in der Zeitung lesen möchte: Wir sind den Hintermännern der Zockerbande ganz dicht auf den Fersen. Das zieht sich allerdings noch ein wenig, bis unsere Kollegen an der südlichen Donau sie verhaften. Die Mühlen auf dem Balkan mahlen nun einmal langsamer als hier. Aber sie mahlen! Und daran, dass die Mordserie zu Ende ist, erkennen Sie es ja auch, dass ich richtig liege.«

Damit war die Audienz beendet.

Max weihte noch am gleichen Tag Matthias Flachner und Wilfried Mühl ein. Mit etwas trotziger Stimme sagte er: »Dann nehme ich das eben selber in die Hand. Wäre ja nicht das erste Mal, dass ich einen Fall für Auchter löse.«

»Und wie soll das gehen?«, fragte Wilfried.

»Ich sehe nur eine Möglichkeit: Wir müssen Wagenbach und Hunzinger während des Laufs beschatten.«

»Ganz unauffällig. Vielleicht als Litfaßsäule verkleidet«, frotzelte Matthias.

Alle lachten.

»Nein, ich werde versuchen, mit denen mitzuhalten. Ich habe ja noch zwei Wochen zum Trainieren.«

»Scherzkeks«, sagte Burkhard, »wenn du jetzt anfängst, Gas zu geben, dann brichst du beim Marathon nach fünf Kilometern ein.«

»Was dann?«

»Ich bleibe an denen dran. Und halte dich übers Handy auf dem Laufenden. Im wahrsten Sinne des Wortes.«

* * *

Sonntag, 16. September 2012 – Einstein-Marathon

Max sah auf die Uhr. Schon seit fast zehn Minuten stand er auf der Eisenbahnbrücke über der Donau. Alle Züge Richtung München oder ins Allgäu überquerten hier die Landesgrenze zwischen Baden-Württemberg und Bayern, die es in den Köpfen der Menschen erstaunlicherweise gar nicht mehr gab. Genauso wenig, wie irgendjemandem auffiel, dass die Strecke des Einstein-Marathons mindestens ein halbes Dutzend Mal über diese Grenze führte. Im Gegensatz zu den vielen anderen Läufern hatte sich Max die Zeit genommen, die Info-Tafel am Fuß der Brücke zu lesen und dabei erfahren, dass sie nicht nur Ulm und Neu-Ulm, sondern beide Städte auch mit dem amerikanischen New Ulm verbindet, nach dessen früherem Bürgermeister Ted Fritsche der neue Fuß- und Radweg entlang der inzwischen viergleisigen Bahnbrücke benannt war.

Mehr als drei Stunden war es nun her, dass er sich an der Donauhalle gemeinsam mit Burkhard Haller in den Startblock eingereiht hatte, in dem Wagenbach und Hunzinger fast einträchtig nebeneinander standen. Max fühlte sich sofort zurückversetzt in den September 2008, als er zu seinem ersten Marathon starten wollte. Damals in Berlin war er mit der Überzeugung angetreten, nach 42,195 Kilometern durchs Ziel zu laufen – und nach gut der halben Strecke von dem sterbenden Walter Wilhelm Wachter umgerissen worden. Für heute hatte er sich ein wichtigeres Ziel als den Marathon gesteckt: Er wollte das Rätsel um die drei Morde bei den Vorbereitungsläufen lösen und war sich sicher, dass Wagenbach und Hunzinger ihm den Schlüssel dazu liefern würden. Nur wie und wann, davon hatte er nicht die leiseste Ahnung.

Für die kritischsten Punkte hielt er Start und Ziel, doch auf der langen Strecke dazwischen, die teils durch die Straßen von Ulm und Neu-Ulm, teils auch über schmale Wege entlang von Donau und Iller führten, gab es viele Gelegenheiten zum Abrechnen – was immer Hunzinger damit gemeint haben könnte. Max wollte auf jeden Fall beim Start und im Ziel mit dabei sein. Für die Strecke dazwischen war Burkhard zuständig.

Sie hatten sich so positioniert, dass Wagenbach und Hunzinger sie nicht sehen konnten. Und während des Laufs sollte Burkhard immer ein wenig Abstand halten, um so schnell Deckung hinter anderen Läufern zu finden, falls sich einer von ihnen tatsächlich mal umdrehte, aber gleichzeitig nah genug dran bleiben, um sie immer im Blick zu haben. Auf seine Frage, worauf er denn achten sollte, hatte allerdings auch Max keine Antwort gewusst.

Die ersten beiden Kilometer, die an der Donau entlang in Richtung Thalfingen führten, lief Max mit. Doch er merkte schnell, dass er das Tempo auf Dauer nicht durchhalten würde. Der Laufcomputer an seinem linken Arm, den er seit Langem mal wieder benutzte, zeigte an, dass sie den Kilometer in 4 Minuten und 36 Sekunden liefen, also mit einer Geschwindigkeit von gut 13 Stundenkilometern. Er schlug Burkhard mit der Hand auf die Schulter, presste ein »bis später« heraus und ließ sich zurückfallen. Die Startnummer stopfte er in seine Gürteltasche und ging dem Strom der Läufer gemütlich entgegen. Die meisten von ihnen sahen noch sehr entspannt aus. Doch das würde sich ändern, bis sie die Eisenbahnbrücke kurz vor Kilometer 41 erreicht hätten, an der Max wieder in den Lauf einsteigen wollte.

An der Donauhalle schnappte er sich sein Fahrrad und fuhr in Richtung Innenstadt. Eine gute halbe Stunde würde es noch dauern, bis Wagenbach und Hunzinger am Verpflegungsstand in der Nähe des Zeughauses vorbeikämen, den er als ersten Beobachtungspunkt ausgesucht hatte. Zeit genug also für einen schnellen Kaffee in einer Bäckerei.

Im Gegensatz zu Burkhard Haller nahmen die beiden anderen Max gar nicht wahr, als sie einen Becher Wasser tranken. Fast im Gleichschritt setzten sie ihren Lauf fort, wobei Max den Eindruck hatte, Hunzinger mache sich einen Spaß daraus, den anderen etwas anzutreiben. Während die Marathonstrecke in einer Schleife durch Neu-Ulm führte, spazierte Max gemütlich zur Neuen Mitte Ulms, diesem Schmelzpunkt aus mittelalterlicher und moderner Architektur in unmittelbarer Nähe des Münsters. Er wartete, bis »seine Drei«, wie er sie inzwischen nannte, an ihm vorbeigelaufen waren. Gäbe es da nicht diesen ominösen Satz Hunzingers von der Abrechnung beim Marathon, Max wäre nichts Besonderes aufgefallen. Gleichmäßig wie von einem Uhrwerk getrieben, pendelten die Beine der drei über den Asphalt, konstant liefen sie den Kilometer in gut viereinhalb Minuten. Dasselbe stellte er an seinen weiteren Beobachtungspunkten fest: unten an der Donau, wo die Halbmarathonläufer in Richtung Ziel abbogen und die Marathonstrecke bis zur Wendeschleife flussabwärts führte, dann, schon auf dem Rückweg, kurz hinterm Metzgerturm, dessen Neigung es fast mit der des schiefen Turms von Pisa aufnehmen konnte. Wie sein schräger Bruder in Italien verdankte auch der Ulmer Turm seine Schieflage dem sumpfigen Untergrund, was aber niemanden interessierte, da eine alte Sage doch eine viel schönere Erklärung lieferte. Der zufolge hatte einst ein Ulmer Bürgermeister die Metzger in diesem Turm zusammengetrieben, da sie ihre teuren Würste mit Sägemehl gestreckt hatten. Als sie sich aus Angst vor der Strafe des zornigen Bürgermeisters alle in ein Eck drängten, habe dessen Fundament schließlich nachgegeben.

Max blickte dem Strom der Läufer, die nun auf der alten Stadtmauer flussaufwärts liefen, eine Weile hinterher. Es war kurz nach elf. Da er im Moment nichts anderes tun konnte als abzuwarten, beschloss er, zum Münsterplatz hinüberzugehen und den Zieleinlauf des Marathons abzuwarten. Im Vorjahr war der Sieger nach 2:36 Stunden eingelaufen, diesmal waren ein paar Läufer am Start, die diese Zeit noch unterbieten könnten. Max spürte allerdings eine immer stärker werdende Nervosität in sich aufsteigen. Er knetete seine Finger, als er mit Matthias Flachner darüber sprach. Dem ging es nicht anders: »Ich bin zwar froh, dass die letzten Wochen so ruhig verliefen, doch wer sagt uns, dass das so bleibt?«

»Niemand«, antwortete Max. »Hoffen wir, dass wir rechtzeitig eingreifen können, falls etwas passiert.« Er spürte, dass das Handy in seiner Gürteltasche vibrierte, und hörte das Signal für den Eingang einer SMS. Burkhard hatte sich, wie vereinbart, vom Donaukraftwerk bei Kilometer 30 gemeldet. Das bedeutete, dass die drei in knapp 40 Minuten an der Eisenbahnbrücke wären.

»Vielleicht hat Auchter doch recht mit seiner Theorie«, meinte Matthias.

»Schön wär's, aber ich glaube nicht so recht daran.«

Zwanzig lange Minuten später kündigte Artur Abel, der wie jedes Jahr das Geschehen auf dem Münsterplatz kommentierte, über Lautsprecher an, dass die ersten Marathonläufer gleich das Ziel erreichen würden. »Fiebert alle mit«, rief er, »dieses Mal gibt es ein Kopf-an-Kopf-Rennen.« Max war ihm dankbar für die Ablenkung.

Jetzt auf der Brücke schmerzte es ihn schon, all denen zuzuschauen, für die hier die letzten knapp eineinhalb Kilometer des Marathons begannen. Wer es bis hierher geschafft hatte, konnte sich zur Not auch auf allen Vieren ins Ziel schleppen. Max tröstete sich damit, dass er ja noch immer seinen Gutschein für die Reise zum Honolulu-Marathon besaß. Den hatten ihm Isabel Mertens und Marianne Scharfenberg geschenkt, nachdem er den Giftanschlag auf Wachter geklärt hatte. Seit vier Jahren hing der Gutschein nun an seiner Pinwand, doch immer war etwas dazwischengekommen, wenn er sich vorgenommen hatte, nach Hawaii zu fliegen. Erst konnte er wegen seiner Sturzverletzung in Berlin nicht genügend trainieren, dann hatte er zwei Winter lang ausgedehnte Lesereisen unternommen, um für seine Krimis zu werben, und im vergangenen Jahr hatte ihn mal wieder die Achillessehne geplagt. Vielleicht klappte es ja diesmal. Knapp drei Monate blieben ihm noch bis zum Startschuss am 11. Dezember.

Irgendwo im Strom der Läufer, die sich von Südosten her über die Bootshausstraße der Brücke näherten, mussten auch Albrecht Wagenbach, Franz Hunzinger und Burkhard Haller sein. Max hatte vorhin am Münsterplatz im Computer ihre Zwischenzeit gesehen: 1:37 beim Halbmarathon. Wenn sie dieses Tempo hielten, würden sie nach 3:14 Stunden durchs Ziel laufen, für Wagenbach eine phänomenale neue Bestzeit.

Die meisten der Läufer, die jetzt an Max vorbeizogen, beachteten ihn gar nicht. Es war nicht ungewöhnlich, dass jemand eine Pause einlegte, vor allem jenseits der berüchtigten 35-Kilometer-Marke, an der so oft der Mann mit dem Hammer wartete. So nannten die Sportler das Phänomen, dass ihnen schlagartig die Kraft ausgehen konnte, wenn die Kohlenhydratspeicher leer waren, obwohl sie Minuten zuvor noch das Gefühl gehabt hatten, leicht und locker ins Ziel zu kommen.

»Hey, was ist los?«, hörte Max plötzlich Georg Kramer rufen. Er hatte gar nicht gesehen, wie sein Freund die Rampe der Eisenbahnbrücke hochlief. »Um diese Zeit dürftest du noch gar nicht hier sein.«

Doch bevor Max etwas antworten konnte, war Georg schon wieder zu weit entfernt, um ihn hören zu können. Er würde ihm später alles erklären.

Angestrengt richtete Max nun seinen Blick auf die Läufer, die sich den kurzen Anstieg hochkämpften. Dass er Georg nicht gesehen hatte, machte nichts. Aber Wagenbach und Hunzinger durfte er nicht verpassen.

Als erster bog Hunzinger um die Ecke. Er sah erstaunlich frisch aus. Direkt an ihm klebte Wagenbach mit verzerrtem Gesicht, ein Stück weiter erkannte er Burkhard. Knapp 100 Meter trennten Max noch von den dreien. Bevor Wagenbach und Hunzinger ihn bemerken konnten, verfiel er in einen leichten Trab und steigerte schnell das Tempo, um mithalten zu können, wenn die beiden von hinten auftauchten. Max holte die zerknitterte Startnummer aus seiner Gürteltasche und befestigte sie mit vier Sicherheitsnadeln an seinem Laufshirt. Als er die 120 Meter lange Brücke schon fast überquert hatte und rechts vor sich den Ulmer Kräutergarten sah, hörte er Hunzinger sagen: »Du läufst gut heute, Albi, aber es wird nicht reichen. Ich geh schon mal vor und hol uns was zu trinken.« Zwischen zwei pfeifenden Atemzügen presste Wagenbach nur ein leises »Arschloch« raus und versuchte mit dem anderen mitzuhalten. Vergeblich. Während Hunzinger noch über genügend Reserven verfügte, schien Wagenbach kurz vor dem Zusammenbruch zu stehen. Bevor er in dem Tunnel unter der Zinglerbrücke verschwand, drehte sich Hunzinger noch mal um, winkte und rief: »Bis gleich, aber lass dir nicht zu viel Zeit, sonst trinke ich das Bier alleine.«

»Was hat der vor?«, fragte Max, der jetzt neben Wagenbach lief. Der sah ihn erstaunt an, sagte aber kein Wort, sondern versuchte, noch mal zu beschleunigen.

»Verdammt, seid ihr schnell«, stöhnte Max, als sie an dem großen Kino an der Friedrich-Ebert-Straße vorbeiliefen, und hatte Mühe, an Wagenbach dranzubleiben. Selbst auf der kurzen Strecke, die noch bis ins Ziel fehlte, strengte ihn das Tempo an. Wagenbachs Aufforderung: »Verpiss dich«, ignorierte er.

Erst jetzt bemerkte er, dass Burkhard Haller direkt neben ihm lief. Er schien den Marathon zu genießen. »Hast du eine Ahnung, was das Ganze soll?«, fragte er, doch Max schüttelte den Kopf. »Vielleicht lösen wir das Rätsel ja jetzt auf dem letzten Kilometer. Sofern es überhaupt eins gibt.«

Als sie in die Hirschstraße einbogen, drängten immer mehr Läufer nach vorne. Jetzt begann das Rennen um die Plätze. Zehn Sekunden Unterschied konnten etliche Ränge im Endergebnis ausmachen. Und wer noch Luft hatte, wollte sich diese Chance nicht entgehen lassen.

Zu Max' Beruhigung schienen Wagenbachs Kraftreserven aufgebraucht. Er keuchte schwer, geriet einmal sogar kurz ins Straucheln, fing sich aber wieder, als er die rotweißen Gitter sah, die den Zielkorridor markierten – links der Einlaufkanal für die Marathonläufer, rechts der für den Halbmarathon, durch den die letzten erschöpften Läufer kamen.

Das Gedränge um sie herum wurde größer. Max hatte Mühe, nicht von Wagenbach getrennt zu werden. Er wollte unbedingt wissen, was für ein Spiel der Ingenieur und Hunzinger spielten. Und dafür musste er dranbleiben.

»Oh, da sieht ja einer gar nicht gut aus.« Die Stimme des Moderators, die aus den Lautsprecherboxen dröhnte, klang sogar ein wenig mitfühlend. »Das ist der Mann mit der Startnummer 7365« – Artur Abel machte eine kurze Pause, um auf seiner Liste nachzuschauen – »ah, das ist Albrecht Wagenbach vom Team Mash-Power. Gleich hast du es geschafft, drei Stunden dreizehn. Das riecht doch nach einer neuen persönlichen Bestzeit – und was für einer. Eine Viertelstunde schneller als im Vorjahr. Dafür darf man auch mal ein bisschen leiden.«

Wagenbach zeigte keine Reaktion. Ein paar Meter hinter dem Ziel blieb er stehen und sah kurz um sich. Da trat auch schon Franz Hunzinger auf ihn zu. Er hielt in jeder Hand einen Becher Bier.

»Prost Albi, das war ein gutes Rennen. Das nächste Mal packst du mich – wenn du noch ein bisschen trainierst!«

»Du nennst mich nie wieder Albi«, presste Wagenbach hervor. Seine Augen verengten sich zu Schlitzen, seine Lippen wirkten noch schmaler als sonst.

Er schlug Hunzinger den Becher, den der ihm entgegenstreckte, aus der Hand, so dass das Bier in hohem Bogen auf die umstehenden Läufer spritzte. Mit der rechten Hand griff er an den Gürtel mit der Trinkflasche, der eng an seinem flachen Bauch anlag, und öffnete den Reißverschluss einer kleinen Tasche, die sich in der Mitte des Gürtels befand.

Hunzinger ließ sich nicht aus der Ruhe bringen. »Dann trink ich eben alleine auf dein Wohl, Albi.« Er setzte den Becher an die Lippen.

In diesem Moment schoss Wagenbachs Hand wieder nach oben. Seine Finger krampften sich um eine kleine

Pistole, die aussah wie die Spielzeugwaffen aus Max' Kindheit.

Wagenbachs Gesicht schien jetzt eingefroren. Langsam hob er die Pistole, richtete sie auf Hunzinger, der erschrokken seinen Becher fallen ließ, und schrie: »Albrecht, lass den Scheiß.«

»Das Spiel ist aus, du Sau«, rief Wagenbach, und Max, der direkt neben den beiden stand, sah, wie er den Zeigefinger seiner rechten Hand langsam krümmte. Neben ihnen schrie jemand laut: »Der hat 'ne Waffe!«

Max war für den Bruchteil einer Sekunde wie gelähmt, aber dann stürzte nach vorn und warf sich auf Wagenbach. Im Fallen drückte er dessen Arm nach unten, so dass der Schuss, der sich löste, Hunzinger nicht wie beabsichtigt in die Brust, sondern nur ins Bein traf.

Die Menschen um sie herum sprangen schreiend zur Seite, so dass Wagenbach, Hunzinger, Burkhard Haller und Max von Steyn plötzlich isoliert auf dem weiten Platz standen. Hunzinger lag am Boden und hielt sich das Bein. Wagenbach hob wieder die Pistole und versuchte, nochmal zu schießen. Doch Max war schneller. Er drückte die Waffe so weit nach unten, dass der kurze Lauf auf den Boden zeigte. Burkhard Haller nutzte diesen Moment, in dem Wagenbachs Aufmerksamkeit auf Max von Steyn gerichtet war, und zog Hunzinger hinter eine große Lautsprecherbox.

Wagenbach befreite sich aus Max' Griff und sah ihn mit funkelnden Augen an. »Warum tust du das? Jetzt bist du fällig.« Er drückte den Lauf der Pistole an Max' Schläfe und schrie in die Menge: »Wenn mir jemand zu nahe kommt, ist er tot. Ich habe nichts mehr zu verlieren.«

Mit der linken Hand griff Wagenbach nach Max' Oberarm und zog ihn in Richtung Münster. Die Menschen, die gebannt auf die Szene blickten, machten einen Korridor frei.

Max spürte das kalte Metall der Waffe an seinem Kopf, Schweiß tropfte ihm von der Stirn. »Was hast du vor?«, fragte er.

»Schnauze«, bellte Wagenbach. »Mitkommen.«

Sie standen inzwischen vor der hölzernen Tür, die zum Aufgang des Münsterturms führte. »Aufmachen.«

Max zog die schwere Tür auf, als von hinten eine Stimme rief: »Lassen Sie die Waffe fallen. Polizei.«

Wagenbach nahm seine Pistole kurz von Max Kopf, richtete sie in die Luft und schoss. »Einen Schritt weiter und der hier ist dran.« Der Polizist senkte seine Dienstwaffe, blieb stehen und fragte: »Was wollen Sie?«

»Dass ihr mich in Ruhe lasst.« Und zu Max: »Wir gehen jetzt da hoch.«

Der Raum, den die beiden betraten, schien leer. Die Kassiererin, eine ältere Frau mit weißem Haar, hatte sich erschrocken weggeduckt.

»Du gehst vor«, kommandierte Wagenbach. »Und komm nicht auf die Idee abzuhauen. Auch wenn ich einen Marathon in den Füßen habe, reicht meine Kraft noch, um dir das Licht auszublasen.«

»Aus welchem Krimi hast du denn diesen Spruch?«, gab Max zurück. Wagenbach sollte nicht merken, wie viel Angst er hatte.

»Das erzähl ich dir später. Wenn du es noch erlebst. Hängt ganz von dir ab. Und jetzt los.«

Max nahm langsam die unteren Stufen der Wendeltreppe und blieb stehen, als er von oben Schritte näher kommen hörte. »Da kommt einer runter«, sagte er zu Wagenbach. Die Treppe war gerade mal einen halben Meter breit, zu schmal, um wirklich gut aneinander vorbeizukommen.

»Sag denen, die sollen hochgehen bis zum Martinsfenster. Aber dalli.«

Max blickte nach oben, konnte aber noch niemanden sehen. »Hallo, Sie da oben. Bleiben Sie stehen. Hier ist ein Bewaffneter.«

»Schlechter Scherz«, antwortete eine Stimme aus dem Halbdunkel. Die Schritte kamen näher.

»Das ist kein Scherz, sondern blutiger Ernst«, gab Max zurück. »Gehen Sie wieder hoch bis zu dem Balkon, der auf die andere Seite führt. Dann sind Sie sicher.«

Jetzt schaltete sich Wagenbach ein: »Ich habe noch ein paar Kugeln. Wenn du nicht gleich verschwindest, hast du keine Gelegenheit mehr dazu.«

Er zielte mit der Waffe über Max' Kopf hinweg und sagte: »Leg dich hin.«

Max ging in die Hocke und machte sich so flach wie möglich, als er einen Knall hörte, der ihm fast das Trommelfell zerriss. Von oben vernahm er einen Schrei und hastige Schritte, die sich schnell entfernten. Von der Wand an der nächsten Biegung bröckelte der Putz.

»Und jetzt weiter, aber ein bisschen schneller«, trieb Wagenbach Max an. »Wenn uns noch einer in die Quere kommt, knall ich ihn ab.«

Der Gang weitete sich etwas und machte einen scharfen Knick nach links, von wo aus eine gerade Treppe weiter zum Fuß des Martinsfensters führte, hinter dem sich, wie Max von der letzten Münsterführung wusste, die riesigen Pfeifen der Hauptorgel befanden. Als sie wieder ins Freie traten, sah Max, wie der Mann, den Wagenbach mit seinem Schuss verjagt hatte, gerade auf der anderen Seite verschwand.

»Dalli, dalli, ich will ganz nach oben, bevor die Bullen auf der anderen Seite hochkommen«, bellte Wagenbach, der sich ebenfalls im Münster auszukennen schien.

Max wunderte sich über die Kraft, die in den Mann zurückgekehrt war. Vorhin beim Zieleinlauf hatte er so ausgesehen, als bräche er jeden Moment zusammen, doch nun schien er so unter Adrenalin zu stehen, dass er die Anstrengung gar nicht bemerkte.

392 Stufen lagen hinter ihnen, als es in 70 Metern Höhe plötzlich nicht mehr weiterging. Ein Gitter versperrte den Weg weiter hinauf. Bis zu der Stelle, an der sie sich jetzt befanden, war der Turm Mitte des 16. Jahrhunderts gebaut worden, die 161,50 Meter hohe Spitze, die ihn zum höchsten Kirchturm der Welt machte, bekam er erst 300 Jahre später.

Vier Balkone hatten die mittelalterlichen Baumeister an die Ecken gesetzt. Bis vor einigen Jahrzehnten durften die Besucher die Aussicht von den Brüstungen genießen. Doch da der Kirchturm immer mehr Selbstmörder angezogen hatte, die sich in die Tiefe stürzten, ließ man hohe Eisengitter anbringen, die den Zugang versperrten.

»Da lang«, verlangte Wagenbach von Max und zeigte mit der Pistole zu dem nach Südwesten gerichteten Balkon, dessen Gittertür nur angelehnt war. Das mächtige Vorhängeschloss, das sonst den Zugang sicherte, hing geöffnet an einer Metallöse.

Max erkannte auf dem Balkon einen der Turmwärter, der offenbar gerade eine Stange, an deren Spitze ein roter Ballon angebracht war, in eine Halterung gesteckt hatte. Der Ballon diente als Zeichen für eine gute Fernsicht vom Münster aus. So blieb es den Besuchern erspart, mühsam hinaufzusteigen und nur in eine Nebelsuppe zu blicken – sofern sie das Signal verstanden. Jetzt hielt der Mann eine Kamera in der Hand und fotografierte den Münsterplatz.

»Hey du«, rief Wagenbach zu dem Turmwärter und wedelte mit der Pistole, »verschwinde! Und lass deinen Schlüssel da!«

Der Mann, Max schätzte ihn auf Anfang 60, zuckte zusammen. Langsam griff er in seine Jackentasche und zog einen großen Schlüsselbund heraus. »Lass ihn auf den Boden fallen und schau, dass du Land gewinnst«, brüllte Wagenbach und dirigierte Max so, dass sie beide ein Stück entfernt von der Gittertür standen.

Der Turmwärter verließ den Balkon und blickte sich irritiert um.

»Warte«, sagte Wagenbach und zeigte auf das Schloss. »Wer hat noch einen Schlüssel für das Ding hier?«

»Die Leute von der Bauhütte natürlich, aber die sind am Sonntag nicht da.«

»Also niemand außer dir. Stimmt das?«

Der Turmwärter sagte nichts.

»Stimmt das?« Wagenbach richtete seine Pistole auf den Mann.

»Ja, das stimmt. Was ist hier eigentlich los?«

»Das siehst du doch. Hau jetzt ab. Da lang! Wenn du die Polizei triffst, sag denen, dass der Typ hier tot ist, wenn sich jemand blicken lässt.«

»Die Polizei ist schon hier«, tönte eine Stimme von dem Gang, der über dem Martinsfenster zur anderen Seite führte. »Geben Sie auf, Wagenbach, Sie haben keine Chance.«

»Haut ab«, schrie Wagenbach und zielte wieder auf Max. »Der einzige, der keine Chance hat, ist der hier.«

»Lass mich mit denen reden«, bat Max mit sanfter Stimme und rief, als Wagenbach nickte: »Hören Sie, der meint es ernst. Ziehen Sie sich zurück, sonst knallt der mich ab.«

Wagenbach fiel ihm ins Wort: »Da hört ihr es. Wenn ich einen von euch hier sehe, ist der Typ tot. Verschwindet.«

Der Polizist versuchte es noch einmal: »Was wollen Sie erreichen? Wenn Sie Forderungen haben, sagen Sie es mir. Ich werde Ihnen helfen.«

»Dummes Gequatsche. Das kennt doch jeder, der am Sonntagabend den Tatort sieht. Zum letzten Mal: Haut ab!«

Die Polizisten zogen sich zurück, während Wagenbach Max von Steyn auf den Balkon dirigierte. »Du gehst ganz links an die Brüstung. Und rührst dich nicht.«

Max sah, wie der andere die Gittertür zuzog und das Schloss einrasten ließ. »Jetzt stört uns keiner mehr.«

Wie oft hatte Max schon hier oben gestanden und den weiten Ausblick bis zu den Alpen genossen. Keine drei Monate war es her, dass er am Münsterlauf teilgenommen hatte, der über die engen Wendeltreppen bis auf 102 Meter geführt hatte. Die Regeln waren ganz einfach: Alle 60 Sekunden startete ein Teilnehmer, lief zunächst ein paar Meter über den Münsterplatz und verschwand dann in dem linken der beiden Turmaufgänge. Kam ein schnellerer Läufer auf der engen Treppe von hinten, ließ der nur einen kurzen Schrei los und der langsamere musste sich gegen die Wand pressen und ihn vorbeilassen. Max hatte gleich ein Dutzend solcher Pausen eingelegt, bis er schweißgebadet oben im Ziel stand. Er hatte genau doppelt so lange gebraucht wie der Sieger. Ihm fiel wieder der Läufer ein, der ihm seinen Ellbogen in den Bauch gerammt hatte, als er an ihm vorbeihetzte. Der Mann, daran erinnerte Max sich plötzlich, hatte grell-grüne Laufschuhe getragen, die genau zu den Trikots des Teams von MashPower passten. Sein Gesicht hatte er nicht erkannt.

Genau diese grell-grünen Laufschuhe stachen ihm jetzt ins Auge. Sie tänzelten nervös auf dem Sandsteinboden des Münsterbalkons.

»Du warst auch beim Münsterlauf dabei, stimmt's«?, wollte Max wissen. Er musste Wagenbach in ein Gespräch verwickeln, bevor dieser ganz durchdrehte. Und da war es sicher ganz gut, den anderen erst mal etwas abzulenken.

Doch der Versuch misslang. Wagenbachs Gesicht verkrampfte sich wieder, so als kämpfte er sich in Gedanken nochmals die Wendeltreppe hoch. »Da hat der Idiot mich auch schon abgehängt.«

»Welcher Idiot?«

»Der, der da unten jetzt hoffentlich krepiert.«

»Du meinst Hunzinger?«

Wagenbach nickte heftig mit dem Kopf. »Wen sonst?«

»Was hat er dir getan?« Max bemühte sich, so sanft wie möglich zu sprechen. Er wusste noch immer nicht, was hier genau passierte. Und er wusste auch nicht, warum er sich mal wieder unbedingt hatte einmischen müssen. Hätte er nicht eingegriffen, als Wagenbach auf Hunzinger schoss, wäre der zwar jetzt wahrscheinlich tot, aber er selbst würde nicht in Lebensgefahr schweben.

Doch jetzt war es zu spät. In Gedanken hörte er Veronika mit spöttischer Stimme sagen: »Hätte, hätte, hätte«, so wie sie es immer tat, wenn jemand versuchte, die Vergangenheit nochmals zu drehen. Max wusste, wie recht sie damit hatte. Denn mit »hätte« ließ sich nichts mehr ändern. Die Dinge blieben, wie sie waren, und die einzige Chance bestand darin, etwas für die Zukunft zu lernen. Wobei Max nicht hoffte, dass er jemals wieder in eine solche Situation geraten würde.

Aber hätte er denn zusehen sollen, wie Wagenbach den anderen einfach abknallte? Schon wieder ein »hätte«!

In Max' Kopf arbeitete es. Jetzt konnte er die Ergebnisse seiner vielen Kommunikationsseminare endlich mal in der Praxis testen. »Krisenkommunikation« hatte die letzte dieser Veranstaltungen geheißen. In einer Krise steckte er jetzt zweifelsohne. Und er hatte vor, lebendig wieder herauszukommen.

Die wichtigste Lektion hatte gelautet, die Bedürfnisse des anderen herauszufinden – getreu dem Motto, hinter jedem Verhalten stecke eine positive Absicht. Max musste an das Gespräch mit Schlensky, der sicher jetzt auch unten auf dem Platz stand und seinem Aufmacher entgegenfieberte, denken, in dem er versucht hatte, ihm diese Theorie nahezubringen. Wobei Max in diesem Moment auch nicht klar war, was die positive Absicht dabei sein sollte, wenn jemand auf einen anderen schießt, einen zweiten als Geisel nimmt und sich auf dem vergitterten Südbalkon des Ulmer Münsters einschließt. Doch wie hieß ein anderer Seminartitel so treffend? »Wer fragt, der führt.«

»Dann geh mal in Führung«, sagte sich Max und wiederholte seine Frage: »Was hat dir Hunzinger getan?«

»Der hat mein Leben versaut. Ganz einfach.«

Wagenbach lehnte sich über die Brüstung und blickte nach unten auf den Münsterplatz. Tausende Köpfe streckten sich nach oben, den Platz direkt vor dem Eingang hatte die Polizei geräumt und mit Einsatzfahrzeugen blockiert. Noch immer strömten Läufer ins Ziel, noch immer tönte die Stimme des Moderators aus dem Lautsprecher. »Wahrscheinlich auch eine Methode, um die Leute nicht verrückt zu machen«, dachte Max.

»Was glotzt ihr so blöd«, schrie Wagenbach nach unten, doch seine Worte verhallten in dem leichten Wind, der ihnen um die Ohren wehte. »Die Sau ist schuld an allem«, schrie er weiter und zeigte mit dem Finger auf den Rettungswagen, in dem Hunzinger jetzt versorgt wurde. »Das sollt ihr wissen.«

Mit einem Ruck drehte er sich zu Max um. »Hast du ein Handy dabei?«

Max nickte. Er zog das Gerät raus und fragte: »Wen willst du anrufen?«

»Ich will, dass alle da unten hören, was ich zu sagen habe. Ruf deine Kumpels an. Die sollen das Telefon auf die Lautsprecher-Anlage schalten. Dann sage ich allen, was für ein Schwein Hunzinger ist. Und dass er an allem die Schuld trägt.«

»Woran trägt er die Schuld?«, wollte Max wissen.

»Daran, dass die alle tot sind. Und das bist du auch, wenn du nicht tust, was ich sage. Ruf an.«

Ein Druck auf die Wahlwiederholung genügte, und Max war mit Matthias Flachner verbunden, der irgendwo unten auf dem Münsterplatz stand und statt einer Begrüßung sofort ins Telefon rief: »Max, was ist los?«

Zwei Minuten später war Flachner im Bild und versprach, sich sofort um die Technik zu kümmern. »Ich rufe dich zurück, sobald die Leitung steht.«

»Und?« Albrecht Wagenbach fuchtelte mit der Pistole herum.

»Das läuft, keine Sorge.« Max hatte den Eindruck, seine Stimme vibriere.

In diesem Moment klingelte sein Telefon. Doch der Mann, der sich meldete, war nicht Flachner, sondern Norbert Auchter, der Chef der Ulmer Mordkommission.

»Herr von Steyn, was habe ich eigentlich verbrochen, dass Sie immer in meine Fälle reinpfuschen müssen?«

»Sie wollten ja nicht auf mich hören« gab Max zurück. »Ich hätte Ihnen gerne das Feld überlassen. Jetzt muss ich wieder für Sie ran. Aber wir schaffen das, da bin ich mir sicher.« Dass er in Wirklichkeit dachte: »Ich löse die Fälle, und du erntest die Lorbeeren«, sagte er nicht.

»Wer ist das?«, schaltete sich Wagenbach ein. »Lass das Gequatsche.«

Auchter, der das gehört hatte, wurde nun sachlich: »Lassen Sie mich mit Wagenbach sprechen.«

Max hielt dem anderen das Telefon entgegen. »Für dich. Die Polizei.«

»Ich sprech nicht mit der Polizei. Die sollten das mit dem Lautsprecher jetzt machen.«

»Sie hören es, Herr Kommissar«, sagte Max ins Telefon und freute sich über die kleine Spitze, die er Auchter verpasste.

»Was will Wagenbach?«, fragte der.

»Wenn ich mal dazu käme, in Ruhe mit ihm zu reden, wüsste ich das vielleicht. Schauen Sie bitte, dass die Technik läuft, das ist jetzt das Wichtigste.« Max drückte auf den roten Knopf des Handys und trennte die Verbindung.

»Also, Albrecht, das dauert noch ein wenig.« Zu gerne hätte er Albi zu dem Mann gesagt, doch befürchtete er, dass dieser dann komplett ausrasten würde. »Was ist passiert zwischen dir und Hunzinger? Ich dachte immer, ihr wärt gute Kollegen.«

»Das sage ich dir, sobald der Lautsprecher an ist.«

»Das wird gleich so weit sein. Wie kann ich dir sonst helfen?«

»Helfen?« Jetzt war es Wagenbachs Stimme, die zitterte. »Dafür ist es zu spät.«

»Und wie endet das hier alles? Wo sind wir zwei heute Abend?«

»Wo du bist, weiß ich noch nicht. Ich dagegen …« Er machte eine kleine Pause. Bevor er weitersprechen konnte, klingelte das Handy. Diesmal meldete sich Matthias Flachner.

»Die Leitung steht. Ich muss nur noch umschalten. Wie machen wir weiter?«

»Warte einen Moment.« Max blickte Wagenbach an und sagte: »Wir können loslegen.«

Wagenbach ging einen Schritt auf ihn zu, wagte aber nicht, Max so nahe zu kommen, dass dieser ihm die Pistole entreißen könnte. »Leg das Ding in die Mitte zwischen uns und geh wieder zurück.«

Nur Sekunden später hielt Wagenbach das Telefon in der Hand und schrie hinein. »Wer ist da?«

»Matthias Flachner von Luna Events. Herr Wagenbach, ich schalte jetzt auf Lautsprecher.«

»Aber dalli«, schrie Wagenbach und seine Worte hallten bereits über den Münsterplatz. Er lehnte sich wieder über die Brüstung und schrie: »Ihr da unten, glotzt nicht so blöd.«

Max hörte jetzt alles doppelt: Einmal, wenn Wagenbach direkt sprach, und dann mit leichter Verzögerung aus dem Lautsprecher.

»Ihr sollt alle wissen, dass dieses Schwein es verdient hat zu sterben. Er hat mein Leben versaut und mich zum Mörder gemacht. Er ist schuld, dass die jetzt alle tot sind.«

»Was hat Hunzinger getan?«, fragte Max. Seine Fragen waren nicht über die Lautsprecher zu hören, dazu war er zu weit weg vom Telefon.

Wagenbachs Antwort ließ die Lautsprecher scheppern, so laut schrie er jetzt: »Der hat mich erpresst. Alles hat er mir genommen, bis auf den letzten Cent. Meine Ersparnisse, sogar mein Haus musste ich verkaufen. Und er wollte weitermachen, solange, bis ich ihn beim Marathon schlage. Aber er war einfach zu schnell für mich.«

»Womit hat er dich erpresst?«

»Er hat gesehen, wie ich bei Mäschle Daten kopiert habe.«

In Max' Kopf verbanden sich ein paar Bilder. Das mussten die Unterlagen sein, die Wagenbach mit zur Kraft-Gruppe nehmen wollte.

»Warum hast du die Sachen kopiert?« Auch wenn er schon die Antwort wusste, wollte er, dass Wagenbach es alle hören ließ.

»Warum, warum? Hör doch auf mit deinem blöden Warum.«

Max merkte, dass er einen Fehler gemacht hatte. Genau den, vor dem die Seminarleiterin immer gewarnt hatte. Es gab kaum einen Menschen, der mit der Frage nach dem

Warum keine negativen Kindheitserlebnisse verband. ›Warum?‹ klang immer so nach Schuld.

Er nahm einen neuen Anlauf: »Was für Unterlagen waren das?«

Wagenbach schien sich wieder ein wenig zu entspannen. »Konstruktionspläne. Die hatte ich selbst entworfen. Für Mäschle. Aber der wollte die Firma ja verkaufen. Und dann wäre ich schnell draußen gewesen. Mit den Plänen hätte ich einen neuen Job gefunden.«

»Du warst stolz auf die Pläne, nicht wahr?«

»Das war genial, was ich mir da ausgedacht hatte. Der neue Antrieb erhöht den Wirkungsgrad der Turbinen um 10 Prozent. Da steckt eine Menge Geld drin.«

»Geld für wen?«

»Für die Firma. Meine Firma. Schließlich hatte Mäschle mir versprochen, dass ich Technikvorstand werde. Und plötzlich sollte alles an die Chinesen gehen, von denen jeder wusste, dass sie immer die Führungsmannschaft austauschen, wenn sie einen Laden übernehmen. Was wäre dann aus mir geworden? Ich bin 55. Wer will mich da noch?«

»Deshalb hast du dir ein Faustpfand besorgt, das du dann der Konkurrenz angeboten hast.« Max sprach so, als wäre das das Normalste der Welt. »Und was passierte dann?«

»Dann?« Wagenbachs Stimme schepperte wieder laut über den Münsterplatz, den ansonsten ein seltsames Schweigen umgab. »Dann kam Hunzinger. Der muss gesehen haben, wie ich an dem Abend im Februar – das war, als sich alle Läufer des Mash-Power-Lauftreffs zur Saisonbesprechung trafen – in den Serverraum ging. Nur dort konnte ich die Daten unbemerkt kopieren.«

Wagenbach schwieg plötzlich, bis er herauspresste: »Ich hätte es wissen müssen.«

»Was hättest du wissen müssen?« Max spürte, dass sich auch für ihn gleich vieles aufklären würde.

»Dass es Hunzinger war, der mich erpresste. Der hat doch immer so mit seiner tollen Kamera geprahlt. Wie lichtstark die ist.«

»Woran hättest du das merken können?«

»Ein paar Tage, nachdem ich die Unterlagen kopiert hatte, bekam ich per E-Mail die Aufforderung, in ein Facebook-Konto zu schauen – in mein Konto, obwohl ich doch nie eins hatte.«

»Das verstehe ich nicht«, warf Max ein. »Dein Facebook-Konto, das du nicht kanntest?«

»Na ja, ein Facebook-Konto auf meinen Namen. »Albrecht Wagenbach, aber versteckt hinter der Bezeichnung ›Böser Albi‹.« Sein Gesicht bekam wieder einen harten Ausdruck: »Wie ich es hasse, wenn mich jemand Albi nennt.«

»Was war mit dem Konto?« Max musste Wagenbachs Erzählung im Fluss halten. Der durfte sich nicht in seine Wut reinsteigern, in der er vielleicht noch einmal um sich schießen würde.

»Da hatte er das Foto reingestellt. Und gedroht, es mit dem Einstein-Marathon zu verlinken, wenn ich nicht 5000 Euro zahle. Sobald ich zahle, würde er das Bild unkenntlich machen.«

»Hast du nicht versucht, bei der Geldübergabe herauszufinden, wer dich erpresst?«

»Doch, aber Hunzinger stellte sich schlau an. Ich musste das Geld immer an Stellen deponieren, die sich gut überwachen ließen. Und die Polizei konnte ich ja schlecht einschalten.«

Für Max schlossen sich gerade so viele Kreise, dass er die Absurdität der Situation gar nicht mehr wahrnahm. Noch immer stand er in 70 Metern Höhe auf dem Balkon des Ulmer Münsters, die Gittertür verschlossen, ihm gegenüber ein bewaffneter Mann, der gerade dabei war, über die Lautsprecheranlage des Einstein-Marathons mehrere Morde zu gestehen – und vielleicht hier oben noch einen weiteren zu begehen, dessen Opfer er selbst sein würde.

Das musste er verhindern, schon in seinem eigenen Interesse.

Wer redet, schießt nicht. Das hoffte Max zumindest und fragte: »Hattest du denn anfangs einen Verdacht, wer hinter der Erpressung stecken könnte?«

»Als ich die Dateien kopierte, waren außer mir noch sechs Leute da. Neben Hunzinger waren das Sebastian Wagner, Thomas Biehler, Manfred Gabler, Michael Mooser und der alte Mäschle.«

»Vier von denen sind tot, Hunzinger ist auf jeden Fall schwer verletzt«, zählte Max auf. »Was ist passiert? Und was ist mit Mäschle?«

»Dass Mäschle mich nicht erpresst, war ja klar. Hätte der mich beobachtet, wäre ich sofort rausgeflogen. Alle anderen konnten die Erpresser sein.« Wagenbach schlug sich mit der Hand auf die Stirn. »Wäre ich doch gleich drauf gekommen, dass es Hunzinger war, könnten die anderen noch leben. Bis auf Sebi.«

»Bis auf Sebi?«, wiederholte Max.

»Sebastian Wagner. So bin ich ja überhaupt erst draufgekommen«, berichtete Wagenbach jetzt mit ruhiger Stimme. »Der ist doch beim ersten Vorbereitungslauf gestorben, damals im März. Der Arme, hatte ja noch so kleine Kinder. Aber wie soll jemand ahnen, dass so ein gesunder Kerl ein schwaches Herz hat.«

Max konnte gar nicht fassen, wie viel Mitleid plötzlich in Wagenbachs Stimme schwang. War der Mann nicht gerade dabei, eine Mordserie zu gestehen?

»Und was passierte dann?« Eine intelligentere Frage fiel Max in diesem Moment nicht ein.

»Als Sebi tot da lag, wurde mir erst klar, dass er vielleicht der Erpresser war. Er hatte gebaut und sicher hohe Schulden. Würde die Erpressung jetzt aufhören, wäre alles klar. Wenn nicht, müsste es einer von den anderen sein: Biehler, Gabler, Mooser oder eben Hunzinger.«

»Und da hast du …« Max stockte, er konnte den Satz nicht weiter aussprechen und richtete seinen Blick auf Wagenbach. Er glaubte, in dessen Augen etwas Feuchtes zu sehen, als plötzlich eine Frauenstimme aus dem Lautsprecher zu hören war. »Albrecht, hörst du mich. Ich bin's, Elfriede.«

Wagenbach zuckte zusammen. »Elfriede?«, murmelte er, so dass über den Lautsprecher nur die letzten beiden Silben zu vernehmen waren. Ein Mörder, der Friede sagt?

»Ich glaube, ich weiß, warum das Ganze passiert ist«, rief die Frauenstimme jetzt. »Ich bin schuld.«

»Du?« Wagenbach schien irritiert und blickte nach unten auf die Bühne, wo er die Frau vermutete. Die Hand mit der Pistole ließ er dabei sinken.

»Ja. Ich. Weil ich es dir gesagt habe.«

»Weil du mir was gesagt hast?« Die Worte der beiden verschmolzen zu einem schwer verständlichen Brei.

»Dass …« Die Frau zögerte, Wagenbach sah noch immer nach unten.

Max wusste, dass dies der Moment war, der ihn retten konnte. Er ging in die Hocke und schätzte den Abstand zu Wagenbach. Drei Meter, mehr waren es kaum. Er selbst maß 1,90 Meter, das hieß, mit einem Sprung von gut einem Meter könnte er bei dem anderen sein.

Er legte sein ganzes Gewicht auf die Fußspitzen und spannte den Rücken an. Sein Blick blieb auf Wagenbach gerichtet. Doch der schien ihn vergessen zu haben.

Max schnellte nach vorne, streckte sich und spürte schon den Bruchteil einer Sekunde später, wie er mit der rechten Schulter hart gegen die steinerne Umrandung des Balkons krachte. Er drehte sich und griff nach der Pistole, die Wagenbach nur noch locker in seiner rechten Hand hielt.

Max schaffte es, die Waffe an sich zu reißen. Wagenbach ließ das Telefon fallen, das kurz auf der Brüstung aufprallte, hochsprang wie ein Gummiball und dann in die Tiefe stürzte. Die Lautsprecher übertrugen noch einen kurzen harten Schlag, als das Gerät auf den Boden knallte, dann herrschte Ruhe.

Wagenbach stürzte sich auf Max und versuchte, die Waffe wieder an sich zu reißen. Doch Max schaffte es, sich auf die Seite zu drehen und die Pistole in hohem Bogen hinter sich zu werfen. Das laute Scheppern zeigte, dass sie auf einem Blechteil des Münsterdachs gelandet war.

Während sich Max aufrichtete, sah er, wie Wagenbach auf die Brüstung des Balkons kletterte und schrie: »Lass mich in Ruhe, sonst spring ich.« Er stellte sich mit ausgebreiteten Armen auf das nur 30 Zentimeter breite Sims, ganz so, als wollte er fliegen.

»Vor mir brauchst du keine Angst zu haben. Ich tue dir nichts«, sagte Max und besah seine nackten Arme und Beine. An den Stellen, an denen er nach seinem Sprung aufgekommen war, kroch Blut aus der zerkratzten Haut. Nur wenige Tropfen, die aber eine deutlich sichtbare Spur zogen.

Wieder vernahm Max eine Stimme, die aber diesmal nicht aus dem Lautsprecher, sondern von der vergitterten Zugangstür kam. Max kannte sie. Sie gehörte Auchter, der rief: »Herr Wagenbach, geben Sie auf. Wir öffnen jetzt das Schloss und kommen zu Ihnen.«

»Dann springe ich«, antwortete Wagenbach, und Max zweifelte nicht daran, dass er die Drohung wahrmachen würde. Was hatte er denn noch zu verlieren?

»Herr Auchter«, schaltete sich Max deshalb ein, »das bringt doch nichts. Von Wagenbach geht keine Gefahr mehr aus. Es muss doch nicht sein, dass er da runterspringt. Sie haben ja gehört, was ihn zu den Taten getrieben hat. Lassen Sie ihn weiterreden. Mit mir. Bitte. Auch wenn wir keine Live-Übertragung mehr haben.«

»Herr von Steyn, ich weiß ja, dass Sie sich für den besseren Kriminalisten halten. Aber für die polizeiliche Vernehmung bin immer noch ich zuständig.«

»Mit Ihnen rede ich aber nicht«, brüllte Wagenbach, der sich mittlerweile auf die Umrandung gesetzt hatte. »Nur mit dem.« Er zeigte auf Max von Steyn.

Auchter sah sich um. Hinter ihm standen vier weitere Beamte, zwei in Uniform, zwei in Zivil. Er war der Chef, er musste entscheiden.

»Aber ich bleibe hier«, sagte er schließlich. »Setzen Sie ihr Interview fort, Herr Journalist.«

Max atmete dankbar durch. Vielleicht konnte er verhindern, dass sich Wagenbach in die Tiefe stürzte. Zumindest solange, bis er wusste, was genau passiert war. Wagenbach würde nach dem, was er offenbar getan hatte, keinen Tag mehr in Freiheit leben. Wer sollte es ihm verdenken, wenn er den Sprung in die Tiefe vorzog?

»Was hat dir Elfriede gesagt? Und wer ist sie überhaupt?« Max versuchte dort anzuknüpfen, wo das Gespräch vorhin unterbrochen worden war.

»Sie ist die Sekretärin des Alten. Elfriede Seeburger. Da kriegt sie einiges mit.«

»Aber zu Mäschle hast du doch gesagt, du hättest die Unterlagen auf seinem Schreibtisch gesehen?«

»Hab ich ja auch, aber da wusste ich schon lange Bescheid. Nur eins war für mich neu: Dass die Chinesen das Management austauschen wollten.«

»Wie kam Elfriede Seeburger dazu, dich einzuweihen?«

»Sie ist …«

»Was ist sie?«, fiel ihm Max ins Wort.

An Wagenbachs Schweigen merkte er, dass er wieder einen Fehler gemacht hatte: Er war dem anderen ins Wort gefallen. Mit sanfter Stimme wiederholte er: »Wer ist Elfriede?«

»Meine Freundin. So ein bisschen wenigstens.«

Welches Bisschen das war, konnte Max sich denken. Deshalb stellte er jetzt die erste Frage noch einmal: »Was hat Elfriede dir gesagt?«

»Dass Mäschle verkaufen will. Und dass die Chinesen ganz harte Hunde sind.«

»Daraufhin hast du Panik bekommen?« Aus den Augenwinkeln sah Max, dass Auchter ein Diktiergerät durch das Gitter geschoben hatte. Er hoffte, Wagenbach würde es nicht bemerken.

Der sprach nun weiter. »Ja, was sollte ich denn tun in meinem Alter? Ich wollte doch nur, was mir zusteht. Ich habe noch gut zehn Jahre bis zur Rente. Und kaum was auf der Seite. Die Scheidung, das Haus. Der ganze Mist.«

»Das kenne ich gut. Das kann dich ruinieren«, sagte Max und versuchte wieder, so viel Mitgefühl in seine Stimme zu legen, dass der andere ihm einfach glauben musste. Auch wenn er selbst glücklicherweise keine Erfahrungen in solchen Dingen hatte.

»Dann kam also die Erpressung. Und der Tod von Sebastian Wagner. Wie ging es weiter?« Max wollte etwas aufs Tempo drücken. Er zweifelte, dass ihm noch sehr viel Zeit zum Fragen blieb.

»Ich wusste ja, dass es einer von denen sein musste. Aber ich hatte keine Ahnung, wer. Deshalb beschloss ich, einen nach dem anderen zu töten.«

»Wie kam es, dass Thomas Biehler der nächste war?«

»Zufall. Wirklich nur Zufall. Ich wünschte, ich hätte Hunzinger getroffen. Bei den Vorbereitungsläufen weiß man ja nie, wo es hingeht. Deshalb musste ich improvisieren. Als der Typ vom Einstein-Marathon vor dem Bad Blau die Strecke beschrieb, wurde mir schnell klar, dass der Wald bei Mähringen eine gute Stelle wäre. Ich kenn in der Gegend ja jeden Baum. Als die anderen losliefen, tat ich so, als hätte ich etwas im Auto vergessen, und bin hochgefahren. Mit meinem Gewehr habe ich mich dann auf die Lauer gelegt.«

Max biss sich auf die Zunge. Nur zu gern hätte er jetzt gefragt, wo Wagenbach das Gewehr herhatte. Doch er wagte nicht, seinen Redefluss zu unterbrechen.

»Das war ganz einfach. In dem Waldstück gibt es ein paar Wälle, hinter denen man sich verstecken kann. Da habe ich auf die Gruppe gewartet. Ich wusste ja, dass Biehler und die anderen immer zusammen liefen. Nur mich wollten sie nie dabei haben. Ich war denen zu langsam. Vorne lief Hunzinger. Als ich auf den zielte, zog Biehler plötzlich an ihm vorbei und fing die Kugel ein. Es hätte alles so einfach sein können.«

Wagenbach senkte die Stimme und Max merkte, dass es jetzt Zeit war weiterzufragen.

»Aber du warst doch bei der Gruppe, als die Polizei kam? Wie ging das?«

»Ganz einfach. Nach dem Schuss herrschte ja das totale Durcheinander. Ich habe mich etwas tiefer in den Wald verdrückt, dort das Gewehr unterm Laub verscharrt und bin dann in einem Bogen zu der Gruppe gelaufen, so als käme ich gerade vom Pieseln.«

»Biehler war aber auch nicht der Erpresser«, stellte Max fest.

»Leider. Eine Woche später musste ich wieder zahlen.«

»Da hast du den nächsten Mord geplant.«

»Mord? Das war Notwehr. Die wollten doch meine Existenz vernichten.«

Max verkniff sich zu fragen, wen Wagenbach mit ›die‹ meinte. Für solche Diskussionen schien die Zeit nicht die richtige zu sein. Er wollte Fakten.

»Dann kam also Manfred Gabler dran.«

»Das passte ganz gut, weil die Polizei bei Biehler vermutete, dass der Mord mit seiner Poker-Leidenschaft zusammenhängt. Ich wusste, dass auch Gabler mitspielte. Der bot sich als nächster ja direkt an. Es war ganz einfach, die Trinkflasche auszutauschen. Wir hatten beim Team Mash-Power alle die gleichen Dinger. Ein bisschen Gift aus dem Garten, das hatte noch mein Großvater gekauft, und die Sache war erledigt. Die Polizei passte ja nur auf der Laufstrecke auf.«

Max glaubte, ein Seufzen aus Auchters Richtung zu vernehmen. Beim Gedanken an die Trinkflasche merkte er, wie durstig er war. Mittlerweile brannte die Sonne schon seit einer halben Stunde auf seinen Kopf, und er hatte keine Ahnung, wie lange das hier noch dauern würde.

»Der nächste war dann Mooser.« Max schüttelte sich ein wenig, als er merkte, wie er einen Opfernamen nach dem anderen aufzählte. Doch es half nichts. Er wollte wissen, was genau passiert war.

»Ich musste vorsichtig sein. Beim Lauf wurde jeder genau kontrolliert. Wegbleiben konnte ich nicht. Das wäre aufgefallen. Aber ich wusste, dass Mooser oben in Weidach wohnte und den steilen Berg runterfahren musste. Als Ingenieur kennt man sich auch mit Autos ein wenig aus. Das war nicht weiter schwer. Mit einem Dreizehner-Schlüssel lassen sich die Bremsleitungen schnell lösen.«

»Aber auch jetzt ging die Erpressung weiter, stimmt's? Da blieb also nur noch einer als Täter übrig.« Max merkte, dass er der entscheidenden Frage, warum Hunzinger so lange verschont geblieben war, immer näher kam.

»Deshalb sollte Hunzinger Ende Juli drankommen. Mittlerweile glaubte die Polizei ja an die Zocker-Geschichte. Dazu hätte auch das viele Geld gepasst, das Hunzinger von mir bekommen hatte.«

»Und warum hast du es nicht getan?«

Nicht einmal die Warum-Frage konnte Wagenbach jetzt noch aus dem Konzept bringen. Er schien durchaus stolz auf sein Vorgehen zu sein.

»Warum? Weil der Hund mich in der Hand hatte. Hundzinger« – Wagenbach sagte jetzt tatsächlich ›Hundzinger‹ – »hat mein Spiel nach dem Tod von Gabler durchschaut und den Preis erhöht. Ich musste mein Haus verkaufen, um die Viertelmillion zu zahlen.«

»Das wäre doch erst recht ein Grund gewesen, ihn gleich umzubringen.« Max war selbst überrascht, wie schnell er in die Mord-Logik Wagenbachs eingestiegen war.

»Nichts hätte ich lieber getan. Bei ihm hätte es den Richtigen getroffen. Aber er war zu schlau. Er hatte alle Beweise bei einem Notar hinterlegt. Als Testament, hat er gesagt.«

»Warum hast du dann heute versucht, ihn zu erschießen?«

Schon wieder ein ›Warum‹. Aber in diesem Gespräch um Schuld schien es sogar zu passen.

»Hunzinger hatte richtig Spaß daran, mich zu quälen. Er hat mir einen Wettkampf angeboten. Wenn ich ihn im Marathon schlage, gibt er sich zufrieden mit dem, was ich schon bezahlt habe. Wenn nicht, sollte ich immer weiter zahlen.«

Jetzt verstand Max endlich, was Hunzinger mit der Abrechnung beim Marathon gemeint hatte und warum er kurz vor dem Ziel davongezogen war. »Hunzinger war heute schneller als du, das habe ich gesehen.« Mit tonloser Stimme fügte er hinzu: »Hast du denn geglaubt, er würde tatsächlich aufhören mit der Erpressung, wenn du ihn schlägst?«

Wagenbach schwieg. Er blickte 70 Meter nach unten in die Tiefe. Max verharrte an seinem Platz. Aus dem Lautsprecher hörte er plötzlich jemanden rufen: »Nein, tu es nicht.« Und wieder »Nein, tu es nicht. Wir können doch über alles reden.«

Wagenbach blickte nach unten und schüttelte den Kopf. Zu Max sagte er: »Ich bin heute Bestzeit gelaufen. Und es hat nicht gereicht. Es hätte nie gereicht.«

Aus den Lautsprechern kam nur noch ein Knistern, das in einem tausendfachen Schrei unterging, als Wagenbach sich von der Brüstung des Balkons abstieß und in die Tiefe sprang.

Max stürzte zu der Brüstung und blickte nach unten, wo er das schlohweiße Haar des alten Mäschle erkannte. Hinter ihm stand Kraft und legte die Hand auf seine Schulter. Er schien etwas zu sagen. Dann umfasste er den Oberarm des anderen und zog ihn sanft aus der Menschenmasse heraus.

Klaus Eckardt, Jahrgang 1960, lebt nach Wanderjahren durch halb Deutschland seit mehr als 15 Jahren in Oberschwaben. Dort arbeitete er als Journalist, Pressesprecher und Leiter einer Volkshochschule. Inzwischen ist er als freier Autor und Dozent in Oberschwaben und Tübingen tätig. In seiner Freizeit läuft und radelt er am liebsten durch die schwäbische Natur.
„Bestzeit“ ist der dritte Band der Max-von-Stey-Reihe. Bislang sind erschienen: „Der Lauf des Todes“ (2010) und „Marathon-Mord“ (2011).
www.klaus-eckardt.com